職業、仕立屋。淡々VRMMO実況。

2

著 わだくちろ
illust. 日下コウ

TOブックス

CONTENTS

緊急イベキタアアアアア(^q^)

どうかそのまま気付かず
幸せでいて…(´;ω;`)

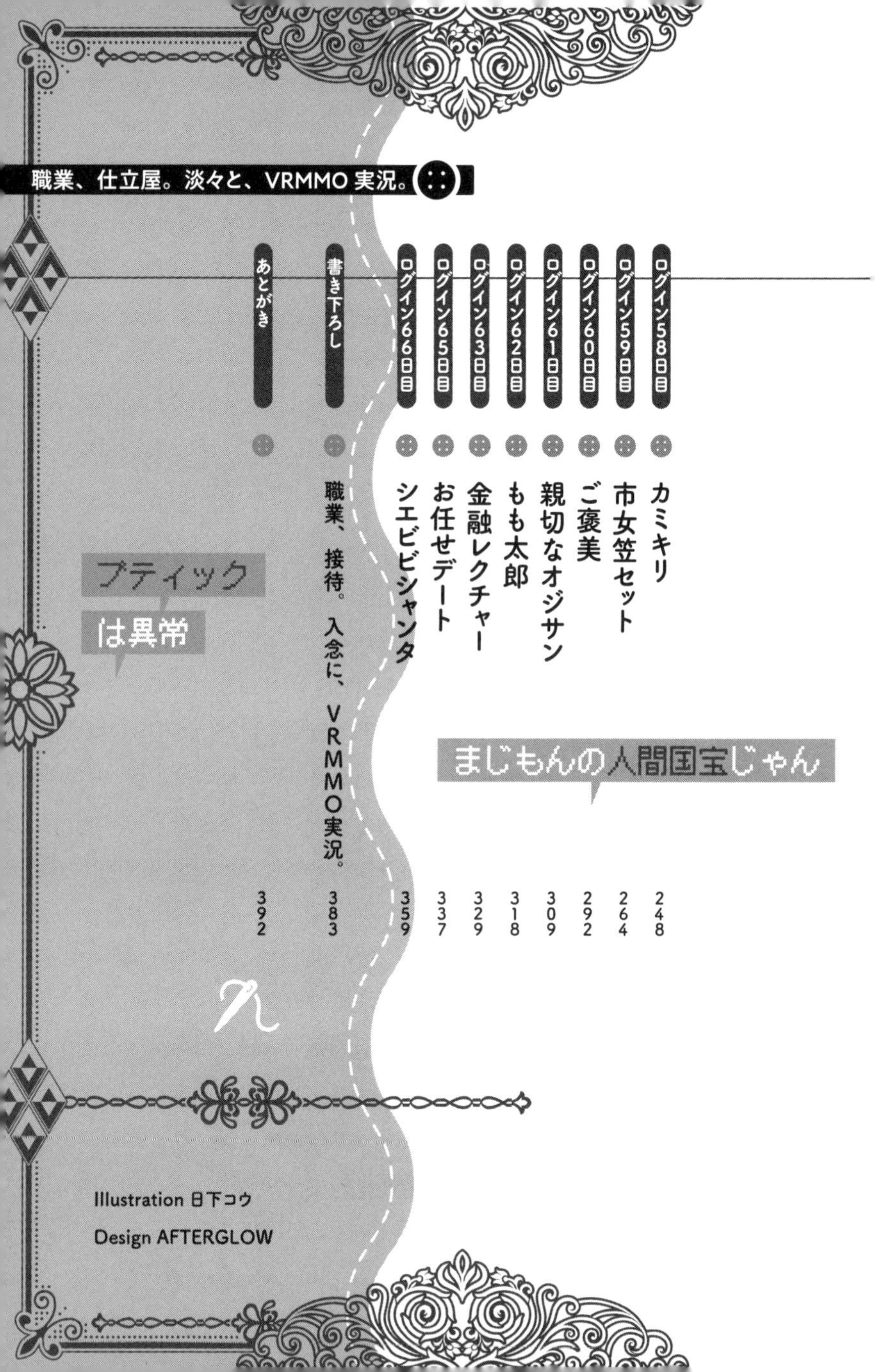

職業、仕立屋。淡々と、VRMMO実況。

Illustration 日下コウ
Design AFTERGLOW

CHARACTERS
ビビア
とにかく黙々と生産がしたくて
『きまくら。』を開始し、
マイペースに生産ライフを楽しんでいる。
スルースキルが高く、
自分の興味関心以外のことはあまり気にしない。
シエル&シャンタ
『きまくら。』人気キャラクター。
シエルとシャンタは双子だが、
シエルシャンタという単体としてプレーヤーには
認識されていた。ビビアの推しキャラ。

ギルトア
レスティーナ四賢人の一人。
マグダラを探しており、
革命イベントの起点となった
キャラクター。
マグダラ
神出鬼没の流れの薬師。
怪しい風貌だが、色々な
アイテムを売ってくれる。
謎多きキャラクター。
ミコト
ブティックびびあの
常連客の犬耳少年。
ビビアのお気に入り
キャラクター。
リルステン
『きまくら。』人気 No.1
キャラクター。ものすごい美少女。
何から何まで完璧だが、
媚びている感じもない。

ログイン37日目　新たな挑戦

決めた。私今日から、店頭売りをプレイヤーにも開放することにする。

今まではプレイヤーへの販売はワールドマーケットのみに制限していた。で、実店舗での販売はＮＰＣのみに設定していたんだけれど、そこをプレイヤーの立ち入りも自由にしようって思ったのだ。

元々ゲームに慣れてきたら開放する予定ではあったんだけど、加えて今やるべきでしょという結論に至った理由が一つ。ソーダ実験によって、ミラクリ付きの良アイテムが沢山できてしまったことである。

ＷＭ（ワールドマーケット）への出品は、知らない内にＮＰＣに買われる——という名目のシステムの闇に、アイテムが呑まれる可能性がある。

これまでは、ゲームである以上別にそれでもいいと思っていた。手数料の有無はあれど、入ってくるお金はそんなに変わらないし。

けどミラクリ付き、それもスキル付きってなると、さすがに勿体ないなって感じるんだよね。例えばシエルちゃんとかミコト君とかがお店にやってきて、対面した上で買って行くとかならまだしも、知らない内にＷＭ上で消えていくのはちょっと悲しい。

で、プレイヤーへの店頭販売についてネットで調べてみたところ、そんなに面倒臭くなさそうなことも判明したので、挑戦してみようかなと思った次第だ。

てっきり私は接客とか自分でしないといけないのかなって予想してたんだけど、どうやら自分のコピーアバターをカウンターに設置できるらしいんだよね。

簡単な取引は、コピーに全部お任せできるそう。

この機能を利用すれば自分がホームにいないときでもプレイヤーは買い物できるらしく、なんだ、全然億劫がることなかったじゃんっていう。

因みにＮＰＣは自分本体が接客しない限り店舗で買い物をしていくことはないので、いつの間にか大切なアイテムが闇に呑まれることを心配する必要もない。

店舗販売は、ちゃんとプレイヤー客が有利になるよう差別化されてるみたい。

加えて来客を知らせるベルは、ＮＰＣとプレイヤーで違う音が設定されている。シエルちゃんがやって来たと思って出てったらプレイヤーのお客さんとばったりこ、なんて状況も回避できちゃうのだ。

勿論お客さんとの交流を楽しみたい人は自分で接客するようだけど、私は今のところいいかなって。

ただ弱点が一つだけあって、このコピーアバターは本体と同じ空間には存在できない仕様になっているらしい。つまりコピーを設置していても、私自身がショップフロアに顔を出すと同時に消えてしまうのだ。

すると例えばカウンターでショップの操作をしたいときだとか、ＮＰＣの来客イベをこなしているときとかにプレイヤー客が訪れてきた場合、対面を回避できなくなるわけ。

まあでもね、結局オンゲやってるわけだからね、さすがに交流断固拒否とは言いませんですよ。そうなったら私の、えくせれんとでわんだふぉーなコミュ力を以てして対応するのみですよ、ええ。

それではいざ、コピーの設置といこう。

なになに、挨拶とか売買時のお決まりの台詞や対応を予め決められるとな？

まあここは「いらっしゃいませ」とか「ありがとうございました」とか、可もなく不可もない言葉を適当に録音しておくとしよう。

んで愛想よく花を飛ばすスタンプを使用して～……。

それと、プレイヤー販売の設定において同時入店人数なんかも決められるようだ。

確かにめっちゃ沢山の人が押しかけてきたら、おちおち買い物もできないもんね。……こんな僻地だからないとは思うけども。

そうねー、狭い店だし二人でいっかな。そもそもそんなに来客自体が多くないであろうことを考えると一人でもいいくらいなんだけど、もしかしたら誰かと一緒に買い物を楽しみたいって人もいるかもしれないし。

んで、ミラクリ付きは纏めて分類しといて、お一人様一日につき一つ、若しくはワンセットずつの限定販売にしとこう。

もっとも、値段の高さとかブランドタグ付きであることなどを考えると、大人買いするような人もそういないだろう。まあ、一応特別なアイテムってことで。

余談だが店頭販売の他の特徴として、試着室が使えるということや、来客がコピーと接しているときの動画ログが一定期間残る、というものがある。

どんな人が来るかな？　いやでも期待し過ぎはよくないね。

開店や商品の宣伝なんて一切してないし、お店としての立地は最悪なわけだからね。

ＷＭのほうではかなり手応えを感じてきているとはいえ、多分それはそれ、これはこれだと思う。

プレイヤー来店数ゼロなんてことも、十分有り得る。
もしそうなったら、最近すこおし増えてきたフレに取引持ちかけてみようかな。
けどなんか、ちょっと楽しみになってきちゃった。むふふ。

*****

【きまくらゆーとぴあ。トークルーム（公式）・生産、販売について語る部屋】

［マ　ユ］
蚤の市は出店料嵩む割にそんなに儲からないのがなあ
店の宣伝とかイベント用としてはいいのかもしんないけど

［陰キャ中です］
購買層がプレイヤーだけだからね
冷やかしは多いんだけども財布の紐はきつめだよね

［ナルティーク］
言うてマユはももの傘下じゃん？
金に困ることとかないっしょ

［マ　ユ］
まあそりゃそうなんだけど、あれってちょっと裏技使ってる感あるから頼り過ぎてもつまんないっつーか

それに自分の好きなもの自由に売りたいってのはあるしね

[梅津弘人]

蚤の市は知名度の有無が物を言うな

ある程度集客できてしまえば在庫掃除とか気合入れた大売出しとかに凄く便利

[吉野さん&別府]

クラン出店は華あるよなー

[鶯*]

メンバーがさくらになってくれるから客も自然寄ってくるし

ええ……自分は逆にわいわいやってるクランのブースには絶対行きたくないわ

2、3人で運営してるならまだしもそれ以上の人数の馴れ合い劇場、無理

[椿ひな]

ギスギス劇場は?

[鶯*]

寧ろ吸い寄せられる(*´ε`*)

[竹中]

新規の皆さん聞きましたかこれがきまくら。ユーザーの実態ですよ

[おろろ曹長]

数日できまくら。の闇を見てギブする奴か、数日できまくら。の闇に堕ちる奴かのどっちかしかいないから

実質新規も古参もないんやで
[YTYT]
有るのは闇……深淵が広がるのみ……
[3745]
蚤の市とは無関係に露店販売とかどう？
中心街とかじゃなければ場所代もかかんないでしょ？
[陰キャ中です]
どこで何を売るかによるね
WMなんて便利なものがある以上、よっぽど上手くやんない限り対面販売は趣味の領域を
出ないよ
[コハク]
趣味でいいんだ……
だって怪しげな露天商にはロマンが詰まってるもの……
[否定しないなお]
それは分かる(・ε・)
売り上げとは無関係に蚤の市とか露店とかなんか楽しいよね
同じところで定期的にやってるとその内顔見知りができて仲良くなったりするし
[鶯*]
うへぇ……

ほのぼのコミュ充よ、お願いだからこんな掃き溜めゲーを浄化しに来ないでくれ……
[ナルティーク]
安心しろ
こっちでのんびり露店開きつつメイポリで詐欺師ムーブかましてる否なおごときにきまくら。は浄化できない
[鶯*]
ならよかった(•ө•)
[吉野さん&別府]
鶯嬢は過去になんかあったん？w

ログイン38日目　リクエストボックス

【2XXX年5月31日（土）の取引状況〈店頭販売〉プレイヤー】
・来店人数：18
・アイテム売却個数：24
・売上金額：8，104，000キマ
・メッセージ：5

どきどきしながらショップ情報を開いた私は、目を瞠った。う、売れてる〜〜〜！

しかも売却個数はワールドマーケット並みに！　売り上げ金は店頭だけで……は、はっぴゃくまん⁉

スキル付きアイテムはよく分かんないから、竹中氏の言葉を信じて一律脳死２５０万設定で出しといたんだけど、それが2セットも売れてる！

他にもソーダ使用で作ったお値段50万前後の良アイテムが2点、お買い上げされている。み、みんな金持ちだなあ〜……。

来店人数18というのも、私的には結構凄い。

だってこの辺、基本人通りないもん。気持ち程度にモブNPCはちらほら配置されていれど、プレイヤーなんて二、三人すれ違えばいいほう。

多分ホームが近くにない限りわざわざ来ない場所だと思う。それが18人も来てるって快挙よ。

なんだろ、店がオープン状態になってるのを目ざとく見つけたご近所さんが、こぞってやってきてくれたとかなのかな。

不思議に思うも、その謎はメッセージ欄で解消された。


【めめこさんからのメッセージ】

店頭販売開始されたんですね〜〜！

告知とかないからアイコン付いてるの何かのバグかと一瞬疑っちゃいました(・∀・´;)

でも物は試しで行ってみたらほんとにお店やっててめっちゃテンション上がった！

ブティックさんとこのお洋服可愛いから試着しながら選べるの凄く嬉しいです。

あ、勿論後の人に配慮してなるべく時間かからないようにしましたよ？

……ちょっと迷っちゃったけど……なるべく……なるべくね？

【バレッタさんからのメッセージ】
しれっと店頭販売のアイコン付いててびびった
え、いつから……？
あとエンジのジャケットありがとう、、
でも今回は運よく買えたからよかったものの他の人に先取られちゃう可能性もあるわけだから、いい加減リクエストボックス設置してほしい

【¥さんからのメッセージ】

アイコンあるからまさかと思って来てみたらまさかのまさかで……っていうか、え、何なんですかこのスキル付きの量……

しかもダブルミラクリって初めて見たかも……

もしかして裏技使ってます？　チート？

いや文句があるわけじゃないですよ全然全然滅相もない
製造過程教えてほしいとかそんなん言うわけないじゃないですかほんとほんと

見てみたところ、なんかね、店頭販売もしてる店はＷＭのショップ名の横に『ｏｐｅｎ！』と書か

れたアイコンが付くっぽい。で、そこをタップするとお店の住所が表示されんの。

お客さん達はこれを見て来てくれたみたい。

他にも面白かったのが、コピーアバターの接客ログ。どんなキャラクターでどんなファッションの人達が私の服を買ってってくれてるのかっていうのを動画で観れるの、めっちゃ楽しいんだよね。

中には気を遣ってくれたのか私作のアイテムを実際に着てやって来る人なんかもいて、勝手に親近感が湧いている。普段引きこもってばかりいるのもあり、知らないプレイヤーが私の服着てくれてるの見るのって何気にこれが初めてだわ。

そこはかとなく嬉しいものなんだね、えへへ。

気分も上々になったもので、この勢いで前々から言われてるリクエストボックスも設置してみることにする。

調べたところによると、リクエストボックスっていうのはその名の通り、お客さんが「こういうアイテムを売ってほしい！」っていう要望を送れる機能みたい。

店主側は、それに応えるも応えないも自由。

けどただのアンケートと違って便利なのが、リクエストを採用する場合、リクエストの送り主に優先購入権を付与できる、という点だ。

で、依頼主のほうも、実際買うかどうかは自由。優先購入権を放棄するか、或いは期限を過ぎれば自動的に、その商品は依頼主以外の人でも買うことができるようになる。

売り手としても買い手としてもかなり気楽なシステムなところがいいね。

これに似た方法で、もひとつオーダー機能っていうのがあるんだけど、こっちはもっとかっちりした注文販売になるんだよね。

料金は前払いで、基本的に注文した品は依頼主が買い取らなければならないみたい。人気のあるショップオーナーさんは、色々契約条項とか書き添えて場合によっては画像のやり取りなんかもしつつ、上手くやってるようだ。

面倒な分双方取引を確実にできるという利点はある。けど、安定した金策よりも好きなものを作ることを優先したい私としては、ちょっと合わなさそう。

対してリクエストボックスだったら、設置したはいいけど放置、なんてのも全然許されるってことだもんね。依頼主――というか希望主は飽くまで優先購入権を得ているだけで買う買わないは自由なんだから、「思ってたのと違う！」とか言われてトラブルに発展することもないだろうし。

とりあえず設置してみて、作ってもいいなって思うのがあったら作ってみるってスタンスでいこ。


******

【きまくらゆーとぴあ。トークルーム（公式）・コミュニケートミッションについて語る部屋】

［くまたん］
・「分からない」系を選ばなければ二人はやってくる
・間違え続けても訪問は続く、でもイベント進行はしないってことでいいのかな？

［おろろ曹長］

恐らく……
前例がブティックさんしかないっぽいから、あとはもう自爆覚悟でブティックさんに聞くしか……
[ちょん]
誰か特攻しかけてこい
[universe202]
おまえが行け
[名無しさん]
ブロックされるか結社に滅される未来しか視えん
[めめこ]
そういうの回避するためにゆうへいに情報ばら撒かせたんでしょ
もう十分ヒント貰ってるんだから大人しくしときなさい
[Peet]
だって先生、シエルの態度がまるで変わらないの不安で不安で仕方ありません
正解か不正解かさえも分かんないの辛いよ……
[マリン]
俺氏早くも心が折れた
やっぱシエルよりリルだよな
[ドロップ産制覇する]

それな
おまえらが頑張ってる間にこっちはリルとよろしくやってるんではよ攻略しとけな
[レナ]
もうシエルニキに任せよ?
[KUDOU-S1]
問題は奴が攻略に成功したとしても誰にも情報渡さなさそうってことよな
シエルファンの明日は暗い……
[めめこ]
噂によるとシエシャンの衣装ってワンシーズンにつき30くらいあるらしいよ
春夏秋冬で120ってことになるね
[ちょん]
どこに力入れてんだよ……
そんなん増やす暇あるんだったらもっとディルカのエピ厚くしてくれよ……
[おろろ曹長]
徹底的に訓練されてるもんで最早こういうこと思わなくなってたんだけど今日改めて思っ
たんで言わせてもらう
糞運営
[ゾエベル]
>>めめこ

正確にはワンシーズンにつき40
シエル様が20、シャンタ様が20だろうな
全部で160種類のコーディネートが楽しめる
寧ろ神運営だろ
[universe202]
糞運営
[マリン]
これは糞運営

******

【きまくらゆーとぴあ。トークルーム（公式）・総合】

[椿ひな]
せやせや
だから遠征ばっか行ってれば遠征ステ中心に上がってくし生産ばっかやってれば生産ステ中心に上がってくで〜
[Itachi]
その行動量の算出期間て1レベルごと、
つまりレベル3に上がったとしたらレベル2になった時点から3になるまでの活動を

分析して計算してるってことでいいのかな?
[アリス]
そゆことです
[itachi]
なるほどなー
今までずっと職業の種類でステータスが変わってくんだと思ってたわ
じゃあ同じ職業でもステ全然違ったりするんだな
[ポワレ]
ん? 一応職業も関係してるんじゃなかったっけ?
[((ぼむ))]
職業ごとに初期ステが違うってだけだな
成長具合には影響しない
だから生産職のくせにステが完全脳筋な捻くれた奴も当然存在する
逆もまた然り
[くるな@復帰勢]
旨みそんなないし滅多にいないけどな
いるとすれば生産職が基本幻獣狩れないことを後から知ってリセットするのもめんどくなった情弱怠惰野郎だけだ
つまり俺だ

【まめぼう】
遠征と生産マルチにこなしたい奴は結構いるから両ステ均等化してるってパターンは割と見るな
【めめこ】
そして永遠に伸びなくなる愛情値……
【ねじコ＋】
＞＞まめぼう
そのパターンてつまり結晶なり集荷なりで後から管轄外のスキル取ってやりくりするってこと？
【まめぼう】
例えば生産職になって狩猟スキルなり採集スキルなりぽちぽち取ってくみたいな
そゆこと
【ミルクキングダム】
獣使いの俺氏、狩猟と解体取って狩って売ってたら密猟者扱いになって前科付いたのはいい思い出だよ
【お箸付けません】
ｗｗｗｗｗｗｗ
【バレッタ】
あったなあそんなこと

[ピアノ渋滞]
　懐かしw
　その配信リアルタイムで観ててめっちゃ笑ったわ
[ポワレ]
　あれはガチの台パンだった
[アリス]
　ダムさんが闇堕ちしてアウトロープレイヤーになったのってあっこからですよねw
[ねじコ＋]
　え、じゃあ狩猟は職業狩人じゃないとできないってこと？
　駄目じゃん
[（ぼむ）]
　狩猟スキル＋狩猟免許が必要
　つってもスキル持ってれば免許はギルドで簡単なチュートリアルこなして貰えるから、何も難しいことはないんだけどな
　アンゼローラが注意してくれるわけでもなし、カーソルを当てたときの色が変わるだけでハント自体はできるもんだから、知らん内に密猟者になってる奴はいつの時代も一定数いる
[くるな@復帰勢]
　このゲーム罠大杉ィ

【ナルティーク】
合法的にできないだけであって狩り自体はできるからヘーキヘーキ
何なら密猟素材買い取ってくれるクランもあるからばれずに密猟しまくることも可能だぜ
【モツ鍋】
免許簡単に貰える言ってんのにそこまで密猟にこだわる意味が分からん
【まめぼう】
そーゆースリル楽しむヒャッハー層も存在するんで……
【パンフェスタ】
あいつらのきまくら。は脱獄ゲー、逃走ゲーと化してて最早別ゲー
【Itachi】
数多のキャラの好感度を犠牲にしてまでも自らの欲望を求めるか……
哀れなものだ
【マリン】
真似するヤバい奴が増えるから正直ダムの配信は肯定できんわ
個人でそういうプレーを楽しんでるならまだしも
【お箸つけません】
それって真似するキッズが増えるから非行防止指導の動画観せんなって理屈と一緒だぞ
【(ぼむ)】
少なくともダムの配信はアウトロームーブ防止が目的ではないだろ

別に配信自体を否定するわけではないけども

〔バレッタ〕

きまくら。ルール的には全然有りなことに何言ってんだか
てか脱獄要素前科要素入れてる辺り運営的にもその手の楽しみ方を視野に入れてるのは明白

〔ヨシヲwww〕

なになに？
またダムの配信が炎上してるって？　ｗｋｔｋ

〔めめこ〕

ダムさんてほんといい燃料よね

〔ゆうへい〕

清き正しきプレイヤーとしては敢えてアウトなことやってどうなるか検証してくれるダム氏の存在は有難いけどな
何がアウトで何がセーフなのかも分かるし
そういう意味ではダム氏は正義のダークヒーローなんやで

〔椿ひな〕

>>ゆうへい
>清き正しきプレイヤー
ん？

【(ぼむ)】
>清き正しきプレイヤー
草
【ピアノ渋滞】
まあそういう楽しみ方があってもいいとは思うけど否定意見出るのもしょうがない内容だとも思う
てか最早一種の炎上商法なんじゃないかな
【くるな@復帰勢】
言うてきまくら。配信してて燃えない奴なんておるの?
【モツ鍋】
とりあえずこの話題はもうやめよう
談話室の警察AIは「もえる」とか「えんじょう」とかのワードに敏感なんだから
【Itachi】
談話室担当以外の警察もそれくらい仕事してくれたらなあ
【ポワレ】
そんなん言ってたら料理人が加熱系スキル使うたび凍結するゲームになるよ
【名無しさん】
初期時代ダナマ組が流星の荒野辿り着いた瞬間どこもかしこもトークルーム凍結しまくりだったのは笑った

[バーボン]
極端なんだよきまくら。AIちゃんは

[yuka]
流れ戻して悪いのですが幻獣にダメージ与えること自体は狩猟スキルなくてもできますよね？

[パンフェスタ]
ていうかできました
それ、攻撃仕掛けてきた幻獣にダメージを与えたってことだろ？　きまくら。においてそれは『狩猟』じゃなくて『護身』の範疇なんだよ
試しに攻撃してこない幻獣にダメージスキルなり使ってみ
そもそもカーソルでてこないから

[アリス]
この辺のルールややこしいよね

[yuka]
あ～、そういうことですか！
ありがとうございます
このゲーム体裁としては飽くまでバトルじゃなくてハントってところを徹底してるんですね

[ゆうへい]

因みに大体のジョブスキルはリアルスキルをもって代替できるきまくら。だが、狩猟系スキルのみ例外とされている
つまりアビリティやスキルを使用してでないと幻獣は攻撃できない
さすが全年齢対象の健全さを売りにしているだけはある

[ねじコ+]
・密猟可
・脱獄可
・アウトロームーブ可
はて……健全とは何なのか……

[陰キャ中です]
まあVRMMOである以上実質12歳からが対象年齢だからね

ログイン39日目　静けさの丘

ショップのパネルを開くと、早速リクエストの要望が————わっ、9件も来てる。

みんなどんなの所望してるんだろ。あんま無茶なのじゃなければいいんだけど……と、心境としては、わくわく半分どきどき半分である。

けれどいざ開いてみると、実際にはその殆(ほとん)どが既存のデザインの色違いであるとか、素材違いのリ

クエストだった。ほっ。

　これくらいなら裁縫スキルですぐ作れるものも多いから、素材が足りているものはぱぱっと納品してしまおう。

　それからデイリーミッションこなしたり、図書館行ってレシピ&スキル探しといったルーチンをクリアした後。今日はね、超久々に、遠征に行こうと思います。

　初のNPパーティで古の王の墓に行って以来だから、もしかしたら二週間以上経ってるかも……。いい加減他の街だとか他の国だとかにも行ってみたいところ。そのためにはワールドミッションを進めていかなければならない。

　自由度の高いプレースタイルが楽しめるきまくらゆーとぴあ。だけど、一応指標となる道筋みたいなものは用意されていて、それが〝ミッション〟ってことみたい。

　このミッションは、デイリー、ジョブ、コミュニケート、ワールド、スペシャルの五つが用意されている。

　デイリーとスペシャルは毛色が違うので省くとして、私の場合、ジョブがかなり、コミュニケートがそこそこの進みなのに対し、ワールドミッションだけ著しく進みが遅いのよね……。

　引きこもって生産ばっかやってたツケが、ここに回ってきたかってかんじです。

　そんなわけで行動範囲を広げるべく、このミッションを消化していこうと思った次第だ。

　で、次に先頭に上がっている指令が、【・病める森に行ってみよう】ってものだった。まずはギルドに赴いて、遠征ヘルプでミコト君を雇う手続きをする。

　このとき各遠征フィールドに関する簡単なアドバイスも貰えるようになっていた。それで「病める森〟について聞いてみたんだけど――――――。

「病める森は、現在立ち入り不可となっております」

――――――と、言われてしまった。え、そんなことってあるの？

さらに詳しく聞いてみると、以前毒霧立ち込めるこの森を浄める試みが、ギルド主導のもと冒険者達で成されたんだとか。

しかし彼等は浄化に失敗、森の主は暴走し、それに影響された幻獣達もあわやスタンピード手前といった惨事に陥ってしまう。

そのときプロジェクトに協力していたシラハエの賢人オルカの助力で、何とか森そのものを封印することには成功する。けれど以降封印を解くわけにもいかず、今日までそのままになっているそうな。

「当時の映像はきまくらひすとりあ。に保管されていますよ。興味があればご覧になってください」

そう言われたので公式動画サイトを見てみると、【革命イベント∨閉ざされた森】としてダイジェストビデオが公開されていた。

なるほど、プロジェクト自体がプレイヤー参加型のイベントだったたっぽいね。けど、浄化任務失敗ルートに突入しちゃった、と。

黙々と仕事をこなすNPC達を他所にお気に入りキャラ近くの作業場所を巡って勝手に揉めだすプレイヤー達、怒れる巨大フクロウ型幻獣の襲来、「戦犯はおまえだ」「いやおまえだ」と罵り合いながら文字通り足を引っ張り合うプレイヤー達、ざわめく森、そして幻獣達の暴走、「ここにきてこんなシリアス展開ぶっ込んでくる⁉」「メイポリの二の舞は嫌あああ！」などと喚き散らすプレイヤー達……。

……いやあ、色んな意味で見応えのある映像だったなア……。

あ、でもね、ラストの賢人オルカさんの活躍は純粋にかっこよかったよ。

彼女が森の周りに黄金の種を撒いて、そこにファンタジーな如雨露(じょうろ)で水を注ぐと、巨大な蔦植物がぐわあーっと空に伸びてって、森を覆うように蔓を張り巡らせていくの。

で、森の中心にも青い実を付けた巨大な樹があるんだけど、その樹の枝と蔦達が手を繋ぐように絡み合っていくんだ。最終的に森はそれらの植物達により、ドーム状に閉鎖される、という顛末だった。

そんなわけで森の中に入るのは物理的に不可能とのことなんだけど、近くまで行くことはできるらしい。ギルドの人にも、「百聞は一見にしかずと言いますし、物見遊山で出かけてみるのもいいかもしれませんね」と勧められた。

ってことは多分、探索はできずとも、ワールドミッションの消化自体は可能だと思うんだよね。辺境の町レンドルシュカも方向が同じだし、とりあえず目的地は変えずに行ってみようかな。

【病める森】は【静けさの丘】を越えたさらにその先にあるらしいので、南門にてミコト君と合流。

彼には【狩りを優先】のオーダーをだして、素材集めなどもしつつ歩いて行くことにした。

前回のでこぼこ四人パーティでは結束力が20%だったけど、今回の二人ぼっちパーティは結束力50%になっている。そのお陰かミコト君は前よりも仕事が早く、心なしか機嫌もよさそうだ。

もしかしたら全員ほぼ初対面且つオーナーたる私も初遠征という前回の現場は、相当やりにくかったのかもしれない。ごめんよミコト君……ごめんよみんな……。

静けさの丘には納屋のような、小さな朽ちた建物があるんだけど、傾いているためか扉が開かなくて、以前来たときは入れなかった。

でも今日近くを通りかかった際、ミコト君が扉の前でおいでおいでをしていたので行ってみると――

ドガッ。

――。

――と、彼の蹴り一発であっさり開いてしまった。

にへらにへらと得意気な顔のミコト君。撫でるモーションで褒めてあげると、その相好はさらにゆるゆると崩れた。

うむ、かわゆい。人気ナンバーツーなのも全く頷ける話だね。

それにしてもこののほほんとしたビジュアルに騙されて当初は育ちのいいお坊ちゃんタイプかとも思ってたけど、実際は君、結構な脳筋且つ野生児キャラだよね。

扉が開いたのはスキル【狂力(クレイグス)】のお陰だろう。他にも彼の所有するスキルは【狩猟】に【解体】、【木登】、【反撃】……。

うーん、なかなかどうして謎深きキャラだなあ。

さて、開放された扉から中を覗くと、そこでは見たことのない植物がびっしりと地面を覆っていた。

特にスミレのような小さな花や、ハートの葉っぱを持つ真っ白なクローバーが可愛い。間違いなく、新種の素材アイテムだろう。

勿論せっせと抜かせていただく。

今まで取得してきたギルドポイントで、アイテムボックスの容量もかなり増やせてるからね。採れるだけ採っちゃお。

正直現在お金には全く困ってないのだけれど、それはそれ、これはこれ。

薬草を引っこ抜く作業って、なんか楽しいんよね。新しい素材を見つけるとコレクション欲も疼くし。そんな発見もあり、ミコト君が調達してきたものも合わせると今回入手できた新たな素材はこんなかんじ。


【メインテイン・ビオラ】

腐食を防ぐ成分が含まれているスミレに似た植物。

代表的な使用法：料理

【ホワイトクローバー】

患部に擦り付けると［状態異常：痒み］が回復する薬草。とても沁みる。［白鎮軟膏］の主原料。

代表的な使用法：調薬

【クールコリアンダー】
食べると［状態異常：混乱］が回復する薬草。苦い。［カルムティー］の主原料。
代表的な使用法：調薬

【クラウドウール】

クラウドシープから採れる羊毛。雲のように軽く滑らかな肌触り。

代表的な使用法：紡糸

【クラウドシープの肉】

美容によいと言われるヘルシーなお肉。［耐久］を高める成分が含まれている。

代表的な使用法：料理

【フラワーモヘア】

フラワーゴートの雄の毛。滑らかで花の香りがする。

代表的な使用法：織物

【フラワーゴートの角】

花の香りがする角。幻素結合を活発にする成分が含まれている。

代表的な使用法：調薬

ビオラとかクローバーとか可愛いから頭飾りみたいなアクセに使えたら素敵だけど、どうなんだろうね？　今度試してみようかな。

なんてことを考えながら納屋を出たそのとき、目の前に影が差した。

「おや、誰かと思えばテファーナんとこのおチビさんか。久しぶりだの」

突然現れたしゃがれ声のその女性は、黒ずくめにして、にやりと笑う仮面を付けていた。

マグダラさん、再び。

＊＊＊＊＊＊

【きまくらゆーとぴあ。トークルーム（公式）・総合】

［ウーナ］

オルカ様はおっとりしてて癒されるし包容力あるしいざというときの行動力もあるという徳を詰め込みまくったお方だよ

賢人なのに遠征も手伝ってくれるという正に大聖女

［吉野さん＆別府］

だのに信者のおまいらといったら森浄化イベでオルカ近くのポジション巡って喧嘩してんのな

民度低くて高が知れるわ

［パンフェスタ］

あれは違う俺とウーさんは無言の平和協定を結んで仲良くオルカ様の神々しいお姿を拝んでいた

問題はその後テファーナを追っかけて俺等の聖域を奪おうとした輩

［リンリン］

何にせよ喧嘩に発展して仕事どころじゃなくなったんだからどっちも戦犯だよ

［ミルクキングダム］

俺知ってるからな

当時は結社自体あんま認知されてなかったからばれてないと思ってんだろうけど

あんときぶちキレて爆弾放り込んだのクドウだろ

あれのせいで森の主に気付かれて任務失敗になったんだからな

[KUDOU-S1]

えー言いがかりやめてよ

俺あのイベント参加してなかったって

[ミルクキングダム]

リンリンいるところには必ずクドウありってネタは上がってんだよ

[金欠の SummeR]

ハクランてホーム建てられないのか

[もも太郎]

ハクラン、レーチエ、ダールストレームは建てれないよ

補給都市としてしか機能してない

[まことちゃん]

そろそろ新しくでっかい都市でもできて新展開こないかね

栄えてるところはどこも物件売りきれてて入る余地がないのよ

[ちょん]

レスティンの中心街行ってみ?

そこに1億で買える空き物件があるじゃろ？
【まことちゃん】
うるさいでござる(｀ε´)
【マ　ユ】
そこ先週ももが買ってったよ
【ウーナ】
えwwww
【リンリン】
草
【もも太郎】
ぶっちゃけ別に要らないんだけどね
キマ持て余してるから物件のグレードアップでもするかなと
【水銀】
煽るねえ
【ちょん】
さすが金のために災害起こした大商人様はいい趣味してらっしゃる

＊＊＊＊＊＊

「今日も面白いアイテムが揃ってるよ。さあさ、見ていっておくれ」

自称流れの薬師マグダラさんは、今回も商売のために近付いてきたみたいだ。
今日は前回とはまた全然違うラインナップだ。初めて見る色んな素材も気になるんだけど、特に私の目を引いたのはこの三つのアイテム。

【ミシン】
品質：★★★
縫製に使うカラクリ道具。
主な使用法：裁縫

【仕立屋の大針】
品質：★★★
仕立屋専用の護身具。
主な使用法：装着
効果：力＋50　集中＋50
アビリティ：大針術
装着条件：職業仕立屋　力50～
消耗：200／200
習得可能スキル：タマドメ
（タマドメ：条件発動スキル　消費30～　《大針》アイテム使用時限定で発動　対象を糸で拘束し、

ダメージを与える）

【カミキリの万華鏡】

？・？・？

ミシンが欲しいのは言うまでもないね、もう即決で買いました。足踏み式のレトロなデザインがまた大変よろしい。

お値段20万キマ。一般的に見て安いのか高いのかも謎だけど、今の私にとっちゃはした金ですことよ、おほほ。

仕立屋の大針は生産道具ではなく、カテゴリが『装着』ってなってる。つまり遠征用の護身具ってことらしい。

縫い針を剣サイズに大きくしたような見た目で、穴には糸――というか太さ的には紐――が通っている。その紐を腰に巻き付け、針の先は鞘に収めて携帯する形式のようだ。

習得可能スキルも付いているし、何より仕立屋専用の装備ってところに惹かれるね。護身具は一応申し訳程度に【カッパーナイフ】を装備してたんだけど、これを機に替えちゃおっと。

最後の万華鏡は、単純に値段が一番高くて目に留まったアイテムだ。こちらは50万8千キマの値が付いている。

説明書きを見ても『？・？・？』とあるだけで、何に使うのか全く分からない。確かこういうのって、【鑑定】スキルがないと駄目なんだよね。

けど前回マグダラさんの商品でかなり高かった【王立図書館の入館許可証】が革命イベントの引き金だったことを考えると、これも何かのキーアイテムの可能性がある。

マグダラさんとは次いつ会えるか分からないし、それに多分会うたび商品のラインナップが変わるっぽいから、これも買っちゃお。

他にもよさげな素材アイテムをぽちぽちやってたら、あら、出費が２００万超えてたわ。

でもまだ全然痛くないんよね。ミラクリ商売のお陰で金銭的にはヤバいぬるゲーになってて、何とも言えない背徳感が。

多分これ、私のゲーム進行状況と収入のバランスが本来運営の意図してるものとは大分ずれてきてるんだろうねえ……。

まあ余裕があるに越したことはない。どっかでおっきい買い物ができるチャンスを期待するとしよう。

一頻り（ひとしき）マグダラさんに関する用事も済んだところで、私はあることを思い出した。

マグダラといえば革命イベント。革命イベントといえばギルトア。

ギルトアといえば――そう、確か私、【ギルトアの知人】とかいう称号持ってるんだよね。

称号は所持しているだけで効果が表れるものもあれば、どれか一つをセットすることにより、NPCの反応が変わったりイベントが発生したりもするらしい。

ギルトア氏はマグダラさんにとってキーパーソンぽいし、ワンチャン何かあるかもしれない。

そこで件の称号をセットし、もう一度彼女に話しかけると――――。

「なに？　ギルトアがあたしを探している？」

――――おおっ、新しい反応。しかしマグダラさんはギルトアが誰なのか分からないようで、その名前をぶつぶつと繰り返しては頻りに首を傾げている。

「ギルトア……ギルトア……ぎる、と、……」

そして彼女は不意に「うっ」と呻いてよろめいた。咄嗟に手を差し伸べる間もなく、彼女は頭を抱えてその場にうずくまってしまう。

とても苦しそうだ。

「大丈夫ですか？」

「あたま、が……いた、っ、うっ……」

えっと、こういうときってどうすればいいんだろ。状態異常に〝頭痛〟はなかったと思うんだけど、何か役に立つアイテムがあったっけ……？

しかし、私がもたもたとインベントリに目を通している間に、マグダラさんは再び立ち上がった。仮面を付けているので顔色は分からないが、もう辛くはなさそうだ。

「……ふう。驚かせてすまんね。片頭痛ってやつかね、最近時々あるんだ。なに、こうやっていつも一瞬で治っちまうもんで、心配はいらないさ」

彼女がそう言った刹那、「ぱりんっ」という硝子が砕けるような効果音が響いたのだけれど――――――。

「……それで、何の話だっけかえ？」

――――その後現れたのは、はじめと変わらぬ『商品を見せて！』、『臨界の極意を教えて』といった選択肢。うーん、今のところは、何か変わったことが起こるでもないかんじ？

それにしても、ギルトアさんにとってのマグダラさんはかなり大きな存在のようだけれど、対照的にマグダラさんはギルトアさんのことを覚えてもいないのかあ。

っていうか思いだそうとすると頭痛が走るって、ゲームアニメあるあるの不吉なフラグだよね。一体二人の過去に何があったんだろ。

まあ、マグダラさんとの会話はこの辺で切り上げるとするかな。

丁度【静けさの丘】の終点でメモリア・ドア――いわゆるセーブポイントがあったので、今日のところはここでプレイ終了にしよ。

******

【きまくらゆーとぴあ。トークルーム（公式）・総合】

［真紅の女王＠MBDH］

＞＞まことちゃん

へーそんなギミックが

丁度今レンドルシュカにいるから見に行ってみる

［ナルティーク］

推しがくれた万能薬、大事に大事に取っておいたら腐ってた……

［檸檬無花果］

どうせ倉庫に仕舞いっぱなしでくれたことすら忘れてたんだろ？

〔椿ひな〕
　どんまい
　使用期限と賞味期限、地味に忘れるよね
〔水銀〕
　食品と薬はどんどん使ってかないと
　食品は腐るの早いから普段意識してるけど薬は質のいいやつだと1年とかもつからね
　非常食の賞味期限と同じで気付いたら切れてたってのはありがち
〔めめこ〕
　お知らせまじか
〔アリス〕
　お任せモード実装……？　（・□・；）
〔ピアノ渋滞〕
　待って待って今月のデートイベ荒れる未来しか視えない
〔狂々〕
＞6／12よりデートイベントに新機能〝お任せモード〟を追加いたします。
＞このモードは従来のプレイヤー主導で自由に行動できるフリーモードとは異なり、相手キャラクターにデートプランを委ねる形の、一種のストーリーモードです。
＞デートでしか見られない、あのキャラクターのあんな素顔やこんな素顔に迫れちゃうかも!?

＞12日の週は、リルステン、リューリア、オルカとのデートに、お任せモードが実装決定。
＞お気に入りのあの子との仲を深めて、是非特別なデートストーリーをお楽しみください♪

【竹中】
くたばれえええええ！！！！
先月のデートでこちとらすっからかんなんだよおおおお！！！！

【송사리】
唐突にして分かりやすすぎる課金煽りムーヴ……
オワコンなの……？　（´；ω；｀）

【吉野さん&別府】
というよりキャラ推し勢からの集金に味を占めて調子乗り出したんだろ

【パンフェスタ】
搾取だ……きまくら。は善良な市民たる俺等から搾れるだけ搾り取ろうという魂胆なんだ
……
こんな横暴な運営が許されて堪るか……

【狂々】
とか言ってる時点で金捧げる気満々なのがな

【ウーナ】
お任せモード実装自体には何の異論もないのよ？
っていうかデートイベ自体にも異論はないのよ？

なんでそれらを基本月一お一人様限定にした？

[雛罌粟]

∨お気に入りのあの子との仲を深めて、是非特別なデートストーリーをお楽しみください♪

って、何万といる全ユーザーに呼び掛けてるくせ、

実質それを楽しめるのはたったの三人、っていうか1キャラにつき一人っていう……

阿呆なのか？

[エルネギー]

まあここまでくると本来微課金、中課金層たりえた一般ユーザーはさっさと諦めついていいんじゃねーの

デートイベは廃人と富裕層による神々の娯楽ってはっきりわかんだね

[リンリン]

それな

普通のプレイヤーはとっくのとうにデートイベなんて夢捨ててるから

ここにきて苦しみだしてる奴は既にきまくら。に魂売ってる証拠

[ヨシヲwww]

そういう阿呆どものお陰できまくら。は成り立ってるんやでw

ありがたーく拝まにゃならんよｗｗｗ

[めめこ]

そうねーとりあえずデートイベは視界に入れないことにして、他にも細かいところにぼん

やーりぼかしフィルタかけとけば

まあきまくら。って結構な親切運営と思うよ

あ、これ集金に関してはって話ね

[まことちゃん]

こんなに課金額が二極化するゲームもそうそうないんじゃないかなあ

[レティマ]

課金しなきゃ強くなれないとかやり込めないとかっていうんじゃないからね

そこは確かに評価できるかもしれない

[KUDOU-S1]

お任せデートのダイジェストムービーは最初のイベント後公開してくれるのか

どうせならＶＲで体験したかったがまあしゃあなしやな、許す

[もも太郎]

貧民の愚痴なぞどーでもいいんだよ

はよディルカのお任せデートを実装しろ

金なら積む

[アリス]

うわあ……

[水銀]

きまくら。を支えるパトロンの鑑ですね！

いつもありがとうございます！
【椿ひな】
お任せコースが終わった後の時間はちゃんと従来のフリーモードでデートできるのか
他のキャラは順次実装、と
ギルトア様お待ちしておりまーす
【真紅の女王＠MBDH】
お任せモードで盛り上がってるとこ悪いけど病める森見てきたんで一応報告
（画像）
確かに追憶の木の実が紫、っていうか最早赤くなってきてる
【송사리】
ほんとだ
【パンフェスタ】
ギルトアにマグダラの発見報告をするごと色が変わってく説だっけ？
その説の真偽はともかく、色が完全に変わったら何か起こりそうだな
暇だし俺もちょっくらそっち行ってみようかな
【水銀】
古参がよく言ってるレディバグショックって森の革命イベントと関係してるんだよな？
公式アーカイブ見てもそんな単語出てこないし未だにこれが何だったのかよく分かってないんだけど

[狂々]
レディバグショックは病める森が立ち入り不可になったことにより生じた経済恐慌を指す言葉ってかんじ
この単語自体は談話室住民の造語だからな、公式で出てこないのも当然
[水銀]
あーね
きまくら。スラングなのか
まあ病める森立ち入り不可↓レディバグの価値急落の流れは知ってるんだけど
なんでそれくらいで混乱が起きたんかなっていう
[蓮華]
当時はまだワールドマーケットが未実装だったんよ
んでＮＰＣ相手の行商とかも開拓されてなかったから、金策にかなり苦戦してたんだよね
そんな中光属性の素材＆生産物はギルド価格だとしても高く売れて、
特にレディバグは簡単に手に入るってんでお手軽金策として有効だった
それが闇属性フィールドな病める森閉鎖によってプレイヤー的にもギルド＆ＮＰＣ的にも
価値が急落して
この方法が使えなくなる↓プレイヤーオコ、みたいな
[リンリン]
他にも色々経済の動きに変動があって今までの価値観が一気に覆されたのよね

逆に闇属性素材が不足して値段が吊り上がったりとか

且つこれが初めての革命イベントだったからユーザー全体に動揺が走った

「は？　こんなんありなん？」っていう

[バーボン]

WMって最初からあったわけじゃなかったんだ！

となると初期のきまくら。って結構別ゲーだなぁ面白い

[水銀]

>>蓮華

>>リンリン

詳しくあざっす

なるほどそのときのきまくら。はまだほのゆるゲーの認識だったんだな

それならショックって名前付いたのも納得だわ

[めめこ]

生産職はね、価値に影響なかった売れ筋商品がまだ幾らか残ってたんでよかったんだけどね

素材商売が命の遠征職業が悲惨だったよね

[もも太郎]

そういうの考えるときまくら。がアタオカゲーになってったのって一概にプレイヤーだけのせいでもないよな

[パンフェスタ]

まあまあ土台を築いたのは間違いなく運営ではある
[まことちゃん]
革命とかデートイべとか並の精神じゃ持ち堪えられない要素入れてきてるのは運営自身だからなあ
[雛罌粟]
あ、また実の色が一気に赤くなった
[Itachi]
テファ様が心配そうなお顔をしていらっしゃる
[まことちゃん]
ザワ……ザワ……

ログイン40日目　病める森

さて、予定通り今日は昨日の遠征の続きをやっていくことにしよう。【静けさの丘】を抜けて、今度は【病める森】のほうへと街道を進んで行く。

ちょっと不思議だったのは、普段の遠征よりプレイヤーの数が気持ち多く感じること。週末とか祝日ってわけでもないし、うーん……？

まあ気のせいと言われればそれも納得できる程度の差なのだけれど、私が今向かってる先が現在立ち入り不可となっているフィールドなだけに、この通行量はやや首を傾げてしまう。

辺境の街レンドルシュカならさっきの分岐を別方向に進まなければならなくて、この道は病める森にしか繋がっていないはず。

物々しい装備のフルパプレイヤー達なんかもいて、みんな私と同じようにただワールドミッション埋めに行くだけの人達とは思えないんだけれども。

こっそりセミアクティブ解除して話を盗み聞きしようかなとも思ったんだけど、様子を窺ってたら通行人の一人と目が合ってしまった。

にっこり微笑まれたので、私も軽く愛想笑いと会釈を返し、そそくさと歩みを速める。

なんか最近こういうこと多いんだよね。ゲーム始めたての頃は外を出歩いても誰も私のことなんて気に留めなかったのに、ここのところはひと気のある場所に行くと常に誰かしらに観察されてる感覚があるっていうか。

これ多分、身バレしてるってやつなんだと思う。私が知らない人でも私を知ってる人がそこそこいるっぽい。

革命イベントとかデート騒動とかで話題になってたらしいし、っていうかデート騒動の際は自分から陰キャさんのSNSに顔をだしたりもしてたもので、まあしょうがないことと割り切ってはいるけどね。

そのお陰もあって商売繁盛してるってのもあるだろうし。

ただ今みたく人目を気にして身動き取り辛くなってるっていうのは、ちょっと痛いんだよねえ。

セミアクティブの人には『…』と書かれた吹き出しのアイコンが付くもので、解除すればそれは消える。つまりこう観察されてると、「あ、こいつ盗み聞き始めたな」っていうのも一発でばれるっていう。

いや、盗み聞きしようとするほうが悪いんですけどね。だったら堂々とアクティブモードにしとけよって話なんですけどね、はい、すいません。

そんなわけでささやかな疑問は解消されぬまま、やがて病める森が見えてきた。巨大な蔦植物と枝が絡み合って封鎖された、ドデカいモンブランみたいな森だ。

あれ？　中心にある大樹の実が赤い。

動画で観たときは青かったような……まあでもそんなはっきり憶えてるわけじゃないから、思い違いかな。

森の入り口付近はなぜかそこそこ混雑していて、数十人ほどのプレイヤーがたむろしていた。

お喋りに興じている人もいればその場で露店を開く人もいたり、はたまた何もせずにぼんやりしている人も少なくない。けどみんな森のほう――特にその中心にある大樹を気にしているような素振りがある。

何かを待っている……？　かと思えばおもむろにその場を立ち去っていくプレイヤーもいるし、うーん……。

まあいいや。この件については後でネットで調べてみよ。

ぴこんっと音が鳴って、ワールドミッション【・病める森に行ってみよう】が達成されたのも確認できた。とりあえず私の目的はこれで果たされたわけだし、次は辺境の町〝レンドルシュカ〟に行こうかな。

そう思った矢先、呼び止められた。

「ビビアちゃん！　ビビアちゃんじゃない！」

溌剌（はつらつ）とした女性の声はしかし、聞き覚えのないものだった。振り返った先に見た蝶の羽を持つ女性の姿も、やはり見覚えのないもの。

でも相手にとっての私はそうではないらしく、彼女は豊かなポニーテールを左右に揺らしながら、親しげに駆け寄ってきた。

「久しぶりぃ！　まさかこんなところで会えるとは思ってもいなかったわ！　……ってあら、なあにい？　そのとぼけたかんじ。まさか師匠の顔を忘れたって言うのお？」

――――師匠……あ、もしかして、私が弟子入りしてるって設定の、テファーナさん!?

けれど私が正解に辿り着く前に、テファーナお師匠は機嫌を損ねてしまったようだ。彼女も賢人だというから相当の年長者だろうに、子どものようにぷくっと頬を膨らませて、つんとそっぽを向く。

「あっそーお。独り立ちしたからってそんな態度取るのねーえ。用済みになったらお世話になった先生のことなんかどうでもいいですかそうですか。いいですよーだ。そっちがそうならこっちだってあなたのことなんかもう知りませーん。後で困ったことがあって泣きついてきたって、もう二度と助けてなんかあげないんだから」

言って腕を組み、たしたしと地面を蹴りつつ、その視線はちらちらとこちらを窺い見ている。

あ、あれえ？　お師匠様で、且つ賢人だっていうから、テファーナさんってもっと落ち着いた大人の女性を想像してたんだけどな……。

いやまあ確かに一番最初に貰った彼女からの手紙からはやたらフレンドリーな印象を受けたけれど

も、こんな幼いかんじだとは……。

戸惑いつつもとりあえず私は師匠のご機嫌を直すべく、ごめんなさい、のち花を飛ばすスタンプを押しておいた。するとお師匠様は一瞬できらきらと顔を輝かせ、「うふふ、まあいいわ。会えて嬉しい！」と再び距離を詰めてきた。

単純だけど、実際にいたらめっちゃモテそうなタイプの女子である。可愛いし、なんかいい匂いしそうだし。

因みにさっきまで沢山いたプレイヤーは、現在姿を消している。個別イベントモードに入ったようだ。

「それにしてもこんな場所に来るだなんて珍しいわね。……私？　私はだってほら、病める森を管理する役目があるから。忘れたの？　私はレスティーナ四賢がひとり〝病める森の番人〟テファーナよ。それに……」

そこでふと、お師匠様は気づかわしげな眼差しを森のほうへ向けた。

「最近は特に、心配なの。〝追憶の樹〟の実が赤く熟れてきて、今にも弾けそうだから……」

ああ、やっぱりあの木の実が赤くなってきたのは最近、ってことで、私の記憶は間違ってなかったんだ。でもなんでそれが心配に繋がるんだろ？

疑問に思ったところで、タイミングよくダイアログが現れた。


↓・〝追憶の樹〟って？
・臨界の極意を教えて

・仕立屋の極意を教えて
・世間話でも

スキルは勿論気になるけれど、とりあえず流れ的に一番上の選択肢を選んでみる。するとお師匠様は不意を突かれたように私を見つめた。

「……ああ、そういえばこの間ギルトアから連絡があったわ。マグダラのことで、少しごたごたしてたんですってね。そう、あなたはまだ小さかったから憶えていないでしょうけれど、マグダラは昔私の家に一緒に住んでいたのよ。彼女やギルトアとは古い――――本当に古い、友人でね。そしてあの樹には……マグダラの記憶が宿っているの」

憂いを帯びた目をそっと伏せて、お師匠様は語りだした。遥か昔、賢人達の間で生じた出来事を――――。

******

【きまくらゆーとぴあ。トークルーム（公式）・コミュニケートミッションについて語る部屋】

[3745]
きまくら。のキャラクターエピソードって恋愛絡むこと多くてなんだかなあ

[マ　ユ]
デートイベとかでキャラ萌えを売りにしときながらプレイヤーは大体蚊帳の外っていうね

まあだからこそ同人が盛り上がるってところは個人的に好きだけど
【おろろ曹長】
これメインシナリオは賢人中心ってことなのか？
【陰キャ中です】
メインはなくて全員が主人公みたいなことプロデューサーが言ってた気がする
けど話のスケール的なこと考えるとプレイヤー目線じゃどうしても賢人メインに映るよね
【灰鳥】
メインはリル様だよ？
【ちょん】
メインはディルカだぞ
【ピアノ渋滞】
＞＞ちょん
あの薄さでそれは笑う
【ポワレ】
ディルカスキル的にも性格的にもちゃんとキャラ立ってんのになんでミッション二つなの
ディルカ推しではないけど普通に勿体なく感じる
【ゾエベル】
メインはシエル＆シャンタ様だ！
【マリン】

「>>ゾエベル
とりあえず最初のミッションクリアしてからどうぞ」

＊＊＊＊＊＊

――それは千年以上も昔の話。

お師匠様の口からそう紡がれた瞬間、景色が変わった。場面は鬱蒼と生い茂る森の中の小さな集落、それを上空から見ているところで、私自身の姿も消えている。

どうやらモノローグ動画が再生されているようだ。お師匠様のナレーションと共に、映像が流れていく仕様らしい。

昔集落にはお師匠様、ギルトアを含むレスティーナの四賢人や、国によって賢人とは認められていないものの同じく始祖世代のマグダラ、そして他にも十数人の仲間が一緒に暮らしていたそうな。

生活は穏やかで平和で、皆仲がよかった。中でもテファーナ、ギルトア、マグダラ、アンゼローラ、クリフェウスの五人組はよく一緒に行動していて、仕事をしたり、研究したり、遊んだりして、共に時間を過ごしていた。

マグダラさんは当時から仮面を着けていて、でもしゃがれ声ではなかった。仮面を着けている理由は何てことはない、単なる恥ずかしがりやだからのようだ。

あのインチキ老婆っぽい喋り方も健在で、それも一種の照れ隠しらしい。ギルトアが仮面を外そうとして、マグダラが「やめてよ！」と素に戻る場面があった。

余談だがギルトアはこのとき「別にいいじゃないか可愛い顔してるんだから」と言っていてやはり

この二人は友達以上恋人未満の気があるようだがこれは本当に余談はいお疲れ様でした。

しかし時が流れるにつれて集落の住人達は、それぞれの理想を抱くようになる。その傾向は仲良し五人組にも表れる。

集落を訪れた旅人に感化されて他所の文化に触れてみたいと思うテファーナ、己の強さを磨きたいと願うアンゼローラ、次第に分裂していく仲間達に一種の恐れを感じて他人との交流を避けるようになったクリフェウス、そしてもっと世界を見てみたいとの志を抱くギルトア。

他の住人の中には余所者を排斥すべきだと主張する子や、寧ろ余所の集落と合併して力を得るべきだと主張する子など、やや過激な発言も目立ってくる。

集落の人間関係は段々ぎすぎすしてきた。

けれどそんなふうに意見が食い違うとしても、全体として彼等は互いを愛し、尊重していた。取返しがつかないほどの衝突が起きる前にと、彼等は敢えて仲間との別離を選ぶことにする。

そうして集落は一人、また一人と、自然分解の道を辿ることになったのだった。

そんな中唯一、その離散にこそ異議を唱える者がいた。それがマグダラだった。

「駄目だよ！　行っちゃ嫌だ！　行かないで！　テファーナ！　アンゼ！　クリフェウス……！」

彼女は自分のキャラ作りも忘れて、集落を去ろうとする仲間を必死に引き止める。このとき叫び過ぎたがために、彼女の美しい声は嗄れてしまう。

そしてついに集落の住人はギルトアとマグダラの二人きりになってしまった。

ギルトアはこのまま二人でここに留まっても仕方がないと考えているし、見識を広めたいとも思っている。それでマグダラに「一緒に旅に出よう」と誘うも、彼女は頑なに首を横に振るのだった。

「私はここに残る。私が皆の故郷を守る。皆がいつでも帰ってこれるように」

揺らがぬ決意を前にして、ギルトアはマグダラを伴うことを諦めた。

じゃあ、気が変わったらいつでも来てくれ。そう言い残し、彼も旅立つ。

マグダラは、来る日も来る日も菜園の手入れや住居の補修などに力を注ぎ、集落の管理に勤しんだ。

いつかまた、皆が戻ってきてくれることを信じて。

彼女の努力のかいあって、村の景色は年月が経っても在りし日とほとんど変わらない。しかし仲間は誰一人帰ってこない。

孤独と落胆に押し潰されそうになるときもあれど、彼女はめげない。

――何十年……、いや何百年先だっていい。友達がふと、昔を懐かしく思うときがくるかもしれない。あの頃に戻りたいと思うときがくるかもしれない。そんなときに、帰れる場所があるように……。

――私が皆の、家になる。

けれどある日、異変が起こる。

〝大変災〟。

のちにそう呼ばれる、世界中に混乱をもたらした自然災害だった。突如沢山の星が、大地の至るところに降り注いだのだ。

轟音に気付いてマグダラが目を覚ますと、真夜中だというのに、窓からは赤い光が差していた。外に出れば、集落のあちらこちらで炎が上がっている。

慌てて消火活動を急ぐも、もう何をしても無駄で、それどころか赤い星は次々に村を襲う。共に働き、共に学び、共に遊んできた家が、菜園が、森が、いとも容易く焼けていく。

マグダラは村の真ん中で立ち尽くし、その手から水の入ったバケツが滑り落ちた。

涙を流し咆哮する彼女の姿を炎が覆い隠し、次の瞬間、眩い閃光が視界を明滅させた。


気が付くと、私の前に目を伏せたテファーナお師匠が立っている。モノローグ動画がいつの間にか終わっていて、景色は病める森付近に戻っていた。

なんか、鼓動がめっちゃどくどく言ってる。

いきなりの重い展開&リアルな追体験だったもので、びっくりしちゃったよ。ほあー、心臓に悪い。

「星はマグダラのいた村のみならず世界の至るところに降ってきてて、それに伴って津波や地震なんかも引き起こされたから、あのときはもう各地が大混乱だった。それぞれ別の場所にいた私達も、少なからず影響を受けた。でも皆、考えたことは同じだった。私達にとっての一番の気がかりは、互いの安否だった。だから私、ギルトア、クリフェウス、アンゼの四人は故郷に結集したのよ。マグダラが守る故郷に……皮肉なことだけどね……」

そして再び追想映像が始まる。


場面は集落手前の森の中で、そこでテファーナ、ギルトア、クリフェウス、アンゼローラが合流する。ある程度悲惨な光景を覚悟していた彼等は、村を目にして胸を撫で下ろす。故郷は、大変災を免れていたのだ。

それどころか村落は、家も工房も菜園もほとんど昔と変わらない姿を保っており、彼等はびっくりする。

マグダラが、一生懸命世話してくれていたんだ……。皆そんな結論に辿り着くまでに時間はかからず、込み上げる想いを胸に四人はマグダラを捜す。

当然、観覧者たる私の頭にはあれ？　と疑問が浮かぶ。

マグダラがいたから村の景色が守られていたのは分かるにしても、村は大変災を免れてはいない。先の映像からすると、炎に呑まれ、焼け落ちているはずなのだけれど……。

私のもやもやした気持ちを余所に、ドラマは進む。

彼等は村の中心辺りで倒れているマグダラを見つけた。

四人一斉に駆け寄り、揺さぶったり、声をかけたりするも、彼女の瞼は頑なに閉ざされており、応答はない。

そしてこの平和な光景の中、不自然なことに、彼女の衣服はあちこち焦げており、体は煤に覆われていた。僅かに息はしているもののぴくりとも動かず、手足は痩せ細っている。

――マグダラ……、君はこんなちっぽけな村一つ守るために、〝タヴー〟を侵したのか……。

ぽつり、ギルトアが呟くと、皆の間に戦慄が走った。

次いで流れたお師匠様のナレーションによると、マグダラは【粉骨砕身(タヴー)】と呼ばれる特殊な力――

――臨界の極意(ハイスキル)を有していたらしい。

ざっくり説明するとそれは『知識を具現化する能力』で、万能にも近い威力を発揮すると言う。その代償は、過去か、未来を犠牲にすること。

あれほどまでに故郷、そして仲間との思い出に執着していた彼女が、過去――記憶――を手放すほうを選んだとは考えにくい。マグダラは未来を失うほうを選んだのだ。
それはつまり、エネルギーの前借りのようなものなんだそうな。だから彼女は今、体が衰弱していくのもお構いなしに、滾々と眠りに就いている。
そしてこの変わらない村と変わり果てたマグダラの姿の対比を見るに、彼女が自分の理想を守るため、凄まじい量のエネルギーを要したことは想像に難くない。
眠りはしばらくの間、解けはしないだろう。何年何十年、或いは何百年経ったとしても。

******

【きまくらゆーとぴあ。トークルーム（公式）・遠征クエストについて語る部屋】

[C4COW]
敏捷上げる装備で本来のステの三倍近くまでドーピングしてんのに、速く動けてるかんじがまるでない
バグか？

[リンリン]
ステータス上の敏捷はクールタイムとか回避率に影響するものであって実際の機敏さとは別物だよ

[C4COW]
物理的なスピード上げたいんだったらスキルで電光石火とか取るべき

はーまじかよ
じゃあ遠征行くときの道中の移動時間って乗り物とかで短縮するしかないのか
[名無しさん]
その手のステで道中の移動速度上げられるって感覚が逆に珍しくね?
RPG初心者?
[狂々]
いやその認識が普通になっているのは寧ろメイポ、おっと誰か来たようだ
[くまたん]
あっ(察し
[Itachi]
先手を打って貼っておく
耐久:いわゆる体力。幻獣やトラップによるダメージで減っていき、ゼロになったらゲームオーバー。
持久:スキルを使用するのに必要なエネルギー。
力:アビリティ、一部スキルの威力、アイテム装着の可不可等に影響する。
集中:スキルの威力、成功率に影響する。
敏捷:スキルのクールタイム、幻獣の攻撃やトラップに対する回避率等に影響する。
技術:ジョブスキルによって生産、採取されたアイテムの質に影響する。
手際:ジョブスキルによる生産、採取作業の能率、コストに影響する。

発想：ミラクル・クリエイションの効果に影響する。
愛情：？？？（ミラクリの成功率やラック的なものに影響すると予想されている）

【くるな@復帰勢】

やるやん

【ゆうへい】

有能

******

四人は、マグダラの体を〝ネビュラ・ツリー〟――今で言うところの〝追憶の樹〟――の根元に安置することにする。

現ダナマの賢人でもあるマティエルの知恵を借りて、樹がマグダラに栄養素を送り続ける仕組みを作り、彼女の身体が朽ちないようにしたのだ。

「集落のことは――皆凄く迷ったのだけれど、敢えて手を加えることはしないと決めた。つまり、時と自然の摂理に任せることにしたの。村はこの森の奥にあったのだけれど、当然今はもう、原型を留めてはいないわ。正直、世界に羽ばたいた私達の生活は充実していた。分かたれた後も、マグダラのように故郷に執着する者はいなかった。それに、見捨てるのがマグダラのためだとも思ったの。ぴかぴかの村の中心、瀕死の姿で横たわる彼女を見て、実はちょっとゾッとしたのよ」

悲しげに語りながら、お師匠様は肩を竦める。

「異常だって。大事な友達をこんなふうにぼろぼろにしてしまうなんて……それが〝郷里〟だとしても、そんなもの、要らないわ。あってはならないの。目覚めた彼女が傷付くことは簡単に想像がつくけれど――――――、彼女はその痛みを乗り越えて、前に進むべきだわ」

確かに、今回は運よく他の仲間達が駆け付けていたから最悪の事態は免れたものの、もしお師匠様達がいなかったならマグダラは息絶えてたってことだもんね。

『未来と引き換えに』っていうのは建前で、実質マグダラは自らの命を失ってでも村を守ろうとしたってことなんだろうな。

誰もいない見捨てられた故郷と自分の命を秤にかけて、前者を選ぶ――――――。……お師匠様が『異常』って言うのも、頷けるな。

そも仲間そのものよりも仲間のいた故郷に縋り付く彼女の思想も理解しがたいし。それくらい思い入れのある場所だったんだろうけど。

「……だから私達は眠るマグダラにしばしの別れを告げて、再びそれぞれの生活に戻った。いつしか私達は〝賢人〟と呼ばれるようになり、国や色々な組織からも助力を請われるようになり……。そして私は図らずもここ――――――マグダラの眠る森の近く、レンドルシュカの町に腰を落ち着けるようになった。私達は時折森を訪れ、追憶の樹――――――これは私達が後からそう名付けたのだけれど――――――に眠る友の様子を見に行ったりしてた。けど、大変災から何百年も経てど、彼女は目を覚まさない。そんな折、森に異変が生じたの」

そこでまた、場面は過去に移る。

もっとも、景色は先に私がいたところとよく似ていた。そこは森近くの街道で、けれど森はまだ封印される前で、茂る木々からはどす黒い靄が立ち上っている。

丁度昨日動画サイトで観たイベント時の森が、こんなかんじだった。つまりこの景色は今より前とはいえ、比較的最近のものってところなのかな？

森には、テファーナと共にかつての仲間、ギルトア、クリフェウス、アンゼローラが集っている。彼等は禍々しい気配を発する森を見て、困惑しているようだった。

「まさか〝旧き森〟がこんなことになっているだなんて……」

「森全体が、毒に侵されている……？　追憶の樹は……マグダラは無事だろうか……」

「見てこれ、ミズカゲタイジャの鱗だわ。きっとこいつが棲み付いたのが原因よ。こいつは水源に巣を作って、水を侵すのよ」

やがて追憶の樹に辿り着いた四人は、一先ず安堵する。

見たところ大樹は異常をきたしておらず、枯れたり腐ったりもしていなかった。それどころか、輝く青い実を付けた樹は、いつもより生き生きとしてさえ見える。

がしかし、マグダラの身体が安置されている地下の部屋に着いた途端、彼等は言葉を失った。マグダラに樹の栄養素を送るための生命維持装置が、樹の根に侵食されていたのだ。

そしてびっしりと根が絡みつく寝台からは、彼女の身体が忽然と消えているではないか。

「樹に、喰われたんだ……」

膝から崩れ落ちたギルトアが、力なく呻いた。

「毒霧に抵抗すべく、追憶の樹が、マグダラの身体を……」

四人は友の死を嘆きながら、〝病める森〟と化した故郷を去ることになる。

——でもね、樹が吸収していたのは、マグダラの身体ではなかったの。

お師匠様の声がそう響き、次に場面は緑豊かな石造りの町に移った。私の視点が追いかけているのは、町を歩くお師匠様の姿だ。

するとと不意に彼女の肩に、別の誰かの体が衝突する。

「おっと、悪いね」

その誰かさんは、嗄れ声でそう詫びた。

「どうも、体がふらついて言うことを聞かんのさ。運動不足ってやつかね、相当長く眠りこけてたらしいもんで」

飄々と言いのけて去って行こうとする女を、テファーナは咄嗟に引き止める。そして彼女から無理矢理仮面を剥ぎ取った。

「ちょっ、何をするんだ、やめてっ、返してっ……！」

女の素顔は、呆然と立ち尽くすテファーナの背中に隠れて、こちらからは見ることができない。けれどテファーナの反応からして、どうやらそういうことらしかった。

そこへ小柄な少女がひょっこり現れ、二人を怪訝そうに見比べる。

「どうしたの？　マスケラさん」

「この女が、突然私の仮面を奪おうと……！」

「え、あ、テファーナ様……？　……もしかして、マスケラさんのこと、知ってるの？」

テファーナが何とか心を落ち着け、二人と対話していくにつれ、段々と状況が明らかになっていく。

少女は採集師で、ある日病める森で仕事をしていたところ、ふらふらと彷徨うマグダラを見つける。

心配になって、仲間はいるのか、どこから来たのか、家はどこか、色々と聞きだそうとするも、彼女はそれらの質問に一切答えられないどころか、自分の名前すら分からないと言う。

　マグダラは記憶を失っていたのだ。

「それで、マスケラさんの知り合いが近くにいないか一緒に捜しつつ、とりあえず私の家で面倒見てたんです。丁度一週間くらいになるかな？　あ、マスケラさんっていうのは私が適当に付けた名前。だってマスケラさん、絶対に仮面を外そうとしないんだもの。ほんとは可愛い顔してるのに。……でもとにかく、知り合いが見つかってよかった。それがテファーナ様だっていうなら、何の心配もいらないしね」

　マグダラは若干嫌そうだったが、少女のほうは賢人たるテファーナに絶対の信頼を置いているらしい。結局マグダラはテファーナの家に引き取られることとなった。

　お師匠様はマグダラの記憶を呼び覚まそうと、昔の話を色々してみたようだ。しかしマグダラは、目の前にいる旧友のことも、他の仲間のことも、集落のことも、大変災のことも、ちっとも覚えていないと言う。

　それどころか、幾つかのキーワードに対しては拒絶反応を起こした。

　その一つが『ギルトア』だ。テファーナがその名前や彼との思い出話を持ち出すと、マグダラは決まって強い頭痛を訴えるのだった。

　そんな折、町の冒険者からある報告が寄せられる。

『追憶の樹の様子がおかしい』と。

＊＊＊＊＊

【きまくらゆーとぴあ。トークルーム（公式）・総合】

〔名無しさん〕
今までのワールドイベで霧ケツ16、星ケツ4、遠征フィールドで星ケツ4出てるから、
現時点では5つハイスキルを所有してるプレイヤーがトップだな
〔ねじコ＋〕
ワールドイベで結晶出るのずるいよ～
古参との距離が埋められないじゃんか
〔モシャ〕
新規が古参に追いつけなきゃダメっていう感覚がおかしいんやで
〔イーフィ〕
古参は今となっては微妙なスキルに結晶消費させられてたりするんで、追いつけなくもな
いと思うけど
〔明太マヨネーズ〕
ぶっちゃけハイスキルよりジョブスキルなんだぜ
〔鶯*〕
とりあえず狩猟は欲しいよね
でもって狩猟取ったからには解体欲しいでしょ
で、遠征が充実してきたとなると採集系も気になりだすのよ

するとあら不思議、生産職のはずが生産全くしなくなるっていう

[yuka]
すみません、ちょっとお聞きしたいのですが、このゲームっていわゆるＰＫ行為が可能なんですか？
先程フィールドにて見知らぬプレイヤーから攻撃を受けました

[yuka]
あれ？　もしかして凍結してます？

[yuka]
誰もいないかんじですか？

[yuka]
えっと……バグかな

******

『追憶の樹の様子がおかしい』

曰く、朽ちることも落ちることもないその青い果実が、しばしば赤く明滅するとのことだった。

その件について調べていく内に、お師匠様はある事実に辿り着く。実が赤くなる瞬間とマグダラが頭痛を引き起こす瞬間の、時系列が一致していたのだ。

樹は確かに毒に対する抗体を生みだすべく、マグダラから養分を奪っていたのだ。記憶という名の栄養素を。

しかも厄介なことに、実が赤く輝く際、森の幻獣達が落ち着きを失う様子が観察されている。

どうやらマグダラの記憶を吸い込んだ追憶の果実は、一際強い幻素を有しているようだ。それで実と、本来の記憶の持ち主であるマグダラが共鳴すると、森全体の幻素に乱れが生じるらしかった。

お師匠様によると、無理に記憶を戻そうとするとよくない幻素反応が引き起こされる可能性があり、非常に危険とのことだった。

それでお師匠様は、マグダラの記憶を取り戻そうとする試みを一旦諦めることにする。

彼女の存在をかつての仲間——とりわけギルトア——にも知らせないことにした。例えばもしギルトアがマグダラに会いに来たとき、それが引き金となってよからぬことが起こらないように、と。

しかしかと言って過去を失ったマグダラが幸せそうかというと、そんなこともなかった。彼女はしばしばぼんやり遠くを見つめては、旅に出たがったと言う。

「何かどこかに大事なものを置き忘れてきているような、そんな気分に悩まされるんだよ。それか、どこかで何かがあたしを呼んでいるような……。もしかしたらそこがあたしの死に場所ってやつなのかもしれない、ひひひ」

彼女は冗談めかしてそう語ったが、お師匠様の目にはとても悲しそうに映ったらしい。テファーナはついに、旅立つマグダラを引き留めることができなくなってしまった。

「分からなくなったの、何が本当に正しいことなのか。多分マグダラの中にはまだ、ギルトアの影が残っているのだと思う。だとしたら納得がいく。故郷を失くした彼女が追いかけるのは、世界を見るために去って行ったあの子のことに違いないから。それに彼女、自分のことを薬師と名乗っているでしょう。薬学はギルトアの専門なのよ。マグダラはいつも彼を手伝っていたの。彼女の心は、拒否反応を引き起こす体とは相反して、彼を求めているのよ。それを思うと、私はもう、どうすることもできなくなってしまった」

マグダラの記憶を呼び覚ますことも、彼女を引き留めることも、ギルトアに彼女の存在を知らせることも――。

とはいえお師匠様は、その後も自分にできる最善を尽くそうと頑張った。

マグダラやギルトアのことは自分ではどうにもできない。でも、なら、森は、追憶の樹に関してはどうだろうか。

彼女はそう考えた。

それでギルドを通じて冒険者達の協力を得、病める森の浄化作業に踏み切ったのだ。

追憶の樹がマグダラの記憶を食らったのは毒霧に対抗するため――であればその脅威を無くしてしまえば、樹と、樹にとって不要になったマグダラの記憶を切り離すことも容易になるのではなかろうか。

そんな一縷の望みをかけての決行であった。

しかし結果は、冒険者もといプレイヤー達のいざこざがきっかけで森の主の不興を買い、挙句幻獣達のスタンピードが引き起こされるという最悪の事態に至ってしまう。

賢人オルカの功により森の封印には成功したものの、その防壁を支えることになったのは他でもない追憶の樹であった。

そういえば革命イベントの動画でも、追憶の樹の枝と森の周囲から生えてきた蔓植物が絡み合う場面があったっけ。

最早立ち入り不可となった森を浄化することはできない。そしてマグダラの記憶が戻れば追憶の樹は力を失い、森を囲むバリケードは崩れ、スタンピードが再開することも必至。

八方塞がりになってしまった。

なんか話聞いてるとちょっと申し訳ない気分になってくるね。

いや、例の革命イベントには私全く関わってないし、ゲーム的にはこれはこれで面白いシナリオ進行だと思うんだけどさ。

それでもなんかこう、こっち側の責任を感じるというか、うちのプレイヤー達がほんとすみませんというか、何というか。

「おまけに前は一瞬赤く染まってもすぐまた元に戻っていた追憶の果実が、ここのところ赤くなりっぱなしで。しかも日が経つにつれて、どんどん色が濃くなっているように感じるの。だから私こうして、頻繁に様子を見に来ているのよ。恐らく、マグダラの記憶が戻りかけてるんじゃないかなって思う。ギルトアに彼女の存在がばれて、彼女のことを捜しているとのことだし、もしかしたらどこかで二人が出会っているのかも……。ううん、あなたは責任を感じなくていいのよ。きっといつかは、こうなっていただろうから」

お師匠様は頭を振って、ほうっと憂いを含んだ溜め息を吐く。

「今となってはもう、成り行きを見守るしかないのよ……」

――――その言葉を最後に、喧騒が戻ってきた。

私はしばしぼーっとする。

こんなに長いエピソードイベントは初めてで、且つこんなにシリアスなストーリーも初めてだったので、ちょっと圧倒されてしまった。

まだ頭が追い付かないような、余韻に浸っていたいような。

そんな状態だったため、周囲の異変に気付くのが遅れてしまった。私が我に返ったのは、「ぱりんっ」というつかも聞いた、けれどそのいつかより一際鋭く大きい、破砕音が響いたためだ。

それでようやっと何かがおかしいと思い至り辺りを見回せば、集っていたプレイヤー達が皆一様に、固唾を呑んで森の方角へ目を向けている。

私も彼等に倣えば、丁度真っ赤に染まった追憶の果実が弾けるところだった。それはきらきらと破片を舞い散らしながら、森のあちらこちらへ降り注いで消えていく。

瞬間、大樹に絡みついた蔦達が一斉に生気を失い、干からび、朽ち果てた。そして緑のバリケードが崩れ去り、本来の森の姿が露わになると――――。

ぶわり。

――――突如、どす黒い靄が森から溢れだす。

……いや、溢れだした黒い何かは靄だけではないようだ。もっと形のはっきりとした……あれは、鳥？　なんか段々大きくなっている……っていうか、近付いてきてる？

え、何なの、この地響き。それにこのざわめきはよく耳を澄ましてみれば、周りのプレイヤー達の気配とはもっと別の……鳴き声？　獣の？

じゃり、と近くで土を踏み締める音が聞こえた。いつの間にかすぐ横に、トンボっぽい透明な翅を生やしたお姉さんが佇んでいる。

彼女は挑戦的に口角を上げると、私に何らかの言葉を発した。勿論セミアクティブの私にその声は届いていない。

そしてどう対応するか迷う間もなく、視界は突如暗転した。ぴーんぽーんぱーんぽーん、と大きなチャイムが響き渡る。

『革命イベント【ゼツボウノサイカイ】が実行されました。これにより明日から一週間、緊急ワールドイベント【スタンピードを阻止せよ！】が開催されます。また関係するコミュニケートミッション、社会情勢等に変動が生じます。革命イベントの詳細については公式動画サイト〝きまくらひすとりあ。〟を、緊急ワールドイベントの詳細については〝お知らせ〟をご覧ください』

あのお姉さん見覚えあったなあとか、何気私ブランドの服着てなかったか？　とか、すべてはもう、後の祭りなのであった。

*****

「**【きまくらゆーとぴあ。トークルーム（公式）・開拓ｏｒ革命イベントについて語る部屋】**
［（ぼむ）］
（動画）
流れそうなので貼り直し
」

ブティック相手にイキるバレッタ草
[名無しさん]
バ「祭が始まるね」
草
[パンフェスタ]
不敵な笑み（）
[マリン]
セミアク相手に何やってんのｗｗｗ
[モシャ]
祭、、
[マ　ユ]
祭じゃ〜〜〜〜、、
[バレッタ]
おまえら全員の名前覚えたから
明日からのワールドイベで片っ端から消す
[ヨシヲwww]
顔真っ赤だゾｗ
[鶯.*]
バレさんそれはあかんて

待ちに待った緊急イベでテンション上がってんのは分かるけどその台詞はヤバいて
共感性羞恥がこっちにも飛び火して色々目も当てられんて
[イーフィ]
おまえら寄って集って虐めて大人として恥ずかしくないのか
相手は中学生だぞ
[否定しないなお]
当時のバレちゃんの心境←
「緊急イベキタアアアア　(`q´)あ、ブティックさんおる(*´ε`*)　おともらちになりたい
てへぺろ(*、ﾓ´)」
[バレッタ]
(ぼむ)　名無しさん　パンフェスタ　マリン　モシャ　マ　ユ　ヨシヲwww　鶯*　イ
ーフィ　否定しないなお
[송사리]
バレ萌え(・ε・)
[バレッタ]
キムチ
[송사리]
(、;ε;´)
[めめこ]

寧ろバレさんのほう向いて「何言ってんだこいつ」顔したまま幻獣の突進でワンパンされてるブティックさん萌え

[ヨシヲwww]
バレッタもツーパンで草

[バレッタ]
は？　あの攻撃イベント用にダメージ超絶水増しされてるから大体のプレイヤーはワンパンかツーパンで飛ばされてるし
死ぬこと前提のイベントなんだが？
人を煽るんならもう少しまともな考察力と状況把握力を身に着けてきてからどうぞ

[ヨシヲwww]
誰も他のプレイヤーがどうとか言ってないんだがw
ただ単にイキった直後吹っ飛ばされてるおまえが面白いなって思っただけだよw
そんなんだからおまえ彼氏いないんだぞw

[バレッタ]
だとしたら何の煽りにもなってないんですけど
あと人を貶す理由として何でもかんでも彼氏彼女モテるモテないに結び付ける奴、浅はかな人生観が透けて視えて辛い
因みに私は彼氏います

[ヨシヲwww]

＞因みに私は彼氏います
俺も辛いよｗｗｗ
【イーフィ】
うるせーその喧嘩は明日やれ
てか総合で駄弁ってた奴等居心地悪くなったからって纏めてこっちくんのやめろ
【メイポリ@共和国所属】
yukaさん可哀想
ついにバグを疑いだしてる
【（ぼむ）】
革命起こったんだからそらこっち来るやろって思ったけどそーゆーことか
きまくら。の闇にぶつかったエンジョイ勢の相手するのがめんどくなったのな
【名無しさん】
フレンドリーファイアという名の最凶の闇クソワロｗｗｗ
【ゆうへい】
＞＞メイポリ@共和国所属
可哀想とか言うならおまえが相手しろよ
【メイポリ@共和国所属】
あの手の一見まともな情弱プレイヤー苦手なんよ
たまに変な方向に覚醒する人おるし

[鶯*]

やばいそのレス凄い刺さる

談話室民じゃないならまだしもここの住民の性質知りながらにしてなおもカマトトぶってるとこに危うさを感じる

もし本当にピュアだとして、未だにきまくら。の空気を察せてないのがそれはそれで問題だし

[否定しないなお]

考え杉

[マリン]

そうやっておまえらは白かったものをどんどん黒くしてくんだな

[パンフェスタ]

まあ頑なに敬語なのは地雷臭ある

異論は認める

[モシャ]

>>イーフィ

すまん

迂闊に真実を教えると俺が新規減らした戦犯みたくなりそうでなんか怖かった

[マ　ユ]

>>モシャ

実際これよね
あの人結構常識あるかんじだから、今までちょいちょいここでアドバイスしたりパテも何回か組んだことある
だからこそ敢えて有耶無耶にしてきたきまくら。の闇を今更私の口からは言えないというか何というか
あれよ、子どもにお父さんの死をどう説明したらいいのか分かんないみたいな、そんなかんじ

[ねじコ+]
そうなんよ
yukaさんとは始めた時期が大体一緒で時々遊んでたんだけど、あの人真性の天然なんよ
自分は早い段階で「あ、このゲームほのぼのしてねえ」って気付けたけど
彼女はきまくら。がこぐにのMMO版と信じて疑わなくてさ
知らないからこその純粋さとかもあるわけで、楽しかったんだよ、遊んでて癒しだった
今更言えないよ、「このゲーム進めていくとフレンドリーファイアと発狂状態を利用した害悪プレーが蔓延(はびこ)ってて別ゲーだよ」だなんて……！

[イーフィ]
いや言えよ
友達なら言えよ

[()ぼむ()]

でたよきまくら。民の新規とエンジョイ勢に半端に優しい悪癖

［鶯＊］

優しいってゆーか過大評価し過ぎなとこあるよね

君達、新規とエンジョイ勢がピュアピュア聖人だと信じて疑わないのね

古参みたく訓練されていないとはいえ結局奴等も人の子、明日にはどーせ復讐の鬼と化して戦場に戻ってくるのよ

［否定しないなお］

少なくとも鶯嬢よりかはピュアピュアだと思うよ

［パンフェスタ］

ピュアな新規をピュアなまま育ていきなり戦場に放り込んで覚醒させるまでが古参の役目だと思うんだ

だからうっかり彼女を攻撃した俺は何も悪くない

［ポワレ］

おまえが戦犯カッ

［ミルクキングダム］

いや現場いたけど真の戦犯は悪ノリのバーサーカームーブで粘着したササだかんな

［ササ］

悪ノリじゃねーよ邪魔だっただけだ

こっちは幻獣をパン達に誘導すべく真面目に仕事してんのにあの阿呆幻獣避け焚いて台無

しにしやがった
まじ性質わりい
[ミルフィーユ]
えっと……
[ペルットゥ・スンド]
>>ササ
あ～いるよね～
バトルほっぽって幻獣狩りだしたり素材集めだしたりする寄生プレイヤー
平和主義者気取っててんじゃねーぞ誰のお陰でここまで来れてると思ってんだっていう
[ササ]
アンカ付けんなきしょい
[ゆうへい]
どこから突っ込んだらいいのやら
[モシャ]
幻獣含むギミックに対処しつつ素材集めたりクエストこなしたりするのが本来のゲーム性のはずなのに
今じゃギミックを利用した同士討ちがメインだからなあ
そらおまいらが神聖視するほどに新規もエンジョイ勢も寄り付かなくなるわけだわ
[めめこ]

「いや〜明日からのワールドイベが楽しみですわ〜（棒」

******

【きまくらゆーとぴあ。トークルーム（公式）・総合】

[深瀬沙耶]
マグダラ、キャラが行方不明で草
[universe202]
結局ゼツボウノサイカイの発動条件は何だったの
いつもはきまくら。ひすとりあで種明かしされるけど今回は正解発表なし？
[竹中]
ワールドイベと紐付けられた革命だから、ワールドイベが終わってからだな
前の緊急イベでもそんなんあった
[YTYT]
前哨戦イベでの働きもＶＰランキングに影響するから、種明かしはその辺かな
[とりたまご]
マグダラちゃんきゃわわ
[ポワレ]
顔の紋様がいいよね中二感あって

［明太マヨネーズ］
　え、マグダラの素顔公開済なん？
［3745］
　ひすとりあひすとりあ
［msky］
　公式の革命イベ動画で顔出ししてるよ
［universe202］
　結局美少女乙乙
［竹中］
　ここまで引っ張っといて不細工だったらおまえらキレるだろ
［msky］
　ここまで引っ張ってきた美少女をウザ眼鏡が抱き締めた時点でキレた
［くるな@復帰勢］
　糞運営ですわほんと
［モシャ］
　エンダァァァァァァァァ

＊＊＊＊＊＊

ログイン41日目　スタンピードを阻止せよ！

『6月4日14：00より緊急ワールドイベント【スタンピードを阻止せよ！】を開催！』

『ミッションをクリアしてスペシャルギルドポイントを集めよう！　SGPは様々なアイテムと交換することができるぞ。当イベント限定のアイテムもあるので、忘れずにチェックしよう』

『さらにイベントVPランキングをクラン、個人ごとに開催。作戦により貢献した上位プレイヤーには豪華プレゼントを用意。MVPを目指して頑張ろう！』


お知らせ画面にはそんな文字が躍っていた。

なんかね、昨日の唐突な暗転もイベントプロローグの演出だったみたい。一瞬不具合かとも思ったんだけど、あれ、封印から解き放たれた森の幻獣が突撃してきて、行動不能になった、ってことらしい。

不意に話しかけてきたお姉さんに気を取られて意味不明な状況に陥っちゃったけど、ちゃんと様子を観察してれば先陣切って突っ込んできた文字通りの烏合の衆を確認できたっぽい。

そんなわけで、気付けば私の体はホームに戻されていた。まあイベント演出用の強制ゲームオーバーなため、ペナルティとかは付いてなかったのでいいけどね。

公式動画サイト〝きまくらひすとりあ。〟には、スタンピード発生の一部始終と共に、阿呆面のまま散っていく私の姿も隅っこに映っていた。

大多数モブの一部と化してるから別にいいっちゃいいんだけど、こういう場合はダミーアバターも何もなくさらっと自分の姿が公然に晒されちゃうんだね……。

公式ですらこんなふうに予測不能なムーブかましてくるから、ほんと、変なことはできないなあ。なるべく波風立てないように、平和に、周りの空気に合わせてプレーしてかないと。

で、何はさておきイベントですよ、イベント。それも、緊急ワールドイベントとな！

いや～、前回のワールドイベントは初心者過ぎてそれどころじゃなかった私だけど、今では大分きまくら。というゲームにも慣れてきたからね。

これは勿論、参加するっきゃないでしょう。

マグダラやギルトアを取り巻くストーリーの先行きも気になるし。

テーマ的に狩人が中心のイベントなのかな？　と思わなくもないけど、概要欄を見る限り生産勢にも活躍できる場面があるようだ。参加資格とかは特にないみたい。

【スペシャルミッション】の項目を開けば、まず先頭に【・テファーナに任務の指示を仰ごう】と上がっている。よーしそれじゃとりあえず、【病める森】に行こうかね。

と、はりきって向かったはいいものの、街道の途上で足止めを食らってしまった。

「これより先は幻獣の狂暴化が活発になっており危険ですので、現在通行禁止となっております！」

あ、そうなんだ。

ってなると、テファーナ様はいずこに？　もしかしてこの分岐のもう一方の先、レンドルシュカの町にいるのかな？

そう思い歩いて行くと、道の周辺をうろつく幻獣や、幻獣と相対する人達の数が増えてきた。森から溢れた幻獣達が、こちらへ流れてきているようだ。

程なくして、レンドルシュカの町が見えてきた。

門の前では、地図を広げて複数人と話し込んでいるお師匠様の姿が。彼等は間もなく解散し、顔を上げたお師匠様が私に気付いた。

「ビビアちゃん、来てくれたのね……！　怪我はもう大丈夫？」

多分、幻獣の奇襲を食らったときのことを言ってるんだろう。こくこくと頷けば、お師匠様は眉尻を下げて微笑んだ。

「来てくれて嬉しいけど、無理はしないでね」

そこで選択式のダイアログが現れる。

↓・何が起こっているの？
・私に何ができるかな
・作戦の進捗状況を教えて

…………

とりあえず一応、上から順に話を聞いていくことにする。

曰く、追憶の樹の実が突然弾けたことにより樹が力を失い森の防壁が決壊、スタンピード――

幻獣の暴走――――が再開したとのこと。

幻獣達の多くはここレンドルシュカの町のほうへ流れてきているようで、政府は幻獣を食い止め、町を守るための人員を募っているということだった。

仕事は、大きく分けると三つ。

まず、幻獣の進行を食い止める係。

これに関しては、幻獣を倒しきってしまうと生態系が大きく崩れ、素材の宝庫ともなっている森が滅んでしまう恐れがある。

それでできれば息の根を止めるのではなく、興奮を冷まして落ち着かせるか、昏睡状態にして森に帰すのがベストらしい。

そのために必要になってくるのが麻酔弾や睡眠薬を入れた餌といった、特殊なアイテムである。これを用意するのが、第二の係。

ここで生産勢が貢献できるっぽいね。

で、第三は、町の襲撃を受けた場所を修復する係。

これら三つの要素がバランスよく進行することによって、作戦を成功へと導くことができるんだって。

幻獣処理班には狩人や獣使いが活躍するだろうし、生産班は薬師やら料理人やら鍛冶師やら、修復班は勿論大工、そしてそれらを支える物資の調達に商人と採集師……と、幅広く色んな職業が関われるようになっている。

けど残念ながら、仕立屋としての出番はなさそう。辛うじて私が加われるのは、幻獣処理班くらいみたい。

というのも、本来なら狩猟免許を持っていないと、護身以外の目的で幻獣を攻撃してはいけない決まりがある。しかし此度の件に関しては非常事態のため、そのルールが適用されないそうなのだ。

つまり狩猟スキルや狩猟免許を持っていない貧弱な私でも、一応参加可能ということになる。出現する幻獣のレベルは場所ごとに分かれているようなので、一番レベル帯の低いところを選べば何とかなるでしょう。

まずは睡眠効果のあるアイテムを買いに行こうっと。

このイベントの幻獣バトルは、相手を眠らせるか相手の耐久値をぎりぎりまで減らすかで勝利となるらしい。通常バトルすら未経験の私は耐久削りに自信がないので、アイテムに頼るのが吉な気がする。耐久バーを吹っ飛ばして倒しきると、ポイントがもらえないだけでなく、イベント全体の成功度にも加算がつかなくなってしまうんだって。

プレイヤーひとりひとりの行動が全体のストーリーの流れにも影響するんだね。

迂闊に動くと病める森閉鎖事件のごとく、不穏な結末になってしまうかもしれない。気を引き締めて臨まねば。

因みにこのイベントではＮＰパーティは編成できないみたい。危急時につきギルドは人員不足で、助っ人申請を含む幾つかのサービスが受けられなくなっていた。

他の町で助っ人を呼んでそのままイベントに参加とかできないのかな？　と思って調べてみたけど、駄目みたいね。

そもレンドルシュカ防衛戦に加わるには、その都度テファーナ様に話しかけなくてはならないらしい。ＮＰパーティはどこかの町に入った時点で解散する仕様なので、イベントバトルはソロかプレイヤーどうしのパーティでどうぞってことになる。

まあまあ、それは仕方がないね。勿論私は栄光のソロで挑ませていただく。

ぼっちと書いて孤高と読むのよ。孤独とは自由って偉い人も言ってた気がする。

準備を済ませた私は、最も難易度の低い南エリアへ向かう。

町に来るまでの道中でも思ったけど、そこはきまくら。なわけで、こんな大変な展開ながら緊迫したムードとかはあんまりない。

このゲーム、根本がやっぱ〝生活〟を主軸とした作業ゲーだからね。アクション性には力入れてないのが一目瞭然だし、幻獣もそんな恐ろしいかんじにはデザインされていない。

雄々しいかんじの子もいれど、どちらかというと可愛い系やコミカル系のほうが多いイメージだ。たまに滅茶苦茶生々しくて気持ち悪い奴等はいるけど。特に虫系。

そんなわけで初バトルな私も、あまり気負わず幻獣駆除に取りかかることができた。

基本的に、見つけた幻獣に装備している大針を投げ付けるだけの簡単なお仕事です。

針にはね、【睡眠薬】を塗ってあるの。これにスキル【必中】と【タマドメ】を組み合わせることによって、結構順調に仕事ができている。

必中はすばしっこい幻獣でも確実に攻撃を当ててくれるので便利だし、タマドメは相手の動きを止める働きをするので、一撃の重い攻撃をしてくる敵を処理するのに役立っている。

睡眠効果付与の確率は当てた攻撃のうち大体二分の一ってところかな。

時々ひやっとする場面もあったけど、バトルスキルがなくても私にはマネーがありますから。アイテムの力でゴリゴリのゴリ押しすれば、大体何とかなりましてよ、ほほほ。

カラスさん、兎さん、狼さん……と、私は淡々と昏睡させていき、ぽちぽちポイントを集めていく。

――――がしかし、それは全く前触れなく、突如起こった。

「…………あれ？」

気が付くと、視界が真っ暗闇に覆われていた。

丁度昨日も体験した暗転現象だ。但し昨日と違ったのは、やがて虚空に『GAME OVER』の文字が浮かんだこと。

その後私の体はホームに戻される。見慣れた自室を眺めながら、私はぽかんと、今し方生じた事象を頭の中で反芻(はんすう)した。

『GAME OVER』ってありましたね。ゲームオーバー……。このゲームでその文字が現れるというのはつまり……死に戻り⁉

慌ててステータスを確認すると、案の定レベルが1下がっており、耐久バーも赤ゲージに突入していた。

うわ～～～～、初死に戻り、やらかした～～～～。まあきまくら。は、デスペナルティによるロストアイテムなども制限時間内に同じ場所に向かえば取り戻せるので、それは不幸中の幸い。

けど、一体どこでそんなダメージを食らったんだろ。さっきまでの自分の行動を思い返してみても、まるで心当たりがないんだよね。

だから反省しようがないのが困ったところ。

確かここに戻される前、最後に見た耐久ゲージは満タンに近かったはず。それが一気に吹っ飛ばされたんだろうから、相当の高火力ダメージを食らったということになる。

あの初心者エリアで、今までそんな強い幻獣には遭遇したことなかったんだけどな。しかも全く気付けないレベルの不意打ちだなんて、運が悪いとかそういうレベルの問題でもないような。

……………う～～～ん……？

＊＊＊＊＊＊

【きまくらゆーとぴあ。トークルーム（公式）・ワールドイベントについて語る部屋】

［くまたん］

国なし騎士団さーん、東エリアで純害悪が暴れてます

出張お願いします

［hyuy＠フレ募集中］

ダメダメ

今日の国なしは西のもんやで

SNS見ろ、日程表あるから

［msky］

西はともかく東はそれなりに闘える奴等揃ってんだろ

クランに媚び売るかヘイト向かないよう上手く立ち回るかして自衛しろよ

［深瀬沙耶］

東西来いとか言ってる奴なんてどうせ学習能力のない寄生厨なんだから国なしは北来るべき

んで結社とパン祭とツイストと四つ巴になって全員くたばって

[3745]
とりあえず国なしって言うのやめてくれる
国境なき騎士団だっつの

[ミラン]
うるせーMAD作ることしか能ないポンコツサブマスに用はねーんだよ
イーフィだせイーフィ

[3745]
何だとこの野郎奢るぞ

[イーフィ]
とりあえずミラン、おまえだけは助けてやらん

[おろろ曹長]
イーフィぃぃぃいいいいい東来てよぉぉぉおおお
協定組が無差別爆撃してきてまるで仕事にならないんだよおおおお

[バレッタ]
北おいでよイーフィ
歓迎するよ、、

[msky]
つかさあSNSの日程表、明日南に出動ってあるけど南とか最早ほっといてよくね？

情弱、コミュ障、弱者しか相手にできないチンピラ、この3タイプしかいないんだから、切って然るべきだと思うんだよね
[イーフィ]
我々には救わねばならん初心者とエンジョイ勢がいるのだよ
[ミラン]
いねーよ初心者とエンジョイ勢なんて
どこの世界線の話してんだ
[エルネギー]
目えかっ開いて現実を見ろ
この世は阿呆と畜生とド畜生しかいないんだよ
この三つの内どれが一番可愛げあると思う？
そう、真ん中の畜生だ
阿呆は救いようがないしド畜生は勝手に自滅するからな
だから国なしは東に来い
くたばれ協定
[シシディアでごわす]
この手のイベントになった途端国なし大人気で草
[イーフィ]
協定はそろそろ北行くだろ、ササがインするから

【(ぼむ)】
　こんな世紀末ゲーで慈善活動だなんてほんとよくやるよおまえら
　助ける価値のある奴なんて見回したって一人もいないのにな
【バレッタ】
　無職来んのか
　相手にすんのめんどいからイーフィ達のほう行くかな
　あとぼむとマユと否なおにも会いたいんだよね
　皆一緒に遊ぼうよ、、
【リンリン】
　バレさん言うてそんな強くもないのによくそこまでイキれるよね
　今日既に4回は死に戻ってるハズ
【水銀】
　せやからそんな煽らんといてくれ
　付き合わされる俺等のライフはもうゼロなんよ
【おろろ曹長】
　きまくら。あるある
　防衛イベのたびプレイヤー全体の平均レベルが著しく低下する
【スペード】
　ツイストファミリーは防衛イベでなくとも常にレベル帯が波打ってますけどね……

【ピアノ渋滞】
①レベル上げる
②上位陣に喧嘩売る
③レベル下がる
④①に戻る
きまくら。ってこれを延々と繰り返す虚無ゲーでしょ？

【くまたん】
草

【深瀬沙耶】
年中お祭で楽しそうだね君達

*****

【きまくらゆーとぴあ。トークルーム（非公式）（鍵付）・クラン［竹取物語（株）］の部屋】

【竹中】
くたばれええええええええ！！！！

【ayumi♪】
ごめんなさいごめんなさいはいはいごめんなさ～い

【ファンス】

うをっ!?

[ファンス]

あ、音声通話と繋いでんのか
ついに竹取メンバーもきまくら。の闇に呑まれてトチ狂ったかと思った

[ファンス]

ん?
音声と繋いでいようがいなかろうがトチ狂ってんのは事実か

[レティマ]

何ひとりでぶつぶつ言ってんの
さっさとインして参戦しなさい
今回はクラン100位目指すんだから

[ファンス]

うへえ、とうとううちもガチイカれ勢の仲間入りっすかあ

[ayumi♪]

ごめんねごめんね~わざとじゃないで~す

[レティマ]

うわっ眩しっ
なんなん!?

[syana]

あ〜〜あるかる来やがったか
最近また数増やし始めてきて鬱陶しいんだよな
[ピュアホワイト]
解体しろ解体しろ
ギスって分解して爆散しろ
[レティマ]
白君、それは駄目
陰キャマジギレ案件
[竹中]
お、あ、あ〜〜〜
[ayumi♪]
ばか〜〜〜〜〜
[レティマ]
これはさすがに自業自得
ってかさっきからぴかぴかぴかぴか何なの!?
折角見つけたミズカゲタイジャ、いちいち見失うんだけど
[ピュアホワイト]
発信源めめこさん
[竹中]

何て!?
[ピュアホワイト]
発信源めめこ
[ayumi♪]
ごめんなさ～い盲目状態で見えてなかったんですう～～
[竹中]
音声被って分からん！
発信が？　誰？
[ピュアホワイト]
何のためにトークとボイス繋げてると思ってんだよ
聞こえないんだったらログ辿れよ
っていうか視界にトークログ貼っとけよ
左遷されちまえ
[竹中]
おいごるぁ白木ぃ！
ぼそぼそ言ってんのばっちりマイク拾ってんだよごるぁ！
[レティマ]
えちょっと竹どこ行くん!?
私一人でこいつら避けながらタイジャ処理すんの無理あるよ!?

「
【ayumi♪】
やめて～
私のために争わないで～～
【ファンス】
あるかるが解体するより早くこっちが解体しそうだなおい
」

ログイン42日目　きまくらゆーとぴあ。

本日も、レンドルシュカ防衛班に参戦することにする。

昨日の死に戻りの件は不可解だけれど考えても進展はなさそうなので、気を取り直して再挑戦だ。

そうして昨日より少し周囲に気を配りつつ、駆除作業を続けていると――――。


どっ。


――――と、背中に僅かな振動が走った。

これは耐久値にダメージが入ったことを意味する感覚信号である。ゲージは……一気に行動不能すれすれ!?

即座に振り返ると、弓矢を携えた男性プレイヤーと目が合った。彼は口角を上げ、こちらに向けて得物を構える。

え？　え？　この人なんで私に攻撃しようとしてんの？　ってことは今し方のダメージもこの人の仕業ってこと？　きまくら。って確かそういうＰＫ行為はできないんじゃなかったっけ？

ってかもしかして昨日の死に戻りも、プレイヤーからの襲撃だったり？

忙しなく駆け巡る思考とは裏腹に、体は咄嗟の事態に反応できない。弓は残酷に引き絞られていく。

しかし矢が放たれるか放たれないかの刹那、突如飛来してきた黒い影が男を襲った。彼の攻撃はキャンセル判定になったのだろう、その手から矢が消える。

影の飛んできた方向へ目を向けると、崩れた防壁の上に、また別の男性プレイヤーが立っていた。

彼は二匹の黒いイタチのような獣を従えていて、そこにさらにもう一匹、同じ種類の幻獣が駆け寄ってきた。イタチは男の肩によじ登ると、弓矢の襲撃者に向けて威嚇するように「クッ」と鳴く。

どうやら割って入ってきた黒い影は、あのイタチのようだ。

私には聞こえなかったが、見知らぬ二人の間では何やら会話がなされたようだ。明らかに友好的な空気ではなかったものの、やがて私を攻撃してきた男は背を向けて去って行った。

残ったイタチ連れプレイヤーのほうが、瓦礫から飛び降りてこちらへ向かってくる。

えっと、多分、助けてくれたってことなんだよね。

私はすぐセミアクティブモードを解除して、近付いてきたイタチ男さんにお礼を言った。イタチ男さんは軽く手を挙げて、「うむ。気にするな」と言ってくれる。

彼はオールバックの髪型にチャラっぽいスーツ姿という、一見ホストのような格好だった。けど従

えた三匹のイタチのお陰もあるのか、不思議と品のあるオーラを感じた。

「失礼だが、その方、ブティックさんとお見受けする」

え、あ、はい。ほんとは〝ブティック〟じゃないんですけど、まあいいです、はい。

「お仲間と一緒には行動しないのかね。この時間帯なら丁度竹取もあるかるも活動中だと思うのだが」

たけとり？　あるかる……は、陰キャさんのクランだったよね。

よく分かんないけど、私ぼっちプレイヤーなんでお仲間とかいないですよ。あるかるのメンバーでもないですし。

そう伝えると、イタ男さんは怪訝そうな顔をした。

「ふむ。まあ、人には各々事情があるからね。深入りはしないでおこう。申し遅れたが当方、［国境なき騎士団］団長、イーフィと言う」

おお、なんかかっこいいクランネームだなあ。

「これよりしばらくの間、ここ南エリアの治安は我等が守る。ブティックさんも安心して自分の仕事に専念したまえ。勿論君がよからぬことを企もうものなら、君は我々の敵となる。弱きを助け悪しきを挫く、これが私の信念だ。では、私は巡回に戻ろう。さらばだ」

言って、イーフィさんは去って行った。

これって一種のロールプレイというやつなのだろうか。何となくむず痒くなりそうで私はその手のエンタメは勝手に敬遠してたんだけど、あの人、堂に入ってて違和感なかったなあ。

「きゅんっ。ときめいちゃった」

えっ。

突然耳元から変なナレーションが入ってきて、私はぎょっとして体を捩った。

いつの間にかすぐ傍らに少女が立っていて、人差し指と親指で作ったレンズをこちらに向けている。

つまり、恐らく撮影されている。

だ、誰⁉

「そう思った？」

「はい？」

「かっこいいよね、うちのだんちょ」

唐突な切り出しに一瞬頭が追い付かなかったが、やがて話の対象が先のイーフィさんにあることに思い当たる。

「あ、はい。かっこいいですね」

未だ状況は呑み込めていない。けどとりあえず眼前に突き出された質問に素直に首肯すれば、少女は緋色の目を瞬かせた。

「ふむ。その方、エルネギー式きまくら。人種分類法で言うところの第一種、阿呆とお見受けした」

わざとらしい口調でそう言って、レンズを作っていた指を解いて下ろす。彼女は狼族で、地面に付きそうなくらいに長い髪が印象的だった。

「因みに私は阿呆に近い第二種、畜生に属す者です。だんちょは生粋の第一種。私達、阿呆を助けるのが趣味なの。国境なき騎士団サブマス、ミナシゴと言います。３７４５と書いてミナシゴ。よろしくね、ブティックさん」

「はあ。どうも、初めまして」

なんだか凄く失礼なことを言われた気がしないでもないけど、情報量が多くて突っ込む隙がなかった。私の名前――正確に言うと名前ではないのだけれど――がフリー素材のように扱われているのはこの際もう無視するとして、とにかく、このミナシゴさんという方は団長さんのお仲間らしい。となると無下にはできないわけで、私は愛想笑いを浮かべるしかなかった。

それで終わりかと思いきや、ミナシゴさんは私の隣に留まって、団長さんがまた別のプレイヤーと対峙しているのをぼんやり眺めている。

「ぶっちゃけ南は切り捨てろって意見も一理あるわ。南はイージーゲーム過ぎて撮れ高ないんだよね。騎士団の存在意義としては一番需要ある場所ではあるんだけど、どうせイベント終盤になるにつれて過疎ってくしなあ。ま、辛うじて今日はブティックさんに会えたからラッキーってところ」

あまつさえ、勝手によく分からないことを愚痴りだした。

腕を組んで佇む様を見るに、すっかりこの場所に落ち着いてしまったらしい。暇なのかな。けど、これは私にとって好都合でもあった。さっき忙しそうな団長さんには聞けなかったことを、この人になら聞いてもよさそう。

「あの、ちょっとお聞きしたいことがあるんですけど」

「はいはい。何でもどーぞ」

「もしかしたら見てたかもしれないですが、さっき私、プレイヤーから攻撃受けたっぽかったんですよね。実は昨日も似たようなことがあって、しかも昨日はワンパンだったらしく、気付いたら赤ゲージの状態でホームに戻されてたんです。きまくら。って、実はＰＫ行為が可能なんですか？　私の記憶だと、確かそういうの存在しない平和なゲームだと思ってたんですけど」

そう尋ねると、ミナシゴさんは、ぷふ、と空気が抜けるような変な声を漏らした。そして彼女は丸い緋色の瞳で、まじまじと私を見つめる。

「ブティックさん、このゲーム始めてどれくらい経つんすか」

「え、と……一か月ちょいくらい？」

「んな馬鹿な」

「う。いや、確かに、かーなーり、マイペースに進めてる自覚はありますけども」

「いやそっちでなくて。……うん？　まあ、そうね、一か月経つのにその知識量ってのも問題よね。けど一か月でシエル攻略してあるかる、竹取、結社と交流して仕立屋業も軌道に乗ってててって、それもオカシイでしょ。……んー、混乱してきた」

んな馬鹿な。彼女はもう一度、そう呟いた。


******

【きまくらゆーとぴあ。トークルーム（非公式）（鍵付）・クラン［あるかりめんたる］の部屋】

［陰キャ中です］
くたばれえええええええ！！！！

［めめこ］
無色協定、移動したっぽいです！

めめこ、今から陰キャさんのほうに加勢行きます！

[陰キャ中です]

さんくす！

[ウーナ]

こん～

もしかして今大分遠征に出払ってる？

[千鶴]

よっぽど不向きな人以外は全員東の駆除班行ってます

[ウーナ]

そっか、じゃあ今回は私もそっちでポイント稼ごうかな

敢えて生産班に回らず駆除班で活動してるってことは、クラン入賞目指してるってことどいいのよね？

[陰キャ中です]

いやどっちかっていうと私怨

[ウーナ]

私怨かい

[陰キャ中です]

ってのは冗談でメンバーそれぞれの個人ランク上げるのが一番の目的かな

クランランクは二の次

うち人数多いから上位入ったところで全員に報酬行き渡らないし
[陰キャ中です]
同じように個人ランクそこそこ上げたい人は協力してもらって
そうじゃないなら自由に活動しててい一よ
つってもうちの行動理念的に喧嘩売りには行かない方針だから、もしガチで個人ランク上
位狙う人は単独がおススメ
そんな人はうちに入らないとは思うけど一応
[ポワレ]
あっ、ミズカゲタイジャ
[陰キャ中です]
仕留めよう！
[めめこ]
既に竹取の射程範囲ですね……
[陰キャ中です]
知るか！
獲物なんて奪い取ってなんぼ！
[ジュレ]
テノヒラクルーエ……
[アリス]

おかしいな……さっきのログでうちは喧嘩売らない方針ってあったような……(´つω・｀)
ゴシゴシ
[陰キャ中です]
喧嘩売ってるわけじゃないもーん
レンドルシュカ防衛班として極めて真面目に仕事してるだけだもーん
[Wee]
ポイント溜めは結局幻獣処理が一番効率いいんでしたっけ
[ポワレ]
そだねー
ついでにライバルから獲物＝ポイントを奪えるって点でも旨みうまうま
[ウーナ]
逆に奪われるリスクも背負ってるけどね……
でも折角クランという庇護を得たからには活用しない手はない！
[カタリナ]
めめこさんのそのスキルいいね！
範囲デカくて足止めに便利！
[めめこ]
えへへ～、お役に立てて何よりです～
フラッシュ、クールタイム長いですけどここぞというときに使えますよね

味方巻き込み対策のサングラスで装備の枠一つ奪っちゃうのがアレですけど

【カタリナ】
でも準備した上での作戦としては全然あり！

【ジュレ】
見ないスキルだなあ

結晶消費して取ったの？

【めめこ】
うふ

【ジュレ】
まさか集荷!?

どこのどこの!?

【めめこ】
うふ

【ポワレ】
あ、なんか予想付いたわ

ただの噂として認識してたけどめめこさんが持ってることからしてほんとだった……？

【陰キャ中です】
くっそー竹取のあの遠慮ない内輪感、あれ絶対リア友どうしだと思うんだよね

リア充がこんな世紀末ゲーにいちゃいけないと思うのよ、許すまじ

［ウーナ］
　やっぱ私怨じゃん……

＊＊＊＊＊＊

「ブティックさんが受けたっていうあのダメージ。あれね、プレイヤーからの妨害とか攻撃とかじゃないのよ。フレンドリーファイアなのよ。つまり事故」

　ミナシゴさんの口からはっきり告げられた言葉に、私はぽかんと呆けた。

「あとね、さっきどこぞのプレイヤーから矢で撃たれそうになったでしょ。あれが当たった場合もフレンドリーファイア。事故なんです」

　次いで付け足された言葉には、さらに目を瞬かせることになる。

　え、だって、事故って無理あるでしょ。明らか故意でしょ。

　フレンドリーファイアってあれでしょ。誤って味方を攻撃してしまうってことでしょ。

　そもそもあの狙撃手とは仲間どうしじゃないし、〝誤って〟も何も、あの人めちゃめちゃ私に狙い定めてたんですけど。

「――――と、運営は主張し続けて、気付けば半年以上経ちましたとさ」

「はい？」

　ミナシゴさんもといきまくらゆーとぴあ。運営会社の主張は、つまりこうだった。

　今回のような防衛イベントの際、我々プレイヤーは一つの災禍に立ち向かう一つのグループなんだと。

つまり、全員味方。全員、仲間どうし。

プレイヤーは皆が協力し合ってこそイベントを成功へと導くことができるわけで、そこに敵対する意味などまるでない。

寧ろ妨害行為なんぞしようもんならイベント進行に支障がでる――延いては、自分自身に損害を被ることになる。

ダメージ判定がプレイヤーどうしでも生じるこのギミックは、それゆえにＰＫを助長するシステムではなく、飽くまでフレンドリーファイアなのである。

う、ん……成る程。そう言われれば、まあ、分からなくもない。

となると、故意だろうと過失だろうと、私に攻撃したそのプレイヤーにも、それに見合った損失があるってことよね？

「いやまあ、特にないんだけどね」

「は」

「あるとすればさっきも言った、イベント全体の進行に影響があるってことくらい？　でもそれって結局攻撃主個人だけでなく被害者含め全体に対するマイナスだから、物事を相対的に見るとするなら実質ペナルティゼロになるんだよね。んで、もっと戦犯してるのが、ランキングの仕様」

『ランキング』とは、この手のイベントに付き物の〝ＶＰランキング〟のことだそう。クランと個人ごとの部門があって、イベントにより貢献したプレイヤー――要はスペシャルギルドポイントを沢山溜めたプレイヤーが上位にいけるっていう、あれだね。

その仕様が、戦犯？

ミナシゴさんは難しい顔をして頷いた。

「あれね、まあランキングって銘打ってる時点でしょうがないのかもしれないけど、絶対評価じゃなく、相対評価なのよ」

「『相対評価』……」

「そ。だからイベントそのものが成功ルートに行こうが失敗ルートに行こうが関係ないの。他のプレイヤーより多くポイントを入手した人が勝ちなわけ。……ってなったときに、一部の人達は気付いちゃったんだよね。ランカーになる上での一番効率のよい方法は、真面目に黙々とポイントを集めることでなく、他を妨害しつつポイントを集めることだって」

多くのプレイヤーがその結論に達してしまったのには他にも理由があって、一つは、元々害悪がのさばっていたということ。

今よりは圧倒的に少なかったとはいえ、向こうがそうくるんならこっちだって、といった具合に妨害は妨害を、私怨は私怨を生み、負の連鎖はとどまるところを知らず、現在に至るんだとか。

また、ポイントの総合獲得数の多さで得られるものよりも、ランキング上位で得られる報酬のほうが価値が高い、というのも原因だそう。

どうせ誰かに邪魔されるんなら……。寧ろ邪魔したほうが自分が得するなら……。

そんなふうに考えたとき、多くの人間が自身の利益を優先して動くことは免れられない。気付けば真っ当な方法でイベントに取り組むプレイヤーなどほとんどおらず、シナリオを成功ルートに導くことはほぼ不可能になってしまった、という次第であった。

でも、ルールとかシステムで規制されてない以上そうなっちゃうのは仕方ない気がするな。私から見れば、話を聞けば聞くほどに、それって運営に問題があるような。

「ま、それが普通だよね。勿論そういう突っ込み、要望は、これまでも散々出されてきたよ。明確な妨害行為にはちゃんとしたペナルティを〜とか、ランキングの仕様を見直して〜とか。でもね、神は動かんのよ。挙句の果てに、メッスルール適用とかいう伝家の宝刀持ち出してきたからね」

「メッスルールって海外ゲームとかで最近聞く、あれ？　ゲームワールド内における治外法権とか何とか……」

「そうそう。そんなわけで、もう、常識で考えてはダメなんよ。こんなゆるい作業ゲーで妨害行為ありはオカシイだとか、真面目にこつこつ頑張った者がランキング上位者であるべきだとか、そんなのは所詮我々の世界における常識なの。この世界では通用しないの。つまり運営神はこう仰ってるわけ。

『仕様は変えない。おまえら黙れ。以上』」

「ぷ、プレイヤーはそれに納得したんですか……？」

「納得しない常識人はとっくにおさらばしてるね。それでもさ、このゲームいいところもいっぱいあるのよ。私的にグラフィックは世界一だと思ってるし、プレイングの多様性、複雑なシナリオ、可愛いキャラデザ、豊富なコンテンツ。そーゆーのにしがみついて離れられなかったゲーム馬鹿どもは、呑むしかなかったね。神の主張を」

　結果、頭のオカシイ人しかいない頭のオカシイゲームが出来上がりましたとさ。そう締め括ったミナシゴさんは、でも、と続ける。

「そーゆーもんだと受け入れちゃえば、何だかんだで楽しめたりするんだわ。ある人にとっては他プレイヤーを妨害しながらポイントを稼ぐゲーム、ある人にとってはそんな危険要素から身を守りつつ地道に生産を楽しむゲーム、ある人にとってはそんな比較的真面目なプレイヤーを害悪から守るゲーム、ある人にとってはそんな有象無象どもを動画に切り取って晒し上げるゲーム、ってな具合にね」

「それは……訓練され過ぎでは？」

「そうかもしれない。でもこれを受け入れられないいんじゃあ、ブティックさんにきまくら。は向いてないかもねえ。あ、言っちゃった、あは」

私は信じられない思いで周囲を見渡した。

このミナシゴさんも、さっき助けてくれたあの団長さんも、ここでイベントに参加しているプレイヤーの大半も――――、竹中さんも、めめこさんも、うちの妹も、陰キャさんも、ゾエさんも、そういうゲームだと受け入れた上で、きまくら。をプレイしていた……？

それがいいとか悪いとか判断する以前に、ただただ衝撃を受けた。なんか、のどかな牧草地で草を食んでいたつもりが、実は周りの羊が全員狼だったみたいな、そんな気分だよ。

「嘘だと思うんなら東の見張り塔に登ってみ？　多分今なら面白いものが見れるよ」

ミナシゴさんに引っ張られるがままにそちらへ向かうと、眼下では二つの勢力が一匹の幻獣を巡って対立していた。

そこには『くたばれえええええええ！！！』と罵り合いながら攻撃を交わす竹氏と陰キャさんの姿があった。

私は開いた口が塞がらなかった。

*****

【きまくらゆーとぴあ。トークルーム（公式）・ワールドイベントについて語る部屋】

[Itachi]
　限定装着アイテムはいつも効果イマイチだからスルーしてる
[ナルティーク]
　とりあえず霧ケツだけ取っときゃ間違いない
　ソーダとか生産しない勢が貢いでくれるだろ
[ちょん]
　姫プかな？
[3745]
　本日の国なしの活動ログ
　（動画）
[ゾエベル]
　ｋａｍｉ
[YTYT]
　自分で国なしして言うてもうてるやん
[ポワレ]
　北で絶賛暴走中のゾエニキが真っ先にレスしてるの恐怖でしかない
[송사리]

変換してる余裕はないみたいだから……（震え声
[コハク]
動画観る余裕とわざわざ文字で打ち込む余裕はあるんだね、へ～……（震え声
[ちょん]
あ、神ってつってんのか
[パンタ]
てっきりシエルでも映ってんのかと思ったらBさんがチンピラと変態に絡まれてる動画で
草
[ピアノ渋滞]
最近のゾエニキはシエル派じゃなくてシエB派らしい……
[ゾエベル]
seikakuniiutosiebibitousyozokusyanntaha
[ナルティーク]
もう訳分かんねーよいっそボイス繋げろよ
[3745]
別に解読する必要ないから
[Itachi]
今ボイス繋げたら雑音でトークログが激流に呑まれそう

＊＊＊＊＊＊

【きまくらゆーとぴあ。トークルーム（公式）・生産、販売について語る部屋】

［とんび］
＞＞檸檬無花果
もうきまくら。やめちまえよ
［パンフェスタ］
失望した
俺はおまえらに失望したぞ
［ピアノ渋滞］
失望ってことは今まで少なくとも何らかの望みは抱いていたんだね
凄いね
［パンフェスタ］
俺はなあ、おまえらきまくら。ユーザーのことをどうしようもない阿呆として信用してたんだよ
変な奴がいたら晒す
有益な情報があったら晒す
有益だけどこれ他の奴に知られたら自分の旨み減るわでもこれを知ってる他の奴の旨みも

減らしたいから晒す
俺達そうやって今まで仲良くしてきたろ?
[きのこ]
そうだね
[バレッタ]
うんそうだね
[モシャ]
(突っ込み待ちかな……?)
[パンフェスタ]
じゃあなんでおまえらブティックがきまくら。国宝って教えてくれなかったんだよごるぁ
ああああああああ!!!!
[hyuy@フレ募集中]
はいギルティ
[くまたん]
ぎるぎるギルティ
[バレッタ]
それはアウト
[鶯*]
きまくら。でもやっていいことと悪いことはあるんだよ?

[アラスカ]
えっ、ブティックさんて集荷安定供給できる人だったの!?
あのクオリティで性能も優秀ってまじもんの人間国宝じゃん
[ちょん]
あーあー言っちゃったか
[(ぼむ)]
まあさすがに頃合いではあった
実際ここでもすぐに知ってるレスが付くくらいには広まってるわけだし
[きのこ]
本当かどうか確認しに行ったら案の定全部売りきれで草
[ピアノ渋滞]
あの人のショップ定期的に機能しなくなるよね
[ee]
まあWMに集荷は出してないんですけどねw
どっちにしろ売りきれてますがw
[モシャ]
せめて目当てのスキルがでてくるまで潜伏させといてほしかった……
[パンフェスタ]
失望した……俺は本当に失望したよ……

おまえら隠し事とかできたんだな……
[hyuy@フレ募集中]
一応言っとくけど集荷要求凸とかするなよ？
[くまたん]
それ
bさんネジの外れたパンピー臭が凄いから嫌なことあったら余裕できまくら。からいなく
なりそう感ある
[3745]
>>くまたん
>ネジの外れたパンピー
哲学かな？
[モシャ]
集荷要求凸してえええええ
けど後ろにある結社の顔が怖くてできねえええええ
[否定しないなお]
あー……教えちゃったかー……
集荷云々以前にB作品のデザインが好き勢だから性能厨にも目を付けられちゃったのフソ
ザツな気分……
[めめこ]

今でさえ後続のひと気にしてなるたけ早めに買い物してたのがこれからどうなってくかなあ
色々試着したい派なんだけど益々ゆっくりできなくなるなあ
［ポワレ］
変に名が売れちゃうと真のファンが買い辛くなっちゃうのがね
［ササ］
まるで真のファン（）のほうが偉いとでも言わんばかりの主張だな
［YTYT］
わざわざ事を荒立てに行くなよ
［コハク］
（´・ω・）⊃スルースキル

ログイン43日目　ゾエベル

衝撃の事実を知ってしまった日から一夜明け、現在。本日もいつもの流れでとりあえずログインしたものの、私は少し悩んでいた。

きまくらゆーとぴあ。というゲームは、どうやら私が考えていたものとは少し、いや大分違ったらしい。

となると、今までの姿勢——独りで淡々と素材を集めたり服を作ったりする遊び、と捉えてプレーしていくと、いずれ壁にぶつかりそうな気がする。っていうか今まさに、ぶつかってるところなのかも。

だってこれまでのスタンスでいくとしたら、私は今日もイベントに参加するべくレンドルシュカ防衛班に加わるわけだ。でもそうしたところで誰かに妨害されて終わりなのである。

昨日は運よく国境なき騎士団の方々がフィールド警備をしてくれていたが、彼等は日ごとに場所を変えて巡回していると言っていた。

私は自分の身を守る術を持たない。

じゃあ、どうする？　ってことになるんだけど……。

こういうとき真っ先に思いつくのはまずこれ、〝ブロック機能〟である。この機能を利用し、嫌だな怖いなって思うプレイヤーを片っ端から自分の世界から消してけばいいのでは？　と、思った次第なのだが、ミナシゴさん曰く、それはあまりお勧めできないらしく。

「結局きりがないんだよね。要するに世間で言う害悪プレイヤーがきまくら。では普通のプレイヤーってことだから。普通のプレイヤーであるからにして、そんな人いくらでも湧いて出てくるの。勿論めげずにBLしまくって遊んでる人もいるみたいだけど、そうなってくるとまるで別ゲーだよ。人が全然いなくて笑っちゃうの。オンラインゲームって何だっけ、みたいな」

なるほど確かにそれでは一人用ゲームで遊んでいるのと大差ない。

私的にきまくら。を遊んでて特に楽しいって思えるのは、製作アイテムを他プレイヤーと取引できることである。そういう大事な要素がなくなってしまうのは、やっぱりつまんないよね。

因みに、自分を攻撃してきたプレイヤーと取引なんてしたくない！　という考えは、もうこの際排除することにする。多分それってこの世界では野暮なこと――――ゲームの対戦相手なんかに優しくしたくないって言ってるのと同じだと思うから。

で、きまくら。の快適な遊び方を自分自身でも軽く調べてみたところ、一番の安パイはプレイヤーズクランに属すのがいいみたい。

細かいやり方はクランによって様々らしい。でも簡単に言えば、攻撃や防衛に秀でたプレイヤーに守ってもらいながらイベントに参加するってことだね。

勿論ただで守ってもらうわけにはいかないだろうけど――――、まあ、いずれにせよこれはパスですわ。個人的にゲームでまで人に気を遣いたくはないんだよなあ。

すると次に上がってくる打開策は、自分自身が妨害プレイヤーへの対抗手段を身に着ける、といったところ。

できなくはないと思ってる。勿論、自ら妨害抗争に加わるつもりはない。でもちょっとした自衛スキルみたいのを上手く活かせば、周囲を警戒しつつちまちまポイントを稼ぐくらいのことはできるんじゃないかなあ。

ランキング上位だとか大それたことは望めないだろうけど、そこは端から視野に入れてないし。

ただそうなってくると、それって私のしたいゲームとはちょっと違ってくるんだよね。

もしかしたら、やってみたらそれはそれで意外と楽しめるのかもしれない。けど今の私の気分はどうしても、はらはらスリリングなかんじではなく、平和で緩い、仕事で疲れた脳死状態でも何となく遊べちゃうようなものを求めてるんだよなあ。

なので一旦この案は保留にする。

となると次に浮上してくるのが、ならいっそのこと、そういうちょっとスリリングな場面からは一切遠ざかった状態できまくら。を楽しむ、というスタンスである。

つまり今回の件で言うとするならば、もうこの手のイベントには参加しないって、ざっくり割り切ってしまうってこと。

まあ、防衛イベントに参加する前までの私が、図らずも実際そんなかんじだったんだよね。服作って、売って、ワールドマーケットで買い物して、交流といったらお客としてやってくるNPCと、お出掛けといったらレスティンの町中か、近場のフィールドで素材集め……。

そうね、この生活様式を維持していたなら、お外で戦争が起こっているだなんて永遠に気付かずにいられたかもしれない。あれはあれで楽しかったのも事実。

でも、危険な場所には近付かないスタンスを貫くとしたら、当然ゲームの進行が滞るに違いない。

何で私がのこのこ病める森やレンドルシュカに出てきたかっていったら、それは勿論世界を広げるため。このきまくら。ワールドでもっとやりたいことがあるからだ。

そういった可能性が少なからず閉ざされるっていうのは、うーん……、鼻先に人参をぶら下げられたお馬さんの気分だよ。満足できるか分からない。

だからこれも保留。

で、究極の最終手段が、一つある。それは、きまくら。を引退するということ。

これはもしもの話。少なくとも、保留にした二つの案がやっぱり受け入れられないってなった場合の、最後に行き着く結論。

何だかんだで、ミナシゴさんの言ってたことはドライながら正しいんだよね。

今のきまくら。は、私がパッケージから予想していたものとは大分違うゲームになっている。

でも、運営がそれをよしとしていることとかメッスルールが採用されていることなどを考えると、私に文句を言う資格はない。あったとしても言う気はない。

私個人の発言力なんて高が知れている。世の中しょうがないことなんてゴミほどあるし、そこにいちいち突っ込み入れて生きるより、そういうものって流して過ごすほうが省エネなのよ。

だから、受け入れられるんであれば楽しめるし、納得できないならおさらば、っていうミナシゴさんの意見は、全く頷ける。

なんて言葉にすると深刻なかんじに聞こえるかもしれないけど、実際の私の気持ちとしてはこの事態をそう重く見ているわけでもなかったり。

だって結局のところこれって、ゲーム、娯楽、趣味なわけだからね。つまんなくなったらやめる、合わないと感じたら無理して続けない、他のもっと楽しめそうなことを探す、それだけのことなのだ。

他のゲームって点で言えば、丁度〝こどものくに〟ってタイトルも面白そうだなーって思ってたところだし。それに、きまくら。を完全にやめるんじゃなく、片手間に遊ぶ程度にログインするって手もあるわけだしね。

いずれにせよ、きまくら。との付き合い方を、今一度模索してみるべきだなって思ったんだ。だから今日はまず防衛班には参加せず、レンドルシュカやその周辺にいるプレイヤー達を、それとなく観察してみることにする。

そうして、彼等がどんなふうにきまくら。を楽しんでいるのか、私はどんなふうに楽しめるのか、何かヒントを貰えればいいなって。

思いきって今日は、セミアクティブモードも解除しちゃおうっと。

すると、他を叩いて自身がのし上がろうとするヒャッハー勢が多い一方、そんなある意味過酷な環境と上手く付き合いつつ平和に地味に活動しているプレイヤーも少なくないことに気付かされた。

例えば、大手クランと思しき二つの勢力がぶつかってるそばで、互いが互いに気を取られているのをいいことにこそこそ取りこぼしの獲物を狙って駆除している人がいたり。

「妨害対策に打ってつけ！　一定時間透明になれちゃう【ステルスドリンク】、今ならたったの2,000キマ！」などと言って、こんな状況ならではの商売をしている薬師さんがいたり。

はたまた、そうした町の内外で起きている騒ぎなどには一切目もくれず、淡々黙々と崩れた外壁を修復している大工さんがいたり。

なるほどね。

あれがきまくら。なら、これもまたきまくら。確かにここにいるプレイヤー達は皆、この一風変わったゲーム世界を彼等なりに楽しんでるわけだ。

そんな、異様ながらも活気ある景色を眺めていると、不思議とこう思えてくる。

なんだか私も、受け入れられそう。まだまだこのゲーム、無限に遊べそう。

そう思った矢先に、声をかけられた。

******

【きまくらゆーとぴあ。トークルーム（公式）・大工について語る部屋】

[新シ]
　濁った幻石のブロック使えば？
[ライア]
　うあ～～きまくら。でもっと自由に建築やりてえ
　町レベルの土地買い取りてえ
[おっとっと]
　月何十万になるかな
[ツイスター]
　こぐに行け定期
[こん]
　グラフィックのレベルと資材の種類がダンチなのよね
[YTYT]
　どうせ壊されたり改造されたりするのが分かっているにも拘わらず黙々とＮＰＣの家建て
　てるミラン
　凄いを通り越して精神疑う
[ミラン]
　>>YTYT
　最初にスクショと動画撮って満足してる
　言うて俺はおまえほど建築に命賭けてないんで

[えび小町]
　わたさんの作品はＮＰＣには勿体無すぎるよなぁ
[新シ]
　まぁプレイヤーにも驚くほどあっさり壊したり改築したりする人はいるけどな
[YTYT]
　そこら辺はしゃあないよ
　お代貰ってる以上その後の取り扱いにケチ付けるわけにゃいかん
　うわー……とはなるが
[ねじコ＋]
　マケプレクリエイターやればいいのに
[YTYT]
　その代わり客は選んでる
　ある意味きまくら。の晒し体質に助けられてる
[こん]
　えーきまくら。ユーザーの意見なんて当てにしたら終わりなとこあるけどなぁ
[JeanJacques]
　新たなホームの立地に悩む
　自分家具屋に結構力入れてるからそこそこ客足見込めるところに建てたいんだけど、レスティンでいいとこないかな

【きき　さかもと】
　不動産屋張り込むしかないでしょ
　三都はもうキリしかないよ
【おっとっと】
　今後売れそうなプレイヤー見つけて近くに陣取るとか
　極楽通りとかシラハエの裏町とか、個人もしくはクランの力で発展してった前例もあるわ
　けだし
【おろろ曹長】
　現実的ではない
【チョレギ】
　否定意見あるの承知の上で言うと、今話題のBさん付近、あると思います
【ミラン】
　あーね？
　見に行ってみたけど確かにあっこら辺、空き多いのな
【YTYT】
　なんで空きが多いのかよく考えることだな
　ヒント：Bショップ向かいの邸宅
【JeanJacques】
　ゾエニキの別荘だよーーーーーんｗｗｗｗ

はぁ
[ツイスター]
心理的瑕疵物件ってやつだな
[Peet]
んーヨシヲやらストーカーやらだったら考えものだけどゾエ程度だったらまぁ
ただいずれにせよ>>おろろ曹長の言う通り現実的ではないよね
そこそこ売れてきたらもっと明るいところに引っ越すのが生産プレイヤーの定石なわけだし
様子見たほうがよさそう
[こたろう]
普通にあの人の商売の仕方本気で売りにいってるかんじしないし、地区発展の力まではないんじゃないか
そも前例はなくはないとはいえ極少数なわけで、特定のプレイヤーを考慮に入れて土地選ぶのはお勧めできんね

*****

「あ、おーい、ビビアさーん」

名前を呼ぶ声に振り向けば、猫背な山羊男ことゾエベル君がゆらゆらと手を振っていた。彼はへらりと笑いながらこちらへ近付いてくる。

「生で会うのは久々っすねー」

「ゾエ君、久しぶりー。いつも妹がお世話になってます」

「こっちこそいつも俺がお世話になってます。あ、そうだ！　一昨日シエルシャンタ様のイベントに進展があったんですよ！」

おー、おめでとー。

ってことは、シャンタちゃん狙いでもイベントは進行するってことだったんだね。よかったよかった。

「しかも！」

興奮した様子のゾエ君は、そこで口元に手をやって声を潜める。

「なんと【星の結晶】をプレゼントしてくれたんです……！　ビビアさんこれ、シエル様狙いでも同じでした……？」

「あ、うん、同じ同じ。あとね、デートイベで服プレゼントしたときにも、彼女星の結晶くれたよ」

「まじっすかあ⁉」

ゾエ氏が大仰に驚いてみせたもので、周りの視線がこちらに集まった。彼もそれに気付いたらしく、「ビビアさん、セミアクティブにしましょう」と提案される。

「うわー、うわー、俺、超テンション上がってきました。まあデートイベの服プレゼントはそもそもやれる人間が限られてくるんでワンチャン他のキャラでも有り得ますけど、今のところそんな情報上がってきてないし……。これ、シエシャン下剋上における神の一手っすね！　もうバグキャラだとか無能パトロンとは呼ばせませんよ！　それどころか、見方によっちゃリルをも凌ぐ有能パトロンと言っても過言ではないはず！　ああでもそうすると下手なファンが多くなりそうなのが悩ましいところ。ビビアさんはその辺、どう思います⁉」

え？　え？　そんな鼻息荒く迫られても、話に付いて行けないんですけど。

えっと、つまり、何だろ。星の結晶ってそんな、キャラクターの評価が引っ繰り返るくらい重要なアイテムだってこと？

「そりゃそうですよ！　スキルの種類によっては、それがあるかないかでもはや別ゲー、世界が変わりますからね。それが一人のキャラクターと付き合うだけで、少なくとも好きなジョブスキル一個、ハイスキルなら二分の一個って、革命的ですよ。星の結晶は疎か【霧の結晶】だって、今までコミュニケートミッションで取得できた例は全くないんですから」

「そ、そうだったんだ……。そんなに大事なものだったんだね。ごめんごめん、私まだこのゲーム始めて一か月ちょいなもんで、全然知らなかったよ」

するとぴた、とゾエ君の動きが止まった。急に真顔に戻って、「一か月……？」と鸚鵡返しに呟く。

私は苦笑を浮かべた。

「うん、なんかある面では結構上手くいってるみたいで時々玄人ぶってるふうに見られるんだけど、実はそうなんだあ。だからね、このゲームがＰＫっぽいのがあることとか、プレイヤーどうしで妨し合って競ってることとかも、丁度昨日知ったところなの。ゾエ君なんかは勿論知ってたんでしょ？」

「え、いや、まあ、はい、そんなような、そうでもないような……」

どういうわけかごにょごにょと歯切れが悪いゾエ氏。

あ、もしかして君自身、その手のプレイヤーだったとか？　いや、全然気にしなくていいんだよ。この世界ではそういう遊び方もアリみたいだし、その辺は個人の自由だと思ってるし。

「でもさすがに昨日ミナシゴさんから真実を聞かされたときには、ショック受けたなー。私ったら完全にゆるーい生産コミュゲーだと思ってたからさあ。一瞬引退も頭を過ぎったよ。私鈍臭いから、付いて行けなさそ〜って」

「え」

けど、そういう前提のもと改めて落ち着いてこのゲーム世界を観察してたらさ、結構皆しれっとしてるんだね。

なんか勇気付けられたよ。私もあんなふうに逞しく図太く生きてかなきゃならんなーと……って、あれ、ねえ、ゾエ氏聞いてる？

折角私がちょっといいこと言っているというのに、肝心の彼といったら顔を青くして明後日の方角を向いている。

「そんな……シエビビ党崩壊の危機……？　不味い……それは不味いぞ……。このままでは次のデート用にシャンタ様の衣装を仕立ててもらうという計画も水の泡に……」

もし？　ゾエ氏？　ゾエベルさん？　おーい。

彼は完全に自分の世界に旅立ってしまったようで、独りで何か考え込んでいる。

ってか凄い汗。顔色も悪いし、大丈夫か？

きまくら。アバターはプレイヤーの感情がやや大袈裟に表情や仕草に表れるようになっているとはいえ、何だか心配になってしまう。

かと思えばゾエ氏は突如かっと目を見開き、がしっと私の両肩を掴んだ。

「それは……それは誤解ですよビビアさん！」

…………はい？

「どうやらミナシゴの奴に脅かされたみたいですね。いや～、あいつってばそういうとこあるんですわ。誇張表現が過ぎるというか、話を盛り気味というか」

一瞬何を言われているのか分からなかったが、話を聞いている内に頭が追い付いてくる。え？　つまり、ＰＫがあるとか妨害があるとかってのが、嘘？

「まあ、嘘とまでは言いませんがね。多分ちょっとした意思疎通のずれってやつじゃないですか。確かに攻撃的なプレイヤーがいないわけではないですが、そんなの一部ですよ。だって『きまくらゆーとぴあ。』ですよ？　名前からして緩いこのゲームで、んな血眼になって妨害してくる奇人変人なんてそうそういないっすよ」

「や、でも私二日連続で攻撃されたし、竹中さん達と陰キャさん達なんて正面切って堂々と喧嘩してたし……」

「それはビビアさんの運が悪かったとしか。竹と陰キャ？　ああ、あいつら超仲良しなんで、日常的にああやって遊んでるんですね。仔猫どうしがじゃれて噛み付きあってるみたいな、いわゆる内輪ノリですわ。誰彼構わず喧嘩売ってるわけじゃないですよ」

「でも『くたばれ』って……」

「それ、きまくら。スラングで、要するに挨拶みたいなもんなんです。『一緒に遊ぼうぜ』みたいなかんじで使われたりもしますね。や～、ビビアさんもしかしてＭＭＯ慣れしてないかんじかな？　あるんですよね～、ネット界隈やらゲーム界隈やらには、こういう内輪で使う言葉みたいのが。けど初見さんはびびりますよね。慣れてくるとこういうノリも楽しめるんですけど、そこら辺やっぱ考えものっすよね～」

……………マジ？

そう問うと、ゾエ氏は目に炎を迸らせて頷いた。

「マジっす。超マジっす」

「じゃあ私、今まで通りなスタンスでイベントに参加しても平気なの？　変に周囲を警戒したり、事前に危険を調べたりしなくても？　独りで黙々と作業してていいの？」

「全然オッケーです。ビビアさんはこれまでと同じように、安心してきまくら。を楽しんでればいいんですよ。あ、でもイベント参加は明日からにしましょ。色々準備が……っていうか、その、なんだ、今夜は治安悪い奴等が来るってさっきだいあり。で流れてきて……」

やっぱ治安悪いんじゃん。

「いや、今日だけ！　今夜だけですから！　えーっとあれですよ、なんか今サーバーの調子がおかしいみたいで、一時的に運営の警備サポートが手薄になってるらしいんですよね」

「え？　そうなの？　そんなお知らせ私のところには来なかったな」

「なら、それも関係するバグかもしれません」

え〜、そんなのあるんだ。ゾエ君がここまで言うわけだし、それなら確かに今夜はやめておいたほうがよさそう。

「あ、そうだ。明日俺、ビビアさんに付き合いますよ。そしたら安心でしょ。それで誰も妨害とかしてこないって分かったら、今後もソロで気ままに活動できると思うし」

「え、いや、さすがにそれは悪いよ。分かった分かった。ゾエ君の主張は分かったから。でも、そうだよね、好きなゲームが変なふうに誤解されてたら悲しいよね。私もちょっと、ミナシゴさんの話とか一部のネット情報を鵜呑みにして穿った見方してたかもしれない」

「いやそういうんではなく。……あ～でもビビアさん的には寧ろ気を遣ってあれなのか。なら1時間！　1時間だけでも一緒にやりましょ！」

彼はそう言って譲らない。う～ん私が変なことを口走ったがために、余計な心配をさせてしまったらしい。

結局、私達は明日、初めの1時間だけ一緒に遊ぶことになった。ちょっと心苦しいけど、でもま、たまにはいいかな。


*****

【きまくらゆーとぴあ。トークルーム（公式）・総合】

［檸檬無花果］
>>マリン
何だかんだあって人気急上昇してるみたいだけど自分的には変わらずシエシャンは邪魔
結局パトロンとしては無能みたいだし出現率高いし
［モシャ］
リルと仲良くなろう
ぱったり来なくなるから
［みけ］

それかレベル上げな
[ゾエベル]
《警告》
プレイヤーネーム：ビビア
ユーザーコード：XXXXXXXX
(画像)
このプレイヤーに何らかの危害を加える者、今後極刑に処す
※何を危害と捉えるかは当人及びゾエベルが判断す
[まことちゃん]
？
[くるな@復帰勢]
ｂｏｔしつこい
[弐]
＞＞マリン
コナーはやたら物壊すから嫌いだわ
[まことちゃん]
あれゾエニキ本物じゃん
[おろろ曹長]
触んな触んな

本物だとしても触んな

【水銀】

>>マリン

逆にオルカ様もありがた迷惑なときある……

「あら？　この子元気がないみたいですね。私のジョウロで水を注いであげましょう♪」

……って、その植物敢えて枯れたのを置いてるんですよ……

【真昼】

コード本物なの？　ヤバくない？

ここしばらく30分置きくらいに定期的に同じ文章ニキででてくるよ

【モシャ】

ビビアて誰だよって思ったらブティックさんね

大袈裟な警告文の割に盛大に名前間違えてるの笑うｗ

【えび小町】

ついにゾエもトチ狂ったかー

丁度さっき大工部屋で「ゾエはまだまとも」発言でたばっかなのになー

【エルネギー】

元から大分ヤバい

【水銀】

あいつはヨシヲの犬だろ

[狂々]
　そういや今日ゾエ見ないな
　結社は北で通常運行みたいだけど
[みけ]
　初めちょこっといたはず
　それから姿消した
[パンフェスタ]
　あーね
　道理で今日結社弱く感じるのか
　ほぼ無職の独壇場になってるな
[バレッタ]
　それ最終的にはササ無双になるパティーン
[イーフィ]
　ヨシヲがキレ散らかしてる
[マリン]
　(URL)
　ゾエ、独りでどっかの誰かに粘着攻撃してるらしいよ
[まことちゃん]
　草

【田中建託】
繋がってきたわ
その日記主、昨日Bさんに絡んでたチンピラ

ログイン46日目　真・きまくらゆーとぴあ。

拍子抜けなことに、プレイヤーからの攻撃もとい事故とやらは、あの二回以降ぱったりなくなった。

二日連続で災害に遭遇したがために、且つミナシゴさんの話も非常に説得力があっただけに、なんかほんと、ぽかーんってかんじである。いやいいんだけどね、全然そっちのほうがいいんだけどね。もっともお外で戦争が起こってないというわけではなく、周囲では普通にプレイヤーどうしの獲物争いが蔓延っている。

でもその戦禍は、私にはほとんど飛び火してこない。ゾエベル君に付き合ってもらった1時間も、その後の一人の時間にも、だ。

あるとすればたま～にやんちゃしてる人が不注意でぶつかってくるくらい――って言っても私はセミアクティブだから、接触とか衝撃は一切ないんだけどね――。でもそんなやんちゃプレイヤーもやたら丁寧に謝って即座に去って行くから驚きだ。

どうやらほんとのほんとに、皆誰彼構わずバトってるわけじゃないみたい。きまくら。プレイヤーの大半は、ちゃんと相手を選んで遊び方を合わせてる、常識のある人達だったんだね。

いや～これはとんだ誤解をしてしまうところだったよ。

とはいえミナシゴさんの言うこともね、全部嘘ってわけじゃないと思うんだ。イベント時の景色を見るに確かにほのぼの作業ゲーとは言い難かったし、私自身災難に遭ったことは事実なわけだし。

けどきっとゾエ氏の言う通り、話盛り盛りなかんじで伝えられたんだろうな。んで私のほうも攻撃されたショックがあったから、それを大袈裟に受け取っちゃったんだろうな。

正に意思疎通のずれってやつだね。

何にせよよかったよ～、今まで通り独り静かに黙々とこのゲームを楽しめるってことが分かってさ。

この安心感や嬉しさを考えるに、私ってやっぱ、きまくら。相当好きだったみたい。

そんな幸せをしみじみ噛み締めつつレスティンのホームに戻ってくると、丁度ゾエベル君と鉢合わせた。彼も私と同じく、出先から帰ってきたところみたいだ。

私は彼に向けて手を挙げる。

そうだ、折角だし、あの言葉を試してみようかな。ゾエ氏には色々心配もかけたことだし、ここで私もきまくら。文化に慣れてきてるんだよってこと、アピールするのもいいかもしれない。

「ゾエく～ん！」

私は彼の名を呼んで、笑顔で元気に挨拶した。

「くたばれ！」

＊＊＊＊＊＊

【きまくらゆーとぴあ。トークルーム（非公式）（鍵付・招待制21：00−23：00）・【リンリン】の部屋】

［深瀬沙耶］
　アーベンツかな
［マ　ユ］
　彼氏にしたいのはアーベンツ
　友達にしたくないのはアーベンツ
［YTYT］
　ウィリフレア絶対いい嫁になると思う
［狂々］
　招待部屋でも公式部屋と変わらない話してんの笑う
　おまいらの心臓剛毛生え過ぎ
［ちょん］
　だって始まらんから
［もも太郎］
　これどういう基準で人集めてんの
　リンリンの頼みって言うから来たけど君等のような愚民に混ざりたくないから出ようかな
［バレッタ］
　並んでる名前眺めるに、何となく不愉快な人選なのは明白

［ミルクキングダム］
　じゃあ誰ならいいってんだよ
［イーフィ］
　きまくら。ユーザーに貴賤は存在せんよ
　皆等しく底辺一直線
［송사리］
　（´；ε；｀）
［もも太郎］
　あれきまくら。指定特別天然記念物いるじゃん
　益々人選が意味不
［リンリン］
　大体集まったみたいなので始めるね
［リンリン］
　皆さんお待たせしました
　声かけたリンリンです
　今日は集まってくれてありがとう
［パンフェスタ］
　待った、超待った
　詫び石クレ

【マ　ユ】
リンリンこれ何の集まりなの
【リンリン】
お願いしたいことがあるとか何とか言ってたけどこいつら全員に何か求めるとか無理だよ
無理なのは百も承知だけど協力してくれる人もいなくはないかもと思って一応呼びかけた
選定基準はきまくら。におけるそれなりに有力なプレイヤー、若しくはクランの代表って
ところ
もち私が声かけできる範囲内での話だけど
【パンフェスタ】
おっ有力だってよ、やったな
【ゆうへい】
有力ったってパン程度と同列に扱われるのは敵わんなぁ
【송사리】
えっと……私なんで呼ばれたのかな……（´・ε・｀）
【リンリン】
キムちゃんは絶滅危惧種代表〝まともな織り師〟として呼んでおいた
深い意味はない
【송사리】
（´；ε；｀）

[ちょん]
　要はさくらやな
[ee]
　えっ、もしかしてササさんとかもいるかんじですか？
[リンリン]
　呼びはしたけどいないなら来てないいんじゃない
　まあぶっちゃけいたところでって話ではあるけど
[リンリン]
　でね、本題に入るよ
　今日皆に話したいのは、他でもない、ゾエベルの件についてです
[狂々]
　ああ……（察し
[3745]
　はいはいシエビビ党所属シャンタ派過激主義者ゾエベルさんの話ね
[YTYT]
　お宅の処刑人が何だって？
[ミルクキングダム]
　すまん俺だけかもしれんがゾエの件とか言われても何の話かさっぱり分からん
　ここ数日トークとか見てなかったもんで

[バレッタ]
　これ←
《警告》
プレイヤーネーム：ビビア
ユーザーコード：XXXXXXXXX
(画像)
このプレイヤーに何らかの危害を加える者、今後極刑に処す
※何を危害と捉えるかは当人及びゾエベルが判断す
[バレッタ]
2、3日前からゾエはこの文章を定期的に総合部屋に貼るｂｏｔと化し、且つこの言葉通
りに行動してる
[3745]
　証拠動画です、どうぞ
(動画)
[ee]
　こちらもどうぞ
(URL)
以下リンク先のきまくらだいありー。から引用
>このゾエベルって奴アホなのか　仲間だか何だか知らんけどこっちはいちいち攻撃した

奴のことなんか覚えてもないっつの　こぐに行けよ情弱が

>バトル地区入るたびに地雷仕掛けられる　どんだけ暇なの　うざ　ってかこいつひたすらに一日中俺のこと待ち構えてんの？　きも過ぎ

>もうめんどいから粘着厨もビビアとやらも纏めてブロックしたわ　きまくら。話が通じん馬鹿が多くて萎える　もうやめようかな

[ちょん]

もう一方のチンピラはというと……

(URL)

>ちょwwwなんか知らんけど俺氏結社のヤバい奴に絡まれとるwwwブティックさん結社と関わりあったんかwww

>噂では聞いてたけどまじでこの人達の情報網やば　一日中張り付かれてるの疑うレベルw

>適格にセーフティゾーン出た瞬間の地面が爆弾に差し替えられるんだがw　こんだけ人いるんだから他も巻き添え食らっておかしくないはずなのにトラップかかるのはまじで俺だけw　地味にエイム磨きかかってるw

>すみませんもう許してm(_)m　二度とブティックさんに近づかないって誓うからさあ

>関係者様各位　このたびは当方の不注意により罪なきプレイヤーに心の傷を負わせてしまったこと、深くお詫び申し上げます。先方とは既に話がついており和解に至っておりますゆえ、以降この件について取り上げることはしません。

>当だいあり。を見ている皆様におかれましても、相手方に配慮の行き届いた言動をして

いただけるよう、お願い申し上げます。

>ヒャッハー南の弱者蹴散らすのタアアノシイイイ

[ミルクキングダム]

二人目の人きまくら。の素質あり過ぎだろ……

[ゆうへい]

>>ちょん

・愉快犯

・簡単には折れないゴキブリのような生命力

・絶対に勝てないことを悟った瞬間いとも容易くテノヒラクルーする柔軟な太々しさ

・そして復活するゴキブリ魂

絵に描いたようなきまくら。プレイヤーで逆に好感湧くわ

[深瀬沙耶]

言うて一人目もどうせ「やめる」って宣言しつつ絶対やめないタイプの構ってちゃんなんで引き分けです

[陰キャ中です]

>>3745

何も知らずに暢気に仕事するブティックさんから付かず離れずの距離を保って、攻撃ししくるプレイヤーを片っ端からホーム送りにしていくゾエ氏の図……

ホラーだよね？

【パンフェスタ】
ボディーガードと言えば聞こえはいいがやってることはストーカーと変わんないんだよな

【マ　ユ】
え？　さすがに本人の承諾のもとやってるんでしょ？
何ならBさんから頼んでるのかと思ってた

【イーフィ】
承諾のもとやってたら本人からも気付かれないぎりぎりのこの位置をキープする必要はないんだよなぁ
いっそ堂々と一緒にいるだけで大概の虫除けはできるだろうし

【송사리】
ブティックさん……どうかそのまま気付かず幸せでいて……（ ´；ω；` ）

【リンリン】
とにかくゾエがこんなわけで、うちらにとっちゃまるで使い物にならなくなっちゃってもうログイン中はずっとブティの張り込みしてるか敵認定プレイヤーの張り込みしてるかくらいな勢いなのよ

【パンフェスタ】
ヨシヲも怒って荒れてるし、今回のイベランはもう散々

【ちょん】
結社崩壊の危機ｗｋｔｋ

やったーおめでとー！
【深瀬沙耶】
仲間割れ万歳、、
【リンリン】
だから皆にお願いしたいの
ブティには手を出さないって、協定結ばない？
あとできれば彼女に攻撃しようとするプレイヤーがいれば、それとなく消してほしい
それとなくっていうのは、なんかゾエに気付かれてはいけない美学みたいなものがあるらしくって、まあこれは別にどっちでもいいんだけど
とにかくそういうふうにしてブティには触れるべからずって意識が浸透してけば、やがてはちょっかいだしに行く人もいなくなって、ゾエも安心できると思うんだよね
【ちょん】
アホなのリンリンwww
誰が好きこのんで結社の片棒担ぐかよw
寧ろこっちとしてはおまえらいなくなってくれたほうがイベランもやりやすいし、色んな面で厄介払いできて超ハッピーなんですけどw
【リンリン】
まあ普通そうなるよね知ってる
だからこっちも一応、

［パンフェスタ］
　俺はいいぜ協力してやっても
［リンリン］
　うんだから、
　え？　いいの？
［パンフェスタ］
　ブティックには何としてでも俺専用のカッコイイ集荷を作ってもらわにゃならん
　それまでに辞めてもらっちゃ困るんだよ
［陰キャ中です］
　私も全然協力する～
　ま、うちあんま本気で遠征行くクランじゃないから大した力にはなれないと思うけど、シエルニキ……じゃないシャンタニキとリンちゃんにはちょいちょいお世話になってるし、
　断る理由はないし～
［ゆうへい］
　俺も特に異論はないな
　てか普通に俺、弱者をいたぶる趣味ねーから
［バレッタ］
　相手がむかつく奴ならアレだけど、ブティックは嫌いでも何でもないっていうかどうでもいい枠だから、私も別にいいよ

但しリンリン、貸しいちね

[송사리]
バレッタさんブティックさんとこの常連だもんね(・ε・)
最近だいあり。で滅茶苦茶ブティックコーデ載せてるし

[バレッタ]
は？　確かにブティックの服は嫌いじゃないけどそれとこれとは全然関係ないし
飽くまでリンリンに貸し作るためだっての
文盲？

[송사리]
(´・ε・`)

[송사리]
あ、勿論私も協力するよ
できることは少ないけど……友達に「ブティックさんに嫌がらせすると色んな人に目え付けられるよ～」って流すくらいはできる、かな？

[狂々]
記憶の隅に入れとくくらいはしといてやるよ
万が一Bが好戦的に幻獣狩りに行くようなタイプになったら問答無用で潰しに行くが

[イーフィ]
俺から言わせてもらえばそもそも協力も糞もないわな

弱きを助け悪しきを挫く、それだけだ

[バレッタ]
厨二変態うるさいなぁ

[深瀬沙耶]
私この前3745が上げてた動画にめたくそ感動したから全力でブティックさんに味方するよ
あんなイリオモテヤマネコ放っておけない

[マ　ユ]
あれね……超泣けるよね……
始めて一か月ちょいとか最初は嘘こけよって思ってたけど、真実を知ったときのあの愕然とした顔ね……
濁りのない瞳に容赦なく剣を突き刺すミナシゴに全私が泣いた……

[陰キャ中です]
何の話？

[3745]
（・ω・）⊃ドゾ
（動画）

[パンフェスタ]
おいブティックマジかよ……
おまえ、真性のピュアピュアエンジョイ勢だったってのか……？

［YTYT］
この子あのショッキングな事実を受け止めてなお、のこのこ初心者エリアに現れてはぽちぽちポイント集めてたんか……
阿呆を通り越して天使に見えてきた……

［ミルクキングダム］
俺なんて初めてキルされた次の日にはもう、気付いたらお手手真っ黒に染まってたぜ…!…

［ちょん］
おまえらほんっと新規とエンジョイ勢に弱いのな
悪いが俺は気にせず自分のペースでやらせてもらうぞ
誰を消していいとか悪いとかいちいち覚えてられんからな

［もも太郎］
僕、協定に賛同するよ

［ちょん］
エ
正気か悪魔の大商人

［もも太郎］
最近きまくら。の経済が全体的に安定してきちゃって、あんまり面白い動きがないんだよね
ブティックさんみたく市場に高額人気商品出してくれる人には、どんどんみんなから毟り取ってもらわないと

この国に天下泰平は無用、ユーザーはキマの価値を今一度理解するべきだね
[ちょん]
お、俺はんなくだらん約束事守らねえからな
まあBさんとばったり出くわす機会もそうそうないだろうが、とにかくおまえらだけで勝手にやってくれ
[リンリン]
えーっと皆がそう言ってくれるのはありがたいんだけど、一応こっちとしても、
[KUDOU-S1]
リンちゃん、いいじゃないか
素晴らしいことだよ、こうやって皆が一丸となって僕等に協力してくれるのはさきまくら。もまだまだ捨てたもんじゃないって思えるね
美しき友情が今、確かにここにある
それでいい、水を差す必要なんてないよ
[リンリン]
……………
[パンフェスタ]
おーしここにブティック協定の締結を宣言する！
皆であいつを守ってやろうぜ！
俺が最強のサブスキを手にするその時までな！

ログイン47日目　女の子

ワールドイベントもラストスパートに差しかかった今日この頃。

私はね、ポイント集めはもういいかなーってなってる。

現実的な範囲で欲しいアイテムが大体入手できるくらいには、ＳＧＰも貯まってきている。ぶっちゃけ幻獣駆除の作業もそろそろ飽きてきちゃった。

てなわけで、私のイベント参加はこれにてお終い。

んでもって今はね、ちょ〜〜〜〜お生産意欲に溢れてるの。ここしばらく簡単な納品以外仕立て作業から一切遠ざかってたもので、気付いたらもうフラストレーション溜まりまくり。

ほんとは販売に関する調整とかお客さんの要望とか考えねばならないこと、やらなきゃいけないこともちょいちょいあるんだけど、今日はもういいや。お休み。

ワタクシ、創作活動に専念させていただきます。

まずは頑張って貯めたＳＧＰを【ソーダ×５】に交換する。本腰入れてやる服作りだからね、これを飲んで、できればいい効果やらスキルやらも付けたいところ。

因みにイベントで手に入るソーダは５個が上限みたい。ＳＧＰはまだ三分の一ほど残ってるんだけど、これはまだ使わず取っておくことにする。

なんかね、イベント中幻獣駆除とかで集めたポイント以外にも、目には見えない加算ポイントがあるんだって。

例えば該当するイベントが引き起こされる過程――――プレイヤーの間では前哨戦とか呼ばれてるらしい――――でプレイヤーが何らかの貢献をしたりしていると、それも後々SGPに変換されて、本イベント終了後に纏めて集計されるんだとか。

私、この緊急イベが始まる前に関係するNPCと結構接触あったから、ワンチャン裏ポイントも取れてるんじゃないかなって期待してみたり。だから残りのSGPの使い道は、全部終わった後に考えようという魂胆なのだ。

さて、どんな衣装作ろっかな。何か参考になる意見はないかなーっと、リクエストボックスに寄せられた希望をぱらぱらと薄目で見ていく。

『薄目で』っていうのはさ、これ、先に述べた『考えねばならない』件の一つなのだけれど、まーあ最近集荷の要望が多いこと多いこと。

この手のリクエストは前もあったんだけど、二、三日前だったかなあ、なんか100件近く新着リクが来てるこわっ、って思って見てみたら、9割くらいがスキル付きアイテムの依頼だったんだよね。以降初日ほどではないにせよ、毎日毎日数十件の集荷希望が新たに送られてきてて、正直ちょっと辟易してるところ。

だってこれに関しては、意識したところで確実に作れるものではない。

しかも中には『スキル付きなら何でもいいです！』みたいな人もいて、それってつまりスキルが付いてればゴミでも何でもいいってことでしょ？

そういう人って多分スキルさえ習得できてしまえば、私の作った服なんかさっさと捨ててしまいそう。そんな人に売りたくないとまでは言わないけど、どうせならもっと大切にしてくれる人の意見を取り入れたいってのはあるよね。

ってなわけで『集荷～』だとか『スキル付き～』みたいなワードが入ってるコメントはぱっぱと飛ばしつつ、リクエストのページを捲っていると――――。

『凝ったものが多いだけに最近ファンタジックなアイテムが増えてますが、初期の現代っぽいシンプルなお洋服も大好きです。たまにはそういうデザインも増やしてほしいです～～＞＜』

――――こんな要望を見つけた。

なるほど確かに、ここのところクラシカルで装飾過多なものばっか作ってたかも。シエル女王の衣装が評判よかったっていうのもあったしね。

今風な服ね、オーケーそれでいこうかな。

リクエスト主は～……あ、なんだめめこさんじゃん。

なら、折角だし本人のアバターをモデルにして、似合いそうなアイテムを作ってこうかな。彼女とはデートイベのとき直に会っているしショップにも顔を出してくれているから、イメージが湧きやすい。

早速店頭販売の接客ログを漁ってみると――――あったあった。

ふむふむ、小さな白い翼を生やした、鳥族の女の子ね。乳白色の長いストレートヘアと、目元に差した紅が印象的な子だ。快活というよりかは、おっとりしとやかな空気感がある。

着ている服はカジュアルだったりお嬢様みたいなかんじだったりと多岐に渡り、ほんと、服とお洒落が好きなんだろうな～ってかんじ。

でも全体的な傾向としてドーリィなものを好んでるっぽい。いいね～女の子だね～。

こうやって改めてこの人のファッションを考察していると、成る程私のお店の常連になってくれているのも納得だ。まあある程度結果をだせているからこそ言えることではあるんだけど、私ね、この系統は割と自信ありますヨ。

よーし彼女に選ぶメインアイテムはこれでいこ。〝女の子〟でこれを嫌いな人はいない。

ワンピース、君に決めた！

＊＊＊＊＊＊

【きまくらゆーとぴあ。トークルーム（非公式）（鍵付）・クラン［秘密結社１９８９］の部屋】

［ヨシヲ www］
折角協力と引き換えに星の結晶の隠された入手方法を教えてやろうって考えだったのにな
やっぱあいつら阿呆なんですワ
［KUDOU-S1］
阿呆なのはきまくら。民の美徳だよ
何にせよ俺等が余計な気を回す必要はなかったってことでめでたしめでたし
［ゾエベル］
結局シエシャン様のプレゼント情報は連中に明かされないまま終わったのか……
うーむどうするかな、シエシャンの地位を高めるのに明かすもよし、秘密にしといて俺等の地位を上げるもよし……

【KUDOU-S1】
ブティックさんはその件についてどんな考えなんだい？

【ゾエベル】
全く関心はないようで「任せる」だそうです
まあ彼女自身がこの情報を公表したり、何かに利用したりすることはないでしょうね
友人に話して、その友人から広まる、みたいなパターンはありそうですが

【KUDOU-S1】
何だからしいいね～
ま、俺もゾエさんに任せるわ
んでもってヨシヲ氏よ、検証頼んだぞ

【ヨシヲwww】
ほいほい
結晶だけ手に入れて、その後リルとの関係を回復できるかってやつね
できるとは思いますけどね

【KUDOU-S1】
念には念を入れとかないと
リンちゃんはどうするつもり？
星ケツ貰っとく？

【KUDOU-S1】
リンリン？
【リンリン】
あ、ごめん
うん貰っとく貰っとく
私は別にリル推しじゃないしスキル欲しいし
【KUDOU-S1】
リンちゃんなんか元気ない？
【リンリン】
いや、元気ないっつーか色々思うところが……
そういえばうちの姉って昔からこんなかんじだったわ～って……
【ゾエベル】
ビビアさんが？
【リンリン】
こう……ぼーっとしてるように見えて案外しっかりしてるというか……
いや実際ぼーっとしてるししっかりはしてないんだけどさ
危なっかしいかんじだからってこっちは色々心配したり手を回したりしてあげるんだけど、
結局そーゆーの杞憂で、こっちの気遣いとか全スルーでいつの間にか最後には全部勝手に
解決してる、みたいな

[リンリン]
何なんだろね、あれ
人徳とも違うし、危機回避能力ってやつなのかな
土砂降りになったから傘持ってってやれって言われて迎えに行けば、普段全然使わないような道使って濡れて遊びながら帰ってきてて、私が散々探し回って諦めて戻ってきたらコタツで一人ぬくぬくしてるっていう
クラスの男子に上履き隠されたって言うから上級生引き連れて締めに行こうとしたら、知らん間にそいつと仲良くなってて一緒に遊んでるし
あとあれもあったわ、修学旅行に遅刻、正反対の新幹線乗って独り旅事件
……いや危機回避できてないよな
[KUDOU-S1]
……とりあえずリンちゃんが苦労人であることは何となく察した
[ゾエベル]
さも自分が常識人サイドみたく語ってるけど、リンさんの行動にも突っ込みどころあるからな
[ヨシヲ www]
お姉さんきまくら。向いてるんと違う？

ログイン48日目　大地の結晶

さあ今日も今日とて生産生産！　と言いたいところだけど、忘れない内にいつものルーチンワークもこなしておかないとね。

まずはショップ部屋にてNPCのお客さんイベント。ミコト君やシエルちゃんと会ってお喋りするのも、日々の大事な癒しなのです。

一人目にやってきたのは、早速大本命シエルちゃん、そしてシャンタちゃん。6月に入ってからというもの、彼女らのお洋服も夏バージョンになってて、毎日新鮮なかんじ。

あと今思い返すと、ゾエ氏が送ってきたシエシャンのファッションフォト80枚。あれって恐らくツインズの春服全種と夏服全種だったんだろうなって。

多分彼はシャンタちゃん攻略が夏シーズン以降も続くことを見越して、あのチョイス、そしてあの量を添付したっぽい。色々抜かりがなさ過ぎて寒気がするなあ。

本日のお二人はキュロット丈がジューシーなサロペット姿だ。シエルちゃんが黒で、シャンタちゃんがベージュを着ている。

インナーはベアトップで、足元は素足にサンダル。健康的で涼しげ、正に夏ってかんじだね～。

余談だけど、二人がこういうお揃いコーデで来店することは、今までもあったものの稀でもある。

そしてペアルックの際二人が着ている衣装は、ゾエ氏が送ってきた写真の中には含まれていない。

ってなるときっと、このお揃いのお洋服に身を包んだツインズを見られるのは、ファッションイベント通過者の役得ってことだと思うんだよね。

いや〜こんな愛らしすぎる二人の姿を目にするだけでも、長々とファッションチェックに取り組んできたかいがあるってものですわ。

勿論お揃いコーデのときでも、それぞれきちんと個性が光っている。

今日で言うと、シエルちゃんは赤いリボンのついたベルトを腰に巻き、サンダルは黒のスエード生地のアンクルストラップ型。対するシャンタちゃんは、小物にカンカン帽を合わせ、足元はビーズで飾られたビーサンである。

うん、こうやってお揃いコーデで二人並んでいると、双方の傾向や好みもより分かりやすくなってくるかも。シエルちゃんは綺麗めだったりクラシカルなテイストできちんと締めるタイプ、シャンタちゃんはカジュアルだったりレトロなものを取り入れてちょっと崩すタイプ、なんだなー。

そんなふうに勝手に答え合わせをして納得していると、本日のシエルちゃんからは、いつもと少し違った会話が飛びだしてきた。

「え？　なあに？　それ、私にくれるの？」

次の瞬間開かれたのは、私のインベントリの画面である。プレゼントイベントだ！

他のキャラクターではちょいちょいアイテムをあげられる機会があったんだけど、シエルちゃんに対しては初――――デート服を贈ったあの件はちょっと特殊なので換算外とする――――である。

わー、わー、何あげよっかなー、シエルちゃんは何が喜ぶのかなー。と、迷いかけるも、すぐに私は思い出す。

そうだ、ゾエ君に貰ったアレがある。アレを今使わずしていつ使う！

ってなわけで私は例のアレ、好感度上げにおける無敵にして最上位アイテム――――【大地の結晶】を選択した。

数は～……んー、一応10個贈られたものをそのまま所持しているわけだけど、これを一気にあげちゃうのはちょっと勿体ないような気もする。

それにワンチャン、ここで私が過度にシエルちゃんの好感度上げちゃうと、他の人にデート権が回らなくなってしまうかもしれない。

まあこれって一種の勝負事だし、自分を犠牲にしてでも他人をデート勝者に～なんて言うのは野暮ですらあると思うんだけどさ。ぶっちゃけ今はそこまでデート勝ち取りたいわけでもないのよね。

一回目のデートだってついこの間な感覚だし、このイベントに関しては結構満足、いい意味でお腹一杯感がある。少なくとも数か月は別のことに集中してもいいかなと。

だったらもっと、シエルちゃんデートを悲願としているような人に権利を渡したいところ。

シエルちゃんはこんなに可愛いわけだし、私以外にも絶対いると思うんだよね。熱烈なシエル信者が。

大きなお世話であることは百も承知だけどそんなふうに思わなくもないわけで、とりあえず今回は結晶をケチることに。『×1』を選んで、お試しがてらプレゼントしてみると――――。

「い、いいの……？　これを、私に……？」

――――想像した以上に効果はバツグンで、私はちょっと面食らった。

彼女は顔を上気させて、目はきらきらと輝いている。何なら実際に星屑が瞬くモーションも発動している。

もじもじと抑えてはいるけれど、興奮しているのは一目瞭然であった。こんなシエルちゃん見たことないよ！

普段彼女はちょっとシニカルなところ、達観したようなところがあるだけに、此度の反応はギャップ萌えでしかない。

「ふふ……うふふ……。……もうっ、ビビアったら意地悪さんね。しれっとした顔でこんな大切なもの渡してくるんだもの。ちょおーっとこれは、愛が重いんじゃない？　ま、いいわ。受け止めてアゲル」

そう言ってシエルちゃんは照れたようにはにかんだ。

……ぬおおおおお！　悶絶！　悶絶死しそうだよう……!!

しかしそうやって脳内で転げ回っている最中、私はふと我に返る。

気付いてしまったのだ。素知らぬふりで店内を物色している双子の片割れシャンタちゃんが、チラッチラッ、とこちらに視線を送っていることに……！

僅かに唇を尖らせた表情には、抑えきれない羨望がじわじわと漏れだしてきている。

あ、あ、どうしようどうしよう。私ったらシャンタちゃんがこの場にいることをすっかり度外視していた。そ、そっか、シャンタちゃんにとってもこのアイテムは喉から手が出るほどに魅力的なものなんだね。

結晶はまだまだ余ってるから、彼女にもあげたい。やっぱり、少なくとも一緒にいるときに、双子で扱いに差を付けるのはよくないよね？　ね？

話しかけてみれば、シャンタちゃんにもプレゼントできるかなあ。

しかしついつい吹き出しアイコンに伸びていきそうになる手を、脳裏に過ぎるゾエ氏が引き止めた。

シエビビ党――自分で言っててアレだけど――を掲げシャンタ派に乗り移ったゾエ君、シャンタちゃんの好感度を上げるべくファッションチェックイベントに日々励むゾエ君、誰よりもシャンタちゃんとのデートを切実に求めているゾエ君……。

結果が出ているシエルちゃんはともかくとして、まだまだ未知数のシャンタちゃんに挑戦している人は、恐らく彼だけか、いても極少数……。イベント進行のかんじからして、きっと彼は今、誰よりもシャンタデートに近い男……。

ここで私がシャンタちゃんに大地の結晶をプレゼントしてしまったら、ワンチャン、その保証された勝利に水を差してしまうかもしれない。

それは、顔を知らない誰かさんからシエルちゃんデートを奪うよりも、ずっと罪の重いことに思える。

なんてふうに葛藤していたらば、シエルちゃんはさっと身を翻すではないか。

「じゃあまた来るわね。さ、行きましょシャンタ」

その言葉に応じて、シャンタちゃんも店を後にする姉の背中に続く。去り際、影の差した眼差しをこちらに寄越して――。

――ぱたん、と扉が閉まった直後、私はトークアプリを開いてゾエ氏にメッセージを送った。

『今後もしシャンタちゃんにプレゼントのチャンスがあったらば、私貰った大地の結晶使いますんで、そこんとこよろしく』

デート権の行方？　ゾエ氏の気持ち？

知るか。やがてくるゾエの勝利より、目先のシャンタちゃんの笑顔である。

******

【きまくらゆーとぴあ。トークルーム（公式）・コミュニケートミッションについて語る部屋】

［檸檬無花果］
このキャラはこういうタイプじゃない！　こんなロールすんな！
みたいな奴、どこの部落にも一定数いるよな

［西瓜］
どんなキャラにもファンはいるんだから配慮あるプレーをするのは当然でしょ
あれは明らかにキャラクターを馬鹿にしてる

［おろろ曹長］
ゲームと現実の区別付いてる？　大丈夫？

［鶯＊］
気持ちは分からんでもないが>>西瓜はきまくら。というかオンゲなりＳＮＳなり向いてないんじゃやない

人がどうこうというより、自分が見たくないものを見ないようにする努力したほうが早いよ
[ヨシヲwww]
>>西瓜
知ってる?w
このゲームのNPC、月ごとに違ったプレイヤーと公開デートしてるんですよｗｗｗ
[ドロップ産制覇する]
それな
>>西瓜みたいな奴にとっちゃデートイベがあるきまくら。なんて超クソゲーに違いない
のに今までよく卒倒せずに続けてこれたなっていう
[パンフェスタ]
まあまあみんな落ち着けよ
ギスギスするくらいなら話題変えて今週のデートイベの話でもしようぜ
[陰キャ中です]
それもっとギスるやつ
[檸檬無花果]
>>パンフェスタ
荒らし確定
[めらめら]
デート……リル……うっ頭が……

[鶯*]

リル廃はこの時期になるとトークから消えるし一周回って平和な話題ではあるかもしれない

[レナ]

ああ……緊急イベに気を取られて忘れてたけど、そういやもうそんな季節か

はてさて誰が何十万、いや何百万積んだのか……

[深瀬沙耶]

デートとか最初っから諦めてるけど、お任せコースダイジェスト楽しみだな～

リューリア動画の再生数を全力で稼ぎに行く用意はできている

[パンフェスタ]

ここでもしお任せじゃなくいつものフリーモード選んだら、ダイジェスト公開も延期にな

るんかな

ないだろうけど

[おろろ曹長]

んなことやったら袋叩きの刑だな

[ee]

えっ、このタイミングで大枚はたいてそれってどえむですか

[msky]

さすがにもう今週のデート戦結果は出てるよな

だから各地で色んな奴が頭オカシクなってるのか、納得

春は終わったのに何でかなって思ってたんだよ
［ドロップ産制覇する］
それ、デート関係あるか？
［ピアノ渋滞］
きまくら。は毎月春だから
［めらめら］
今日竹中さんがブラックモスと向かい合ったままずっとぶつぶつ独り言いってたんだが、
それも季節的なものなのかな
［ウーナ］
古の王の墓だよね、私も見た
あの人超絶虫嫌いだからいつもなら秒で殺してるのに、なんか青い顔して固まってんの
［陰キャ中です］
春だねえ

******

【きまくらゆーとぴあ。トークルーム（非公式）（鍵付）・クラン［竹取物語（株）］の部屋】

［竹中］
もう嫌だあああああ

　もう嫌なんだよおおお
【ファンス】
　オッサン今日も元気っすね
【ayumi♪】
　主任どうされたんですか？　（；´・ω・）
【竹中】
　もうブラックモスと睨めっこするのには飽き飽きしてるんだよおおお
【ピュアホワイト】
　（まだブラックモス止まりだったんだ……）
【レティマ】
　飽き飽きしてるくらいならいい加減次のステップに行きなさいよ
【ayumi♪】
　ロイヤルモスちゃん、行きましょう～♪
【ファンス】
　長谷川ちゃん鬼やな
【ピュアホワイト】
　ぶっちゃけ今蠱惑（こわく）のレベル幾つなんです？
【竹中】
　……Ｉ

[ayumi ♪]
いち……(´q｀)
[レティマ]
怠けるのも大概にして
ストービー仲間にするには最高レベルのV必要なんだからね
[竹中]
無理だよ～～絶対無理だよ～～～～
俺がどんだけ虫嫌いかおまえら知ってんだろ～～～～～～
[ファンス]
仕方ないですよ的場課長のお望みなんですから
それだって竹さんが蠱惑持ちだってばらさなければ済んだ話ですし
[レティマ]
そもそもあんたが性懲りもなくデート自慢とかしなければ、マトさんも拗ねて雲隠れした
りしなかったんだからね
誠意を見せなさい誠意を
[ayumi ♪]
課長、帰ってきてほしいな～～(´･ε･`)
今回のイベランだって課長がいればもうちょっと上目指せたと思うのにな～～(´･ε･`)
[ファンス]

まあマトさんも随分無茶なこと言うなとは思いましたけどね
よりにもよってストービーをご所望とは
[竹中]
だるぉ!?
しかも俺に！　超絶虫嫌いなこの俺に!!
[レティマ]
ビジュアル的観点から言えばストービーなんて全然キュートでいいじゃない
あれは虫というより蜂型のケモノよケモノ
[ayumi♪]
もふもふビッグなミツバチちゃん……
あのしましまふわふわなお腹に顔を埋めたい……(*´艸`)
[竹中]
ひいい想像するだけで身の毛がよだつわ
足が無理なんだよ足が
まんま節足動物なんだよ
[ピュアホワイト]
昆虫の足ってメカっぽくてかっこいいと思う
[竹中]
てか百歩譲ってストービーはいいとして

その前にスキルレベル上げるために他の幻蟲に蠱惑使わなきゃいかんのがまじで拷問

あいつらのメロメロエモートなんてこちとら見たくねーんだよ

[syana]

とりあえずブラックモスはハードル高いのでは？

レディバグとかのほうが幻蟲の中でも愛嬌あってよさげ

[レティマ]

竹はテントウムシが虫の中で一番嫌いなんだって

昔葉っぱの裏で大量のテントウムシがびっしり集まって冬眠してるの目撃しちゃって、以来トラウマらしいよ

[ファンス]

フレイムフライとかスノウウイングは？

物理的に小さいからダメージ少なそう

[竹中]

蠱惑は護身スキルの一種だから、単独じゃ敵対行動取らないあいつらに使っても意味ないんだわ

つまり群れ単位になった奴等には効果あるんだが……分かるな？　俺は一種の集合体恐怖症でもあるんだからな？

[ピュアホワイト]

ネムリツムリ

［竹中］
　バイ菌いっぱいついてそうでヤダ
［ayumi♪］
　……詰んでますね(´・ω・`)
［ファンス］
　要するに課長、遠回しに「戻らない」って言ってんじゃないっすか？
［レティマ］
　ま、受け取り方は本人次第だわね
　マトさん「竹の赴任先はストービーにかかっている」だなんて嘯いてたけど、それも受け取り方は本人次第ね
［竹中］
　チクショオオオオオオ
　蠱惑さえ……蠱惑さえなければアアアアアア

ログイン49日目　イベント結果

　緊急ワールドイベントは昨日で終了。ということで、一夜明けた本日、運営からはイベント結果に関するお知らせが届いていた。

まず私が気になっているのは、イベント全体の成功度――――スタンピードやギルトア、アグダラにまつわるストーリーがどんなエンディングを迎えたのか、ということである。

用意されている結末は大成功（ハッピー）、成功（サクセス）、失敗（バッド）の三段階で、プレイヤー達が取得したポイント量や各仕事のバランス、特定の条件を満たしているかどうか、などの成績により、エンディングが変化するそう。

ミナシゴさん曰くここ最近のイベントはよくてサクセスエンドで、バッドになることも少なくないとのことだが――――。


【緊急ワールドイベント〝スタンピードを阻止せよ！〟結果発表】

●イベント成功度：サクセス
《各部隊の取得ポイントと評価》
・幻獣処理班
取得ｐｔ：５２，９６８，３３０　ｒｅｓｕｌｔ：Ａ
・物資供給班
取得ｐｔ：２６，６６７，２２０　ｒｅｓｕｌｔ：Ｃ
・市街修復班
取得ｐｔ：１７，３９６，６８０　ｒｅｓｕｌｔ：Ｃ
《達成したプラスカード》

・ミズカゲタイジャを倒す×1，000
・タイガーオウルを正気に戻す×1，000
・ライリーに応援を取り付ける
《達成したマイナスカード》
・タイガーオウルを倒す×200
・修復完了となった外壁を破壊する×50

――――ん～、ま、だよね～～ってかんじの結果だった。

因みに各班のリザルトとして出ている評価はE～Sの六段階。今回のハッピーエンド条件はすべての班がB以上の成績且つプラスカード――――イベントにおいてプラスとなる特殊な条件――――をすべて達成し、マイナスカードを一切踏まないというものである。

う～～む、大成功には程遠い。

ゾエ君が「ミナシゴさんは発言を誇張するふしがある」って言ってたから、ワンチャン〝プレイヤー、イベント総合結果に無関心説〟も間違いかなあなんて期待してたんだけれども、残念ながらこれは真実そのものだった模様。

ま、妨害行為が蔓延ってるのをこの目で確認している以上、そりゃそうかって話でもある。

そうして迎えた話のエンディングが、動画化されて公式サイトで視られるようになっていた。

要約すると、冒険者達の活躍により幻獣の多くは落ち着きを取り戻し森へ帰還、レンドルシュカの市街に大きな被害はなく、防衛作戦は成功。そして【病める森】にも一応平穏が戻ってきたということらしい。

ただし森に関して言えば相変わらず毒霧に侵されており、危険な状態のようだ。そして動画の最後には、昏々と眠り続けるマグダラと、心配そうな顔で彼女に寄り添うギルトアの姿が映されていた。

お知らせにはこうある。

●作戦がサクセスエンドを迎えたことにより、革命イベント【封印解除A】が実行されました。これにより……
・マグダラ、ギルトアのコミュニケートミッションの更新
・病める森の立ち入り制限を解除
・病める森に関係する遠征クエストの復活
・遠征クエストに【記憶の欠片を求む】、【ミズカゲタイジャ討伐】、【病める森の水質調査】を追加
……他、関係する社会情勢に変動が生じます。


ふむふむ、なるほど。病める森も再び開放されるようになったんだね。

ハッピーエンドにならなかったことは残念だけど、いずれにせよこうやってプレイヤー達の行動できまくら。ワールドそのものの先行きが分岐していくのは面白いなあ。

＊＊＊＊＊

【きまくらゆーとぴあ。トークルーム（公式）・ワールドイベントについて語る部屋】

［椿ひな］

もしかして自動回収装置を森に作ればあっという間に終わるのでは？

［否定しないなお］

もしかして自動回収装置を作ればきまくら。って超ぬるゲーになるのでは？

［Peet］

もしかして発明家を囲うのが今の環境なのでは？

［ゼレーヴァ］

発明家……ドコ……ドコォ……？　（;゜Д゜）

［ピアノ渋滞］

そうしてきまくら。は発明家難民が溢れ、彷徨う難民はこぐにに亡命、世界は終焉を迎えましたとさ。

［おろろ曹長］

終焉を迎えたのは果たしてきまくら。か、はたまたこぐにか……

［賢者ビスマルクの息子］

多分こぐにやで

［msky］

きまくら。民の生命力はG並なんだから人口減ったくらいじゃ滅ぼせない

[S様]
めでたしめでたし。
[((ぼむ))]
イベント総合結果思わず二度見した
なんか成績やたらよくないか？
[椿ひな]
燦然と輝く幻獣処理班のA判定よ……
越えられないと言われていた壁をついに越える日が来たか……
[universe202]
へえ、成績よかったんだ
総合結果とかどうでもよ過ぎて最早視界にも入ってなかったわ
[ゼレーヴァ]
地味に市街修復班も頑張ってんの草
壊されては直し壊されては直し、虚無ゲー虚無ゲー愚痴りながらもあいつらちゃんとやってんのな
[YTYT]
イベント中の大工仕事は今や虚無作業ゲーを越えたASMR癒しゲーなんだな……
[えび小町]
みんなはどの資材の音が好き？

俺はセンネンスギ積む音
[Peet]
プリンスポプラにやすりかける音
[ミラン]
グラニット砕く音
[おろろ曹長]
イカれ大工どもワールド部屋を変な流れにすんのヤメロ
[否定しないなお]
幻獣班がポイント高いのは結社が機能しなかった&ゾエが地味に純害悪を潰してたからだと思われ
[賢者ビスマルクの息子]
ササ独走状態だからなあ
太刀打ちできる相手がいないとこんなにスムーズにポイント稼げるんやな
[hyuy@フレ募集中]
つまりサクセスエンドに辿り着けたのはササとゾエのお陰という認識でよろし?
[アリス]
ダメです><
[ドロップ産制覇する]
『お陰』とか言うと角が立つからここは間を取ってBさんのお陰ということにしよう

［ちょん］
それ言っちゃうと外壁破壊のマイナスカードもBさんの〝お陰〟になっちゃうんダナ
（ ˘ω˘ ）
［YTYT］
ゾエのやつ町とバトルフィールドの境目狙って延々と地雷仕掛けてたからな……（遠い目
［universe202］
話だけ聞いてるとまるでハッピーエンドもバッドエンドもブティックの掌中にあるかのようだ
［賢者ビスマルクの息子］
魔性の女やでえ

＊＊＊＊＊＊

さてさて、次に気になってくるのは、私個人のイベント成績である。お知らせの『ランキング結果』のページをタップすると、こんなデータが表示された。

あなたの順位：１０，３４７位（／３１，０６４人中）
総獲得ＳＧＰ：３，８４０ｐｔ

【ＳＧＰ内訳】

幻獣処理による報酬：2，340pt
革命イベント［マグダラの消息］発動によるボーナス：1，000pt
革命イベント［ゼツボウノサイカイ］発動貢献によるボーナス：500pt

お～、やった～、イベント参加者の半数より上なランクなわけだから、ざっくり言うと上位勢ってことでいいよね。うん、そういうことにしとこ。

そして前哨戦イベントのボーナスが馬鹿にならない。二つ合わせて1，500ptってかなり大きいじゃんね。うまー。

最上位勢とフレンドのランキング結果も閲覧できるようになっていたので、ついでに覗いてみる。

トップは［ササ］さんとやらで、獲得ポイントは2万越えとな。うひゃー、私の5倍以上ってところ？　やっぱガチ勢は雲の上の存在だなあ。

続く二位三位が［れおん］、［ミルクキングダム］となっていた。当たり前だけど、全然知らない人だ。

クランのランクは一位が［無色協定］、二位が［巨人の鐘同盟］、三位が［スチールシスターズ］

……う～ん、未知の世界……。

さて、私の〝フレンド〟達はというと……おおっ、なんとリンリンが99位入賞を果たしている！

うちの妹、すごっ！　姉として鼻が高いけど、将来が心配でもあるね！

そして竹中氏が683位で、陰キャさんが711位、ゾエ君は151位……？

……なんか私のフレ達、レベル高くないか？　三桁代って言うとぴんとこないかもしれないけど、

3万人中の三桁って、相当のやり込み勢な気がする。

これじゃフレの順位眺めて心の中でマウント取ることすらできないじゃん……。悲しみ。

まあいいや。気を取り直して、SGP交換所のページに移動しよ。

既に【ソーダ】五つで1，000pt消費してあるから、残ったポイントは2，840。

まず、スキル交換に利用できる【霧の結晶】はやっぱり取っておいたほうがよさげだよね。ゾエ君曰く『スキルの種類によっては、それがあるかないかでもはや別ゲー、世界が変わる』とのことだし、きまくら。においてのスキルの価値はかなり高いらしい。

【霧の結晶】は一つにつき1，000pt消費で、上限の二つを交換すると一気に手持ちの大半が飛んでいくわけだけれど……ええい、ここはゾエ氏を信じよう。2，000ptをお支払いだっ。

その他のラインナップは、各種素材アイテムに、キマ――――つまりお金に変換、イベント限定の装着アイテム、【レシピブック引き換え券】、などなど。

装着アイテムは、今イベント主要キャラクターの衣装や装備品の色違い、素材違いというものだった。マグダラの【嘲笑の仮面】や、ギルトアの【賢者のローブ】、テファーナお師匠の【森のエプロンドレス】等、色々充実している。

性能面デザイン面で気になるものもあるんだけど、でも私的に魅力的なのは、やっぱり腐ることのなさそうなレシピブック引き換え券、かなあ。

このアイテムは使用者の職業に関係しているレシピの内、好きなものを一つ、何でも交換できるという券である。

仕立屋のレシピには〝デザインレシピ〟と〝マテリアルレシピ――――この材料とこの材料を掛け

合わせるとこんな効果の服が生まれるよってやつ――〃の二種類あるんだけど、この券はどちらでも可とのこと。

マテリアルレシピはぶっちゃけネットで検索すれば大概の答えは見つかっちゃうので、そんな要らない。でもデザインレシピは結構欲してるのがあるのよね。

レシピの入手経路は基本図書館なんだけど、あれって毎回ランダムだから、欲しいのがでるとは限らなくって。しかも最近はかぶりも多くってさ～。

というわけで、この機会に好きなレシピを交換させていただきましょ。

引き換え券は一枚200pt消費で、最大三枚まで。端数のポイントは1pt100キマで換金しよ～。

レシピブック引き換え券は、早速使ってしまうことにする。和装系がね、欲しいと思ってたところなのよ。

【着物・男性用】と【着物・女性用】、【羽織・女性用】……うん、これにしよ。

あとね、SGP報酬以外にもランキング報酬があるんだった。私の順位だと下から2番目――っていってもこのランク帯が参加人数の大多数を占めているから別に悪くはないんだけど――のB賞になる。

既に配達されていたギフトを開けると、【霧の結晶×2】、【期間限定称号：優良冒険者】、【成長の書物引き換え券×5】、【末・万能薬×5】がでてきた。

ゲームといえど、やっぱり頑張った後のご褒美タイムは嬉しいね～。

******

【きまくらゆーとぴあ。トークルーム（公式）・ワールドイベントについて語る部屋】

［椿ひな］
　>>水銀
　ワイ、アンゼガチャもうすぐ3，000回……
　その余ったキマ、今すぐこっちに寄越せ
［めめこ］
　ひえー、〝確率〟って恐ろし過ぎる
［くるな@復帰勢］
　今回一位取ってる無色協定ってあれ何なの
　某配信者の傍観ライブ視てる限り毎回同士討ち始めるんだが
　そういう趣味のクラン？
［どお］
　そういう趣味のクランだ
［否定しないなお］
　いえす
［アラスカ］

>>くるな@復帰勢
それで合ってる
[陰キャ中です]
>>くるな@復帰勢
無職はねー、名前の通りあれクランというより協定だよ
①周りにメンバー以外のプレイヤーがいる場合、まず部外者から消します
②その後メンバー内で遠慮なくバトります
そういう無言厨どもの協定
[くるな@復帰勢]
>>陰キャ中です
おっほ、、
[水銀]
ただのササの独裁国家なんだよなぁ
[否定しないなお]
あそこササ以外は大したことないよね
決して弱くはないけど単体だとぱっとしない奴等ばっかというか
[椿ひな]
強い奴等は入る必要のない帝国だもん
[おろろ曹長]

最後はボスに美味しいとこ全部持ってかれるって分かって入るわけだから、そらそこそこの報酬で満足できる半端者しか集まらんよ
［どお］
栄光より安定を重視、且つあんまり時間ない社会人の集いってイメージ
［ねじコ＋］
公務員かな？
［おろろ曹長］
＞＞ねじコ＋
一緒にすんな
［名無しさん］
＞＞おろろ曹長
悪くない冗談だ

ログイン50日目　ワンピース

部屋の中心には、トルソーを着飾る完成したお洋服が三着。そして、その前で腕を組み、頭を悩ませるワタクシである。

う～～……困ったことになったでござる。

事の発端は三日前。皆さんもご存知、めめこさんからのリクエストの件である。

現代っぽいシンプルな衣装、そしてガーリィなめめこさんが好きそうなアイテムということで、あれから三日間、ちょこちょこワンピース作りに取り組んできたわけなんだけども――――まあいいや、初めから話そう。

まず、【タンクトップ】と【プリーツスカート】の型紙をくっつけて、ワンピースにしてしまおう作戦を考えたんよね。特にタンクは現代カジュアル色が強いから、めめこさんの要望にもぴったりなんじゃないでしょうかと。

切り替えは胸下のハイウエスト、そこからエーラインにプリーツスカートが広がるように配置。スカート丈は膝上くらいかな。

さて、布選び。生地はね、トップス部分とスカート部分で全然違うものを使って、バイカラー――――ひとつのアイテムの中で二つの色を使うこと――――にしようと思う。

上は～……これ、白の総レースの生地にしよう。アイテム名は【ライトクロス／（´ω`）／】。

……はい、見ただけで分かりますね、キムチさんの作品です。

んで下のスカート部分は黒の【スパイダーエステル】を使う。

ウエストの切り替え部分には、同じ素材で黒のリボンベルトを巻いておこう。それから、袖と襟も黒エステルで作ったバイアステープでパイピングして、と。

最後、トップス部分の正面に、黒のくるみボタンを並べる。

よし、これでスイートながらメリハリのあるモノトーンワンピースの出来上がり。

ちょっとここで最近仕入れた豆知識。

きまくら。の世界では服は身を覆うだけでなく、装着することによって特殊な効果を発揮したりするわけだけど、その〝特装アイテム〟、服以外にも色々ある。で、これを担当する職業ごとに分けると、四種類になる。

一つ目が仕立屋の領分で服、靴、帽子など、布や革素材を継ぎ合わせて作るアイテム。

二つ目は織り師の領分で、ニット服や靴下などの、糸を編んだり織ったりして出来上がるもの。種類は少ないみたいだけど、工芸家の作る特装アイテムもこれに含まれるんだっけかな。

三つ目は細工師の領分で、石や金属を主体としたアクセサリーの分野。

そして最後、剣や斧といった武器、作業道具から、鎧などの防具をカバーする鍛冶師の分野。

この四タイプはね、単にアイテムの種類や素材が違うというだけでなく、出来上がったアイテムが発揮する特殊効果にも明確に違いがあるんだって。

まず仕立屋アイテムは、属性または状態異常耐性の付与、それからステータスの強化を得意とするそう。器用に万遍なくこなすタイプだけど、ステータスの中でも［耐久］と［力］に影響を与えることはできないらしい。

その仕立屋と対極の位置にあるのが、鍛冶師の仕事。

仕立屋と同じように属性の付与、状態異常耐性の付与をこなすと共に、一部アビリティ――〝アビリティ〟っていうのは、その装備を付けてるときだけ発揮できる能力ってかんじ。習得不可スキルといったところかな――なんかも付けられるそう。

そして仕立屋が苦手な［耐久］と［力］の強化に秀でてるんだけど、それ以外の他のステータス強化は不得手なんだとか。

で、織り師、工芸家の特装アイテムはフィールド対応、細工師アイテムはアビリティ付与全般を担当してるんだって。

時々互いの領分にはみ出し合ったりもするみたいだけど、基本的にはこれが土台となるルールらしい。

その特殊効果の有無、また種類に影響を及ぼすのは、勿論素材である。

では今回みたく複数の種類の特殊素材を組み合わせた場合、どうなるのか。

ライトクロスは光属性付与、スパイダーエステルは防毒の効果がある。二つの要素は両者とも残るのか、あるいは相殺されるのか。

結果は2パターンあって、一つ目が、より布面積が広く使われている素材の効果のみ、反映されるパターン。

もう一つは、両方の効果を残しつつ、効果の度合いを二分するパターン。要するに一つのアイテムに詰め込める特殊効果は100と数値が決まっていて、二種類の効果が反映される場合、一方は40%、他方は60%みたいなかんじで、一つ一つがちょっと弱くなるってことだね。

どちらのパターンが採用されるかはランダムみたい。

はてさて、それでは今回のワンピースは〜――――。

【ツートンワンピース】
品質：★★★★★
光と毒耐性の力を秘めた服。

主な使用法：装着
効果：闇属性ダメージ無効　［毒］無効
消耗：400／400
習得可能スキル：メテオシャワー
（メテオシャワー：任意発動スキル　消費70～　周囲一帯に星の雨を降らせ、対象に光属性ダメージを与える（範囲・大））

――――……あれ？　あれれ？　早速説立証ならず？

通常なら無効効果が一つか、『闇属性ダメージ半減　［毒］耐性』あたりの結果になるかと思ってたんだけど……。

と、一瞬困惑するも、思い出す。そうだ、これソーダを飲んで作ったプラス製図改造から始めて丁寧に作った、ミラクリ確定アイテムなんだった。

おまけに習得可能スキルが付いているところを見ると、はい、今回もやっちゃってますねー、キムチさん。惜し気もなく裏クリ発現させてますですよ。

それはともかくとして、なるほどね。普段小ミラクリの効果には素材の影響とか規則性とか殆どないように感じてたんだけど、もしかしたら複数の適性素材を使っている場合にはその限りではないのかもしれない。

一つの適性素材しか使ってないとその素材を元にした効果がソーダによってカンストした場合、余分なミラクリパワーをどこに充てるかの方向性が定まらない。だから追加のミラクリ効果がランダムになるのかも。

でも複数の素材を使うとソーダで引き上げた効果以外にも分岐先があるわけで、そこでミラクリの方向性が定まるってところなのかな。

複数の効果を予め狙って付けたい場合には、ちょっと役立つ情報である。

ただね、そんな考察はともかくとして、出来上がったワンピースを眺めてふと思うわけですよ。

……折角リクエスト用で作った割に、なんか全然新鮮味がないな、と。

いやまあ、そもそもがそういうリクエストだったっていうことで、決して間違ってはないんだけどね。

私が初期に作っていたような『現代っぽいシンプルな服』を希望なわけだし、新鮮味がないのは寧ろ正解でさえあるのかもしれない。いつもの私通りで作ってってったら、いつもの私通りの服ができたという、当然の結末である。

実際めめこさんによく似合うだろうし、めめこさんこういうの好みそうだし。

けど、だからこそ、保守に偏り過ぎたかな～、と思わなくもなかったり。

……完全に自己満足なのは百も承知だけど、リベンジ二着目、行きます！

＊＊＊＊＊＊

【きまくらゆーとぴあ。トークルーム（公式）・遠征クエストについて語る部屋】

［ナルティーク］

フラッシュとか見たこともなければ聞いたこともないわ

[YTYT]
サブスキルは結晶使って取るようなもんでもないし、公式産以外の集荷は滅多に出回らないしで、
まだまだ日の目を見てないやつも多そうだな
[ねねい]
>>ミルクキングダム
きれーい
エフェクトかっこ可愛くていいね
[明太マヨネーズ]
使ってる子も可愛い(*´ω`*)
変身モノ少女アニメみたい
[ピアノ渋滞]
アビリティでダメージに盲目付与はよくあるけど、こういうそれ単体の効果で専用のエフェクトも付いてってなると、
やっぱスキルしかないのかな
[マリン]
実際結晶消費してまで取る価値のあるサブスキとかあるの？
[狂々]
全部把握してるわけじゃないから分からんけど、ないと思う

「
強者目指すとしたらハイスキル最強だし
可能性を広げるって点ではジョブスキル最強
【マ　ユ】
それは人の価値観によるんじゃないかなー
私は結晶でダイヤモンドダスト取ったけど後悔してないよ
なんせ目立てる！
」

******

ガーリィスイートなアイテムは勿論好きだ。けど〝甘さ〟って点で言えば、多分〝ワンピース〟である時点でハードルは乗り越えてるも同然だと思うんだ。

折角自由度の高いお題を貰ったわけだし、ここはもう少し、遊びやスパイスを加えてもいいかもしれない。

リクエストテーマのポイントは、『現代』風であることと『シンプル』であること。よし、したらばいっそ、シンプルに全振りしてみようかな？

選んだ生地は、真っ白な【ツリーコットンクロス（｀ω´）】。

でもね、そこはキムチブランド、よく見ると工夫があって、うっすらクローバーの模様が入ってるの。光の加減で見えたり見えなかったりするくらいのささやかで繊細な意匠が、そこはかとなく上品キュートなんですわ。

これを使って、すとんとしたシャツワンピを作ろうと思う。

袖は三分袖。

襟はゆったりめのスタンドカラーで、前立ては胸下辺りで止めておく。ボタンを1、2個外して、カジュアルに着てほしいな。

スカート丈はちょいミニ。ウエスト切り替えはなし。

本当にただただぽすって被ってぶらり街に出ていけるような、ゆるーい楽ちんデザインだ。

イメージとしてあるのは〝彼シャツ〟ってやつ。敢えて全体的にオーバーサイズに仕上げている。

ただ、メンズライクでシンプルなデザインの中にも女性らしさを光らせるべく、シルエットにはこだわった。

胸下辺りからスカート部分全体にかけて、布はふわりと、控えめに丸みを帯びた、立体的なラインを描いている。

切り替えなしで、且つ自然なかんじでこの形を作るのは結構難しくて、満足のいくものができるまで何度も何度も製図を引き直した。

でも苦労のかいあって、いいものに仕上がったと自負している。

【コットンシャツワンピ】
品質：★★★★
――
主な使用法：装着
効果：手際＋200

消耗：400／400
習得可能スキル：浮遊
（浮遊：任意発動スキル　消費10　自身の体を一定時間宙に浮かせる）

トルソーに着せた完成品を眺めながら、頭の中に思い描く。このワンピで着飾っためめこさんは、まるで……まるで…………………。

————……あれ、そういやめめこさんって、白髪ストレートで目元に紅の差した、しっとり系美少女だったよね。しかも羽生えてるっていう。

……このワンピで着飾っためめこさんはまるで、天使……というよりかは、幽霊？

私ははっと我に返って、頭の中でぷかぷか浮かぶ美女妖怪を追い払った。

いや、いやいやいやいや、大丈夫。小物とかアクセを工夫すれば、全然今っぽいカジュアルフェミ子になれるから。

そうだなあ、例えば、シルバーやゴールドのゴツめのアクセサリーだとか、差し色になる大きめへアアクセとかね？　そう、髪型もさ、お団子とかゆるめポニテとかにしちゃえば、大分印象変わるよ。

……でもそれって、めめこさん個人からのリクエストへの答えとしては、なんか失格……とまではいかずとも、変化球な気がする————。

……三着目、いきますか。

というわけで次に私が取りかかったのが、シンプルな形で、且つ〝色〟のあるものというテーマ。

そうだね、めめこさんというキャラクターはそれ単体で言うと儚くて幻想的な印象があるから、現代ぽさを出すならもっと服にパンチを効かせたほうがよかったかもしれない。

取り出した型紙は、【トレーナー】である。これを改造して、ワンピースの形にしていこうと思う。

シャツワンピのときと同じく、ウエスト切り替えはなくて丈も短め。でもゆったりめに作った前回とは違って、今回は嫌味にならない程度に体のラインに沿う、タイトなデザインにした。

袖は七分くらいがバランスいいかな？

使う生地は【ツリーコットン・スウェット】。

それとはまた別に、皺（ワッシャー）加工の施された白のオーガンジー素材【ケロケロナイロン＋.(o、ω、o)。+.゜】も同じ型に裁断する。

で、この上にですね、青、白、透明、黒色などを基調とした小さなビーズ達を、【縫い付け】スキルで全体に万遍なく載せていきます。

素材は【クォーツ】、【サファイア】、【オニキス】といった天然石。めっちゃくちゃ豪華。

要は、スパンコールの衣装みたいなかんじ？

けどスパンコールそのものはワールドマーケットに見当たらなかったし、あったとしてもそれじゃ完全にステージ用ってかんじになっちゃうからね。もう少し上品に、且つ普段使いしても違和感ないような服にしたかったので、石ビーズで代用してみた。

いろんな色を混ぜつつも、総合的には下地の白が映えるようにビーズを散らしてっと。

そうして出来上がったキラキラワッシャークロスを、スウェット生地の上に縫い合わせ、それから各部のパーツを縫製する。

で、最後にネックラインと袖、スカートの裾を、黒の【エレメリタン】――艶感のあるサテンのような、或いは薄い革のような素材だ――――でちょっと太めにパイピング。

【ケロキラワンピース】
品質：★★★★★
猛毒耐性の力を秘めた服。
主な使用法：装着
効果：［猛毒］無効
アビリティ：カウンター
消耗：400／400
習得可能スキル：ラブソング
（ラブソング：任意発動スキル　消費40～　周囲に癒しの歌声を放ち、対象の耐久値を回復させる（範囲・中））

うん、いいかんじ！　動きのあるワッシャー素材に、それに柔軟に対応してくれる下地のスウェット、女性らしいシルエットを存分に引き立てる華やかな煌めき、引き締め役の黒ライン。90年代を意識しつつも、ちゃんと洗練された印象があるんじゃないでしょか。めめこさんに絶対似合うし、ちょっといつもとは一味違った気分も楽しめるんじゃないかな。
珍しく［アビリティ］なんてものが付いたのは、宝石素材を使ったからかな？
それでは価格せって～い、と、なったところだった。私が我に返ったのは――――。

******

【きまくらゆーとぴあ。トークルーム（公式）・遠征クエストについて語る部屋】

[レティマ]

分かる、私もライフ減少は毒耐性で影響無くなるから区別付いてなかった

確率でアナフィラキシーショックとか聞いてないよ

[ドロップ産制覇する]

流れ何とかしろ

森で状態異常連発の嫌がらせが鬱陶しくなってきて、大樹でブチ切れて、古城で発狂する

[けんけん]

森って病める森？

あそこ毒とかゆみ対策してけば楽勝じゃん

[もも太郎]

レベル30特定余裕、、

[ピアノ渋滞]

三国最初の3フィールドはレベル変動制なんですよ初心者ちゃん

[YTYT]

>>ドロップ産制覇する

∨古城で発狂
　色んな意味でってことかな
［マリン］
　自発バーサーカー消えろ
［狂々］
　最近は無差別範囲サブスキルがトレンド入りだとか何とか
　ダイヤモンドダストで暴れるマユとかシスターズのオーシャンブレイクに憧れて
　結晶消費してでもサブスキ取りに行く輩がいるらしい
［ピアノ渋滞］
　あと
　フラッシュのめめこ↑ｎｅｗ！
　ね
［hyuy@フレ募集中］
　マジで輩なんだが

＊＊＊＊＊＊

——冷静に考えたら、この服、めっちゃ高額になってしまう……。

私がそのことに気付いたのは、既に三着のワンピースを仕立て終えてからのことだった。……や、やっちまった〜〜〜〜……。

そもそも前提として、めめこさんが提示しているのはデザイン面でのリクエスト。久々の生産作業だからってつい気合入っちゃったんだけど、【ソーダ】なんて飲む必要なかったんよ、まじで。

そのせいで仕立てた三着は三着とも、しっかりスキル付き。性能も優秀。

いつものかんじで値段を設定するとしたら、最低価格でも一着250万キマである。

『スキル付き希望！』とかいう適当なリク送りつけてくる人のために、時間のかかる仕事するのも何だかなあ……、などという捻くれた思考が災いした。

落ち着いて考えてみれば、デザイン面重視の人イコール性能軽視、スキル不要ってことで、当然自分がリクエストしたものが250万で売りつけられるだなんて思ってもみないだろう。

あ〜あ、なんか無駄に頑張っちゃった感。いやでもこの流れって、システム的に仕方ない部分もあるよなあ。

だって手間暇かけてデザインを工夫することにより、スキルが付いてしまう仕組みなんだもんなあ。

ま、そこはデザイン気に入って買ってくれる人が性能・スキルも喜んでくれるならなお嬉しいなっていう、私の感覚が我が侭なのかも。

ちょっと残念だけど、作ってしまったものはしょうがない。スキル付きの三着は後でお店に出すことにしようっと。

で、めめこさんには、今回の作業により登録されたレシピから、同じデザインのものを裁縫スキルで仕立てよう。そしたらミラクリも付かない、性能もそれなりの、普通のお値段のアイテムが出来上がる。

これがちゃんとした付き合いのある知り合いとかならサービス価格で販売しても構わないんだけど、めめこさんとはそこまでの仲じゃないからね。ぶっちゃけ価格を下げてスキル付きを売ることまでは考えていない。

最近色々思うところもあり、何だかんだで私もお金が欲しいんですわ。

ただ、それを差し置いてもちょっと気になることがもう一つ。性能を並にしたとしてこのアイテム、石ビーズを大量に使っているせいで、えっらい材料費がかかってるのよね。

【オニキス】と【クォーツ】なんかは言っても大したことないんだけど、【サファイア】がね……一番安いものでも10粒1，500キマとかするのよ……。

それも大したことないやん、って思うじゃん？　この服、サファイアだけでも800粒くらい使ってるんだよね。

バカだよね。あはは。

一粒150キマってことだから、×800で12万キマ。それって最近の私のソーダなしミラクリなしな平常服の売値そのものだったり。

つまりこれにサファイアビーズ代の12万足したら、売値は24万キマ。少なくとも普段の二倍価格の服ってことになる。

あ～～……さすがに250万の服売りつけられるよりは大分マシとはいえ、めめこさん、びっくりしちゃうかなあ……。だったら最初に作った服の廉価版を出したほうがいいかな。

うーんでも目新しさを出したい感はあったから、二着目の服？　けど幽霊っぽさがなー。

……なんて、ぐるぐる、ぐるぐる。

まあそもそもがね、そういうこと考えだすのはお門違いっていうのも分かってはいるつもり。だって値段の指定はなかったし、要望はシンプルで現代風な服っていう曖昧なものだし。

これはオーダーメイドではなく、飽くまでリクエスト。イメージしてたのと違う！　という苦情を避けるための〝リクエストボックス〟なわけである。

めめこさんには〝買わない〟選択肢もあるのだ。

だがしかし、勢いで三着も作ってしまった以上、できれば彼女に満足のいく買い物をしてほしいというのも本音なわけで。

悩んだ末私は、めめこさん自身の要望を伺うことにした。

まずは過去、ショップに届いためめこさんのメッセージへの返信機能を使って、連絡してみることにする。リクエストされたものを数種類仕立てたので選んでほしい旨、できれば画像も送りたいので一時的にでもフレンド登録してほしい旨を伝えた。

一応フレンドじゃない人とトークでやり取りする方法も存在はするんだけどね、課金が必要なもんで、へえ。

未だ応答のないキムチさんの件なんかもあったので、こういうメッセージを送るのはやっぱり緊張する。

や、キムチさんのことを責める気とかはなくて、寧ろ私自身最近似たような経験してちょっと怖かったんだよね。なんかよく分からないハングルの名前の人から、いきなりフレンド申請来たのよ。

ＳＮＳとかのフォローフォロバ応酬のごとくフレ申請も日常茶飯事、なんて環境だったらば何とも思わないんだろう。しかし見ず知らずの人から申請が届いたのは、きまくら。ではこれが初めて。

多分普段からアクティブモードで、遠征にも積極的なプレイヤーとかだったらまた違うんだろう。けど私なんかはセミアクティブの引きこもり体質だからなあ。

セミアクって『交流に消極的です』ってラベルを自分に貼ってるようなもんだし、普通に誰かの目に留まる機会や申請を受け取れる状態の時間も少ないんだと思う。

そうと分かってはいつつもそんな私に申請を飛ばしてくる妙な人を受け入れる気分にはなれず、とりあえず無視している。あと私、韓国語喋れませんのでね。

こんな性格なだけに、オンライン上で自分から特定の誰かに何かを発信するという行為にはいつもどきどきなのだけれど――キムチさんのときとは打って変わって、めめこさんからは五分でフレ申請が飛んできた。

それをおっかなびっくり受諾すると、一分も経たずにトークルームにメッセージが。

どわー、この人やっぱめっちゃオンゲ慣れしてる感。何はともあれ、スムーズに事が運びそうでよかった。

私は挨拶もそこそこに、リクエストの件に関し彼女に七つの選択肢を提案することに。

最初の三つは、今回完成した三種類のワンピースの通常版のどれかをリクエスト枠で販売するというもの。

それと後の三つが、ワンチャンスキル付きが欲しい場合もあるかもしれないので、スキル付きワンピのどれかを販売するというもの。

そして最後の一つが、どれも買わないという選択。

するとこれに関しては迷いがあったのか、今までの即レス対応とは違って少し間があった。言っても30分くらいだけどね。

で、返ってきた答えがこちら。

［めめこ］
スミマセン、選べません∨∧
無理を承知で言いますが、スキル付き、三種類全部買い取りたいです
値段交渉にも応じます
ダメですか？　∨∧

思わず私はメッセージを二度見した。

*****

【きまくらゆーとぴあ。トークルーム（公式）・織り師について語る部屋】

［バタートリック］
クジラッコ狙いで100連
パモン5、モグラッコ3、ドードー2で爆死
［バタートリック］
誤爆失礼
［송사리］
コグニッコかな(´・ε・`)

【カオス】
　掲示板じゃあるまいし誤爆とか無理あるだろきまくら。厨くたばれ

【バタートリック】
　きまくら。のトーク画面、スマホ用のアプリだと某掲示板と若干体裁似てるんよ
　許せ

【どぐう】
　>>バタートリック
　こぐにから出てけきまくら。信者

【モシャ】
　あれ？
　これってこぐにのスレだっけ？（錯乱）

【エルトン】
　きまくら。トークで叩かれるきまくら。プレイヤーの流れいつも笑う

【hyuy@フレ募集中】
　そういやメダカって結局いつぞやのブティックさんからの連絡には返信したの？

【송사리】
　（´・ω・｀）

【송사리】
　（´；ω；｀）

[hyuy@フレ募集中]
何だよしてないのかよ
折角コネ作るチャンスあるんだから早めに繋がり持っとかないと
雲上の存在になっちまうぞ
[モシャ]
キムチはシャイ () だからなー
[名無しさん]
それほんとに会話成立してる？
[송사리]
（`；ω；´）

ログイン51日目　めめこ

結局、めめこさんにはスキル付きのワンピースを、三着全部お買い上げいただいてしまった。それも、すべてのアイテムを300万近いお値段で買い取ってもらっている。

今までスキル付きは全部一律脳死で250万設定にしていたのだけれど、めめこさん曰く今回のアイテムはスキルを抜きにしても性能がかなりよいとのこと。

さらに【ケロキラワンピース】なんかは材料費も嵩んでいるということで、今までの最高額290

万キマで取引させていただいた。

いや、私としてもね、ソーダ使用の上で作ったスキル付きはもう少し価格上げてもいいかもなー、と思ってはいたんだけれど、そのインフレをいきなり彼女にぶつけるのもどうなのかなっていう遠慮があったわけですよ。

けど、めめこさん自らそう仰ってくださったわけなのでね、まあ断る理由もないかな～っていう。

うふ、うへへ。

ああ、脳内でお金の貯まる音が響いている。

それにしてもめめこさんったらお金持ちである。こんな高額な買い物をぽいぽいできるだなんて、実は彼女もトッププレイヤー？

と、首を傾げていたのだが、どうやらそうではないらしい。

【めめこ】
寧ろトップじゃないからこそ憧れ強くて欲しくなっちゃったっていうか∨∧
実は私昔、リアルでアイドル志望だったんです
軽く地下アイドル業も触ったんですけど、やっぱ厳しい世界で現実とか限界とか色々見えちゃって
今は全然別の仕事してます
いつかブティックさん、フラッシュ付きのワンピを売りに出してくださったじゃないですか
あれの購入者も何気に私なんですが、フラッシュ使いとして遠征行くようになってから世

「
界がちょっと変わって
まあ有り体に言うと、目立つんですよね
だいあり。で取り上げられて軽くバズったり、ゲーム内で声かけられたりパーティに誘われたりすることも増えてきて
なんか、あの頃の承認欲求が満たされたり、疼いたり、みたいな
リアルじゃアイドルのアの字にも届かない私だったんですけど、きまくら。だったらワンチャンアリかも？　なんて思っちゃいました(／ε／)
だから可愛いデザインに魅力的なスキル付きのワンピ、ちょっと無理してでもぜひぜひ購入したいのです〜
」

めめこさんはそう語った。

なるほどね。ファッションってそれ自体がある程度承認欲求を満たす役割をしてると思うんだけど、それに加えてスキルも似た働きをしたりするらしい。

意訳すると、〝スキルもお洒落の一部〟みたい。

いずれにせよ、デザイン面も性能面も評価してくれているというのだから、めめこさんは私にとって理想的なお客様である。

おまけにお金もしっかり積んでくれるときた。売らない理由なんてないってところだね。

……いや、キマの件は勿論おまけだからね？　頬が緩んでるのは素敵なお客さんに巡り会えた喜びからですよ、ええはい。

ってなわけで、一気に８００万以上の収入をゲットしたのだった。

これで私の貯蓄は八千万を超えました。どうも、最近守銭奴なビビアです。

やっぱソーダがあると貯金が捗るわあ。この調子で、残りの２ソーダもスキル付きアイテムに変えたいところ。

生産意欲も乗りに乗ってるところだし、次のリクエスト、行ってみよ～。

でもね、今回のめめこさんの件で反省点というか、学んだことがある。それは、リクエストメッセージの向こうにいるお客さんの要望を慮り過ぎるのも、あんまりよくないということ。

めめこさんはお得意さんだしいい人ってのが分かってたから、あれこれやり取りして希望を聞いたりもしてみた。

けどこれを頻繁にやるっていうのを想像すると、やっぱめんどい。こういうのって結局〝オーダーメイド〟に近くなっちゃうんだよね。

リクエストボックスは販売者としても客としても、その手の煩い事を減らした簡易システムなのだ。

だから今回のようにこっちがいいかな？　あっちがいいかな？　などと悩むのは本来ナンセンスなわけである。

そしてお客様とのそういうドライな距離感を望む以上、どんな人に売りたいかっていうのを考えるのもナンセンスなんだと思う。

私は作りたいものを作る。客は買いたいものを買う。

割り切っていかなきゃね。

そんなことを念頭に置きつつ、私は一件のリクエストをチョイスした。

『和装。男物。』

それだけ。ただそれだけ。本当にこのたった二言のメッセージである。

でも、私の〝作りたいもの〟とは合致している。イベントで入手した着物レシピ、使いたくてうずうずしてたんだよね。

リク主の名前は～……［ササ］さん？

なんか、覚えがある気がする。常連さんか何かだっけ？

……いや、やめておこう。

私は作りたいものを作る。客は買いたいものを買う。

余計な情報は無用！

＊＊＊＊＊

【きまくらゆーとぴあ。トークルーム（非公式）（鍵付）・クラン【あるかりめんたる】の部屋】

［ウーナ］
　最近めめこちゃんクランホームでも見ないね
　インはしてるっぽいけど
［ジュレ］

めめこさんねー、どうも遠征にはまったっぽい

[ウーナ]

えっ今更?

相当長い間生産メインでやってたのに、ここにきてフィールドの荒波に身投げするんだ……

[ヒマワリ]

遠征は真面目にやるとなると結晶をどこに使ってるかで大きく差が出るからなぁ

ワンチャン転職どころかキャラクリいちからやり直しも有り得る?w

[カタリナ]

サブ垢作れば万事解決

[アリス]

二人目から有料月額制なの辛いです

[陰キャ中です]

(´;ω;`)

[千鶴]

わ、キムちゃんかと思った

[ポワレ]

キムチの真似すなw

[陰キャ中です]

めめこさんはあるかるを脱退しました

[Wee]
　え！
[ポワレ]
　マ？
[ジュレ]
　えらい急だな
[ウーナ]
　何で!?
[陰キャ中です]
　ももに奪られました
　お金が必要なんだそうです
[ぱぴぽ]
　うわーーーーｗｗｗｗ
　闇金に釣られたかｗ
[千鶴]
　それはそれは……あれ、なんか……デジャブ……くま……たん……？
[ジュレ]
　ここにきて遠征にはまっちゃって強装備欲しくなって〜って流れかなｗ
[陰キャ中です]

一応一時脱退ということで、借金返し次第帰ってくるとは言ってるけども……

[ぱぴぽ]
ウソツキw

[ポワレ]
クラマスよ……それ、絶対帰ってこないで

[陰キャ中です]
もおおおお一度のみならず二度までも!!
許さねえ!!
もも太郎金融許すまじ!!!!

ログイン52日目　和装の課題

さて、昨日はあれから『和装。男物。』というリクに関して、デザイン案を色々【ノート】に書きだしていたのだけれど——和装って複雑なんだね。

いや、本来洋装だって複雑なんだろうけど、つまり感覚が慣れてないんだろうな。

調べてみたら、私のやりたいことをすべてやるには、なかなか一筋縄ではいかないことが分かった。

というわけで、今日はそういう仕立て前の課題を一つ一つ消化していこうと思う。

まず、和装一式仕立てるにはレシピが足りてない問題がある。

私が持っているのは、【着物・男性用】、【着物・女性用】、【羽織・女性用】の三種類。羽織の男性用は今回作らない予定なのでまあいいとして、他に長襦袢と足袋が欲しいところ。

んー、ただこれって現実とは違うゲーム内ファッションなんだよね。デザインも純和風というよりは、他のアジアンチックなテイストも取り入れたファンタジーなものにする予定だ。

私自身着物に詳しいわけでもなし、別にそこまで形式に拘る必要はないかもしれない。要するに、見た目が大体それっぽく映ればそれでよし。

よって男性用着物の型紙を改造して、あたかもそれ一着きているだけで長襦袢も中に着けているかのような形にしてしまおうっと。

長襦袢っていうのは和服の下着なんだけれど、その襟をチラ見せすることによって二枚着物を重ねているかのようなお洒落ができるのね。

私はそのチラ見せがしたくて、他の下着としての役割とかはどうでもいい。だってゲームで汁の心配とか必要ないからね。

となると、着物そのものにチラ見せ用の半襟を重ねて付けてしまえば解決というわけだ。パチモン感が凄いって着物ガチ勢には怒られそうだけど、まあきまくら。でそんなガチ主張をかましてくる人はいないでしょう。

ただ足袋はね～、レシピか、或いは型紙だけでも欲しいところ。

レシピの無料入手先である図書館にはこまめに通っているし、型紙が手に入る手芸屋さんにもちょくちょく行ってはいる。

とはいえどうしても、日ごとに数の定められたランダム制だからね……。和装系もそうだし、他にも手に入っていない型紙は多い。

それで、ワンチャンプレイヤーが売りに出していないかな、とワールドマーケットを覗いてみたらば————なんか、めっちゃ普通に売られてた。型紙もそうだし、レシピブックまで。

そんなの聞いてないよ……最初に誰か言ってよ……。

勿論ここでも偏りはあって、全種類綺麗に並んでいるわけではない。しかし幸い私の求めている【足袋】のレシピは見つかった。

お値段、48万8千キマで。……なんか、そこはかとなく足元見られてる感。

レシピブックは型紙と違って書店で購入できるんだけど、これもやっぱり日替わりのランダム制。しかも、自分の職業のもの限定で————これは特定のNPCショップで売られる型紙や図書館で探すレシピにも言えることなのだけれど————、且つ確かこっちは一日一種類か二種類かのラインナップだった気がする。

こまめに確認するのも手間と時間がかかるわけで、私はレスティンの図書館と手芸屋さんに限っているんだけれど、多分それすら面倒に思う人も世の中にはいるよね。

加えて乱数なんてのは基本偏るものである。

私に和装系のレシピがなかなか当たらなかったように、ある人には別のレシピが全然来ない！　ってことは日常茶飯事だろう。

逆に、和装系レシピばっかかくるみたいな、ある人にとって喉から手が出るくらい欲しいレシピが、他の人にとっては見飽きたレシピ、なんてパターンも日常茶飯事に違いない。

えー……因みに、書店で購入できるレシピブックの価格は、一律9万キマ。全く同じ内容の、プレイヤーがWMで販売しているレシピブックは、48万8千キマ。

……足元見られてる……足元見られてるよねえ!?　このアイテムの出品者、「おらよおめーの欲しかった足袋のレシピだ。9万で買ったが、売値は50万弱。だがおまえなら買う。買わずにはいられない。そうだろ？　え？」って、私に喧嘩売ってるようなもんだよねえ!?

図書館などの正規ルートで入手できるレシピは自分の職業限定、ってところも性質悪いなあ。他職の生産ジョブスキルを取ったとして、関連するレシピを手に入れるのはなかなか難しいってことだもんね。

レシピばかりショップに並べている人がいる辺り、しかもそういう人に限って値段を吊り上げている辺り、これ絶対、自職のレシピ高額売買を楽な金策として活用してるんだろうなあ。

いやまあ、商売っていうのはそういうもんだと思うけどさ。そこまで透けて視えてるんだから嫌なら買うなって話なんだけどさ。

なんか腹立つ！　買いますけども！　なんか腹立つ！　買いますけども！

……気を取り直して次の課題に移ろう。ずばりそれは小物問題、即ち笠。

布製の帽子なんかは仕立屋用のレシピがあるんだけど、笠とかストローハットとかの藁を編んで作る帽子は工芸家の分野なのだ。ついでに言うと下駄も工芸家の分野。

まあ下駄まではこっちで用意しなくともいいかなーと思ったんだけど、笠はね、ちょっとやりたいことがあって。しかもそこを主役級アイテムにしつつ他のデザインを合わせていこう、なんて考えもあって。

そうなるともう、私の取るべき行動は限られてくるのよね。

……よし、シエルちゃんから貰った【星の結晶】、ここで一つ使わせていただきます！

で、スキル【工芸】を入手！

といきたいところだが、工芸を手に入れるには、賢人カミキリに会う必要があるそうな。

カミキリがいるのはシラハエ。つまり他国。

他国に足を踏み入れるには、ワールドミッションと遠征クエストを進めていって【優良冒険者】の称号を手に入れる必要があるから、現状私には無理――――いや、あれ？　そういえばそんな称号、先のイベントで手に入れていたような？

……ほら、あったあった、【期間限定称号：優良冒険者】。

調べてみると、これは一か月限定ながら本元の【優良冒険者】と同じ働きをする称号らしい。わーいラッキー。

それじゃ明日は初めての他国、シラハエに行ってまいります！


******

【きまくらゆーとぴあ。トークルーム（公式）・デートイベントについて語る部屋】

[モシャ]
リル落としたのはダムだったか……
あの人最近きまくら。に命賭けてんな
[universe202]

まあ文字通り命掛かってる（収入源）から

[ねじコ＋]
だいあり。で7桁ぶっ込んで爆死って呟いてる人いるけどほんとかな

[3745]
日常茶飯事←
【リル廃】50万円（×2）でリルステンのデートイベに挑んだ結果【ヤベェｗｗｗ】
（ＵＲＬ）

[ゆうへい]
>>universe202
収入に見合わない賭けだろ……

[M.A.R.J.O.R.I.E]
宣伝も兼ねてると思えば総合的には悪くないんじゃね

[universe202]
>>ゆうへい
きまくら。ってユーザー数の割に実況動画とか配信の視聴者数が異様に多いらしいよ
自分でプレーしたくはないけど端から見てる分には面白いって認識らしい

[ねじコ＋]
それは分かる
私もこんなクソゲーやってられっかって引退した後きまくら。配信視ちゃうとめっちゃ栄

しそうに見えてきて
また戻ってきてしまう
その繰り返し
[モシャ]
ゲーム自体には全くインせず、トーク、ひすとりあ。、だいあり。にだけ生息してるって
奴もいるみたいだからな
[%]
>>モシャ
それ俺だわ
無法地帯は野次馬だけして楽しむくらいが丁度いい
[ゆうへい]
>>universe202
マジかよ俺も配信しようかな
[マ　ユ]
ただし視聴者数の割に圧倒的炎上率を誇る
[M.A.R.J.O.R.I.E]
>>ゆうへい
生配信は大手ではやめておけ
身内ノリが通用しなくて黒焦げになるのが関の山なんだから

「動画はダムくらい徹底的に編集加工してるならギリ許す
【檸檬無花果】
ダム氏の動画、酷いときは「ぴーーーーー」音とモザイクボイス、モザイク背景連発の抽象的芸術映像になってるよな」

ログイン55日目　ディルカ

周囲を取り囲むはキノコ型の幻獣【メリーマッシュ】が三体に、骨だけの馬型幻獣【コルプスホース】が二体。

私は視界に表示させているNPパーティ用のコマンドパネルを素早く操作する。

メンバーはミコト、コナー、ディルカ。左から順に、ハンター、ガーディアン、ハンタータイプの子達である。

まず、メリーマッシュは中途半端に一、二体残すとすぐに仲間を再生してしまうので、力を蓄えて一斉放火が定石。

ミコトとディルカちゃんはかなり早く応戦準備のゲージが溜まるんだけど、コナー氏はちょっと反応が鈍いのよね。そしてうんちの私はもっと遅い。

だからここは敵からの攻撃が続々放たれても、ちょっと我慢。

やっとこさ私のゲージが溜まったら、【オムライス】、【焼き鳥】、【シャウトフィッシュの唐揚げ】

をメンバー達に投与。

きまくら。において、食用アイテムはNPCのバフ上げの役割を持っている。オムライスはミコトの、焼き鳥はコナーの好物で、与えると［耐久］、［持久］を除いたステータス全般を引き上げてくれる。

因みにディルカの好物は【ワイズクッキー】なんだけど、彼女に関してはこれでドーピングしたとしても、キノコを一撃で仕留めるにはちと火力が弱い。そこでシャウトフィッシュの唐揚げである。

彼女は遠征サポーターの中でもかなり特殊なキャラクターで、【超吸収（ハイ・アブゾプション）】という力を有している。

これは食べたものを即時自分の能力や特性に変換できるというハイスキルである。

するとスキルの一覧に、新たな選択肢が生まれる。

【シャウト】。確率で対象を緊張状態にする、範囲スキルである。

これをタップすると、ディルカちゃんが吠える。

勿論確定で成功するわけではないし、コルプスホースは恐らくどうも緊張無効の性質があるっぽい。

でも大抵、キノコの一匹か二匹は、引っかかって怯む。

それを認め次第、ミコト君に【狩猟】、コナーに【反撃】の指示を出す。

ターゲットはシャウトを回避したキノコを優先的に指定。一人一匹担当でワンパン完封。

残った一匹も緊張状態にあるため、仲間を再生するスキル【リグロース】が使えない。落ち着いて確実に処理すればオーケー。

これでコルプスホースの相手をする手筈が整った。

このお馬さんの厄介なところは、スキル【ディジーズ・シアロン】。禍々しい色の唾を自分の周りに吐き散らして、フィールドを変異させてしまうんだよね。

早速片方の馬がこのスキルを使ってきた。草地だったフィールドにところどころ赤黒い水溜まりが発生する。

あれを踏んでしまうとダメージを喰らう上、毒状態にもなってしまうってワケ。

でも、慌てなくて大丈夫。

ミコトとディルカは［敏捷］値が高くて身軽なので、跳躍しながら水溜まりを避けて相手を仕留めに行くことができる。たまーにトラップを踏んでしまうこともあるけど、その程度ならまだ全然安全圏内。

気を付けなければいけないのはコナーである。

彼は敏捷が低いので、ジャンプ力もなければ動きも単調。猪突猛進戦車型ってかんじなんだよね。最初の頃は私も、脳死のお任せ戦法で何度か自爆させてしまったのだけれど、さすがにもう学びました。

コナー君、きみは私の傍で待機だよ。で、敵がこっちに来たら護衛してくれたまえ。

そんなかんじで危なげなく襲撃者を処理することができた。

幻獣を仕留めた場所には、獣の頭蓋骨を模したアイコンが表示されている。全年齢向けのゲームですのでね、死骸を映すわけにもいかず、こういう仕様にしたんでしょう。

ここでミコトとディルカのスキル【解体】を使用すると、このアイコンからドロップアイテムを入手できるのだ。

えへへ、私も随分遠征慣れしてきたでしょ。我ながら成長を感じるなあ。

え？　今の私の居場所？

【病める森】ですよ。未だ国境すら跨げていませんよ。
何か文句ありますか。

******

【きまくらゆーとぴあ。トークルーム（公式）・総合】

［リンリン］
たまにはケミカレさんのことも思い出してあげてください
［エルネギー］
確かにいつまで経ってもぱっとしないハイスキル取るくらいなら、一瞬でも輝けるサブスキはアリだな
［ゆうへい］
ケミカレーションは罠過ぎた
全属性対応でオリジナルスキル作成可!?
と当時は沸いたが、蓋を開けてみりゃ威力ゴミの宴会芸っていう
［吉野さん&別府］
頑張れば高火力だせるよ
パズル頑張れば
［くるな@復帰勢］

俺等がやりたいのはＶＲＭＭＯなんだよ……
パズルゲーじゃねーんだよ……
【(ぼむ))】
さらっとこういうことやってくるからきまくら。って細かいところまで攻略が進まないんよ
にも拘わらずサブ垢作るのに課金必須とか舐めてるとしか
【ウーナ】
ケミカレは事前告知の動画が悪いｗ
【まことちゃん】
動画：三秒で簡単なパズル完成させて竃に着火！　肉を冷凍！　竜巻だって呼び寄せられ
る！
舞台裏：ぱずるぱずるぱずるｐｚｒ……
【警察ＡＩ仕事して】
もしケミカレを真面目に使ってる奴がいるとしたら、そいつはきまくら。をやってるんじ
ゃない
パズルをやっているんだ
【Itachi】
たまにケミカレと思しきスキル使ってる奴見ると、なんか涙出てくる
おまえ……パズル頑張ったんだな……って
【KUDOU-S1】

まあどーせそれ、ケミカレじゃなくて知られてないサブスキ辺りなんで

[とりたまご]

この娘もしかしてパズル極めてる人……？

それとも結晶サブスキに全振りしちゃったアホの子？

(動画)

[エルネギー]

闇金に魂売ったアホの子

[リンリン]

>>とりたまご

近くにいると辻回復してくれる天使

[(ぽむ)]

>>とりたまご

無差別に光球降らしてフィールド焼いてく悪魔

[くるな@復帰勢]

人によって解釈異なるの草なんだがw

******

……いや～、そうなんよ。三日前軽々しく「明日はシラハエに行くぞー！」なんて意気込んでた私なんですがね、これがなかなかの鬼門でした。

まず、賢人カミキリに会うには、【霧の国シラハエ】の田舎町・シロガネに向かわなければならない。で、シロガネに辿り着くには【ムラクモヤマ】を登っていかなければならなくて、ムラクモヤマの麓には【喧騒の密林】が広がっていて、喧騒の密林の前に病める森を通過して国境越えをする必要がある。

カミキリ様までの道のりは、予想以上に長かった。

しかもその最初の関門たる病める森がまた、私にとって大きな壁でさあ。最初の二つのエリアと比べて、一気に難易度高くなってるのよ。

落とし穴だとか蜂の巣だとかのトラップが多いし、一定時間経つと毒状態になるフィールドギミック有りだし、何よりも敵対行動を取ってくる幻獣が多い。

【静けさの丘】と【古の王の墓】は変に刺激しない限り襲ってこない幻獣ばっかだったもので、適当NPパーティの適当オーダーでも何とかなっていた。だから今回もその感覚で乗り込んだら、即行ホーム送りにされてしまいました。

今日やっと立ち回りが安定してきて危なげなく森を歩くことができているのだけれど、もうね、それまでに何度死に戻ったことか。お陰でこの三日間で、増えた分を計算に入れても総合的に2レベ落ちてますからね。

ほんと大変だった。ネットで有能なヘルプメンバー調べたり、その子らとパートナーシップ組むためにヘルプガチャしたり、パーティ結束力高めるために墓フィールドで強化演習したり。

まあでもそのかいあって、私も大分遠征のコツが掴めてきた気がする。

簡単なエリアならオーダー機能の大まかな指示で事足りるけど、難しくなってくるとやっぱ自分で考えてちゃんとキャラを操作しないと駄目なんだね。

ＶＲだし、ＮＰＣも結構自由に複雑な動きもするしで最初は戸惑ったものの、根本はよくあるコマンドゲーなのだ。それを認識できれば慣れるのも早かった。

あとね改めて、ネット情報は強し、である。ディルカちゃんの超吸収、ちょっとした下準備は必要だけどめっちゃ有能。

下準備っていうのは、予め知識を入れておかないと能力が発揮できないってこと。超吸収ってつまり幻獣とか幻性植物が有している力のコピーだから、実物を見て、スキル【幻獣学】、【幻草学】で情報を入れとかないと、アイテム投与しただけじゃ技を使えないんだよね。

よって事前に本人を連れて該当する幻獣や幻性植物――それも野生のもの限定っぽい――を見せる必要がある。

あと、スキルを使うためのアイテム面でのコストの高さというのも、弱点っちゃ弱点。

でもそうしたマイナス面を差し引いても、優秀なお助けキャラであることは間違いない。

何てったって器用なのよね。スキルさえ覚えさせておけば、前衛後衛、回復役に援護役、何でもござれってかんじ。

しかもハンタータイプだから、対幻獣戦では単体でも強いっていう。

且つキャラデザもとってもキュート。トップで纏めたチョコレート色のお団子ヘアに、パーカー、短パン姿の元気っ娘である。装備品は巨大なナイフとフォーク。

単純素直な性格で、ミコトやコナーとも相性がいいみたい――まあ、コナーとはちょくちょく喧嘩してるけど、猫のじゃれ合いみたいなやつである――。

どんなパーティにも合わせられる器用さと、純粋なステータスの高さを併せ持つ可愛い子ちゃんだなんて、正にさいつよ！
そう言ってうちのＮＰパーティ(子たち)を妹に自慢したら、「典型的な脳筋ＰＴ草」って返ってきた。酷いぞい……。
何はともあれ、これでようやっと病める森ともおさらばだ。【工芸】取得までの道のりはまだ長そうだけど、今度こそシラハエに突入じゃー。

******

【きまくらゆーとぴあ。トークルーム（公式）・総合】

［ナルティーク］
＞＞イーフィ
ありがと
なるほど好感度ね
いずれにせよトワイライト取得できるんならよかった
［ウミザル］
朧明使うか？
［水銀］
普通に使うだろ

新アイテムとか新幻獣とか新フィールドとか
[檸檬無花果]
まあなくても凄く困るってもんじゃないわな
タダで手に入るんだから取得しない道はないけど
[もも太郎]
トワイライトって文字で見ると漢字にカタカナのルビ付きだけど、ハイスキル扱いなのかね？
[ウーナ]
サブスキジョブスキはそういう表現のないよね
Bショップなかなかスキル付き入荷しないなぁ
やっぱきまくら。国宝とか嘘だったんだ(´･ω･`)
[kazukunn]
Bさん最近病める森でめっちゃ見かけるわ
遠征に集中してて生産やってる暇ないんじゃね
[深瀬沙耶]
あーいるいるw
そして気が付くと消滅してるw
[3745]
何もないところでわたわた挙動不審な様子を見るに、まだビギナーズフィールドなんだろ

うなーと生温い目で見守ってるｗ
【椿ひな】

ビギナーズであの死に戻り頻度ってこの先が心配になるな……

【アラスカ】

ビギナーズフィールドって各国最初の3フィールドのことだっけ？

【水銀】

なんかもうブティック協定とかいらなくね？

あのレベルじゃガチ勢の目に留まりすらしないだろうし、そうでなくても勝手に死んでくしょうもない
【3745】

ガチ勢から守るというよりは害悪から守るのが目的なんで……

っていうかガチ勢のせいで死ぬのはどうしようもないし、勝手に死ぬのはまあもっとどっ
【ゆうへい】
>>アラスカ
自国最初・未踏破状態の3フィールド
3つ目クリアしてからが本番ってこと
【ポワレ】
あ～はいはい協定ね
陰キャから聞いたけど、案外あなたら真面目に守ってんのね

付かず離れずの距離でプレイヤーが集まってんのは護衛ってわけ？
[吉野さん&別府]
護衛とかは全く意識してないな
寧ろ見かけたら離れるようにしてる
[ナルティーク]
だよな
そもそもブティック協定ってブティック守る会というよりブティックスルーする会の意味合いのほうが強いから
間違って攻撃しないよう距離を取ることこそ紳士の嗜み
[kazukunn]
ゾエに粘着されんのはマジ勘弁だからなー
[ウーナ]
え、そうなんだ
私も\>\>ポワレと同じ光景見て同じこと思ってた
[ねじコ+]
私も見たけど、多分そいつらの思惑逆だよ
ブティックさんを守るんじゃなく、ブティックさんに守ってもらってる
[송사리]
（゜ω゜）！

[universe202]
あー成る程
中立地帯として利用してんのか
[モシャ]
その手があったか！
[YTYT]
言われてみれば奴等見るからに弱そうなぱっとしないプレイヤーばっかだな
やることも黙々と素材集めたり目立たない幻獣狩ったりで地味
[ウミザル]
これは生産メイン勢や平和を望むプレイヤー達に希望の光の予感……？
[Peet]
どうだろ
今みたいな点在方式だと恩恵受けれる人間少ないでしょ
かと言って密集されんのは本人嫌がりそうだよね
[パンフェスタ]
おっ結果的にブティックの危機ってやつか？
いっちょ俺様が雑魚どもを蹴散らしに行ってやっかな
[明太マヨネーズ]
迷惑かけてない！

まだ迷惑はかけてないゾ！
［まことちゃん］
ぼくわるいコバンザメじゃないよ（•ө•）
［狂々］
おまえら……

ログイン57日目　ビギナーズフィールド

幸い、残りの二つの遠征フィールド【喧騒の密林】と【ムラクモヤマ】は、先の森ほどは苦戦しなかった。

勿論新しいギミックは多数あった。特にシラハエは天気の変化が激しい地域らしく、スコールだとか霧だとか、気候に関連したフィールドギミックが厄介だった。

ぬかるみに足を取られて盛大にこけたときは、そこはかとなく凹んだよ……。別に大したダメージが入るわけでもないんだけど、一分ほどで消えるとはいえ、ちゃんと泥で服が汚れる仕様なんだよね。

遠征用に防具を重ねたりブーツを変えたりしているものの、現在の私は相も変わらず純白の船長コスチューム。泥汚れを目立たせることにおいては他の追随を許さない類の衣装である。

それにそうでなくても、知り合いが誰もいないところで独りでこけるのって、なんかめっちゃ恥ずかしい。友達とかがそばにいたらば笑って誤魔化せるんだけど、そんな友達どこにもいないもので。

とまあ色々不慣れなことはあるんだけど、そういう新鮮なギミックにぶち当たったときの対処法テンプレが把握できてきたかんじではある。装備替えたり、NPパーティの立ち回りを調整したりね。

それと、てっきり私は【病める森】より喧騒の密林、喧騒の密林よりムラクモヤマってかんじで難易度も高くなっていくのかと思ってたんだけど、どうやらそうではないらしい。

ここら辺、ちょっとルールがややこしいから順を追って説明しよう。

まずプレイヤーは最初、拠点にできる国をレスティーナ、シラハエ、ダナマの中から一つ選べる。んで各国には〝ビギナーズフィールド〟と呼ばれる、初心者がまず突破すべき遠征フィールドがそれぞれ三つある。

レスティーナで言うと、①【静けさの丘】、②【古の王の墓】、③病める森の三か所で、この三つは①、②、③の順番で入場が可能になると共に、同じ順番で難易度が高くなっていく。

他の国を拠点に選んだ場合も法則は同じで、該当する国のビギナーズフィールドが存在する。シラハエだったら、①ムラクモヤマ、②喧騒の密林、③【イカヅチヘイヤ】、ダナマだと①【黄昏の沼】、②【流星の荒野】、③【虚無の洞穴】、といった具合である。

そして各出身国三番目のフィールドがクリア扱いになったところで【優良冒険者】の称号が与えられ、これにより他の二国や、様々な遠征フィールドへの立ち入りが自由になるそうだ。

クリア条件はワールドミッションにある『病める森のどこどこに到達する』みたいな、そんなかんじ。これくらいだったら正規の称号を取りに行ってもよかったかもしれないが、なんかめんどかったので私はまだやってない。

閑話休題。

じゃあ色々移動制限が解けたプレイヤーが、他国のビギナーズフィールドに挑戦した場合の難易度はどうなるのか。例えばレスティーナ出身のプレイヤーがシラハエ①のフィールド、ムラクモヤマに足を踏み入れたとき、簡単になるのか難しくなるのか。

答えはどちらとも言えなくて、レベル変動制なんだって。ビギナーズフィールドは自国のものをクリアした時点ですべて、自分あるいはパーティのレベルに応じて難易度が変わる仕様になるらしい。

正確な定義としてはこの時点でビギナーズフィールドはビギナーズフィールドではなくなるとか何とか。ちょっと何を言ってるのか分かんないかもしんないけど、うん、私もよく分かってないのでここら辺はまあ、適当に聞き流してほしい。

で、尚且つだね、私みたいなプレイヤーの場合状況が特殊でして。

先にも述べたように私、ビギナーズフィールド攻略してないんだよね。にも拘わらず【期間限定称号：優良冒険者】を取得しているため、各国の移動は自由なのだ。

すると、他国のビギナーズフィールドはビギナーズフィールドのまま。要するに難易度は一定で、特にムラクモヤマなんかは一番目のエリアだから、私にとってもめちゃ簡単なワケ。

いやあ、これはワールドミッションクリアをめんどくさがったかいがありましたわ。きまくら。はズボラに優しい良ゲーですね、ええ。

というわけで、ムラクモヤマもいよいよ終点が見えてきた。峰の間から覗いているのは、山頂の町シロガネである。

丁度メモリア・ドアがあったのであそこでセーブして、今日のところはログアウトしようかな。

なんて考えていたらば、不意にひとりのプレイヤーと目が合ってしまった。

丸っこいショートカットの、小柄で華奢な女の子だ。彼女とは知り合いでも何でもないのだけれど、セーターにリボンタイ、チェックのプリーツスカートという、ザ・女子高生な姿が特徴的で、自然と顔を覚えてしまっている。

彼女は私の顔を見た瞬間、びゃっとあからさまに肩を跳ねさせ、慌てたようにどこかへ逃げて行ってしまった。え……何その山で熊見たみたいな反応……傷付くわー……。

まあそれはさておき、見覚えがあるということは以前にも会っているということで。うん、まさしく丁度昨日、私が喧騒の密林彷徨ってたときにも、彼女の姿を目にしているのだ。

……なんか最近、こういうことが結構あるんだよね。

だってそれとなく視線を周囲に向ければ、ほら。あのひょろっと背が高い狐目の男の人、遠征に出れば必ず見かける気がする。

あの青いドレスのお嬢様っぽい子もちょいちょい会うし、あのおっきい有翅虫(ゆうしちゅう)を連れたプレイヤーも一昨日辺りいたような。

要するに近頃、周りにいるプレイヤーの面子が固定化してきてる感覚がある。うーん、どうしてだろ。

別に特定の誰かにいつも追い回されてるとかじゃないから、ストーカーとまでは思わないんだけど、気になると言えば気になる。

だってこのゲーム、先のイベント参加者数とか見るに、アクティブユーザー3万余裕で越えてるっぽいのだ。その中で、示し合わせたわけでもないのにこうも連日同じような顔ぶれが周りにいるのって、なかなか稀有なことじゃない？

あーでもサーバーとかチャンネルとかがあって、そこのメンバーがある程度固定化されるシステムとかだったら、有り得なくもない……のか？　……その辺は詳しいわけじゃないからよく分からないなあ。
ま、迷惑してるわけじゃないからいいんだけどさ。でも昨日みたくぬかるみですっ転んで服汚して
ばっかだったりすると、向こうにも「あ～あの駄目な子またいるわ」とか変に認知されそうなのがち
ょっとヤだったり。
はい、自意識過剰ですね、すみませんでした。
んじゃよく会う皆様、私はお先にログアウト失礼しまーす。

＊＊＊＊＊

【きまくらゆーとぴあ。トークルーム（公式）・ＮＰパーティについて語る部屋】

［ちょん］
∨∨ナルティーク
俺もメフモ安定のレギュラー入りしてる
何ならメフモ二体同時に使いたいくらい
［モシャ］
メフモなら三体いてもいいな
目の保養で
［賢者ビスマルクの息子］
幼女と幼女と幼女とオッサンか

犯罪のにおいしかしねーな……

[YTYT]
三人のメフモが踊ったり歌ったり応援してくれたり抱き付いてくれたりブーブーしてくれたりするのか
考えただけで昇天しそう

[いざやん]
治療スキルのモーション、他のキャラもメフモ仕様にしてくんねーかな

[(ぼむ)]
きまくら。ギャルゲ化待ったなし

[ちょん]
ディルカの抱き付き治療……うっかり他プレイヤーの配信視ちゃったときが怖いんでやっ
ぱイイデス

[かえで]
メフモとかいう雑魚三匹もいらねーよ

[YTYT]
心の貧しい奴だな
じゃあ誰ならいいんだよ

[かえで]
ミコト×3

[ミルクキングダム]
あっ（察し
[msky]
ガチの脳筋様いて草
[エルネギー]
>>かえで
おまえのレギュラーメンツ当ててやるよ
ミコト、コナー、ディルカだろ
[いざやん]
古参だったらコナーのとこアンゼに差し替えな
[名無しさん]
>>かえで
脳死オーナー君、きみ古城一周するのに20万かけるタイプやな
[レナ]
>>かえで
サポートタイプって知ってる？
[モシャ]
うるせえええええ
強けりゃ何でもいいーんだよ強けりゃ

［竹中］
なんでおまえが急に怒り出すんだよｗ
［msky］
飛び火草
［ミルクキングダム］
あっ（2回目

ログイン58日目　カミキリ

【天空の古都　シロガネ】

門を潜って町エリアに入ると、視界にそんな文字が浮かび、すぐにフェードアウトしていった。

『天空の～』という呼び名の通りここは標高の高い場所で、景色のよいところからは眼下に雲海が見渡せる。

シラハエは名前からも察せられる通り、和風、アジアをテーマに取り入れた国だ。

ここシロガネも、古き良き日本を思わせる町並みが広がっている。灰色の瓦屋根を頂く木造の家屋や町家が、ムラクモヤマの峰にへばり付くような形で建造されていた。

小さな中心通りは建物がひしめいているのだが、そこを出ると畑や田んぼを所有する民家がゆったりとした間隔で点在している。風に揺蕩う霧や雄大な山岳に抱かれた里の景色は、牧歌的ながらも神秘的な雰囲気があった。

シラハエ四賢が一人カミキリ様は、村の外れに屋敷を構えているとのこと。

案内を申し出てくれた男の子の指示に従い、水田に敷かれた木道を歩いて行くと、やがて小さな竹林が見えてきた。あそこに見え隠れしている一軒家がカミキリ様の住居ってことなのかな。

いつの間にか通行人の気配もぱったりと絶え、聞こえてくるのは蛙と虫の声ばかり。

個別モードに入ったんだろう。いいねー、世界観に浸れるねえ。

ただゲーム内の時間が夕方なので、薄暗さと肌寒さが相まって、ちょっと寂しいを超えて不気味さもあるんだけどね。竹林に囲まれた家は廃屋で、カミキリ様はホラーハウスの主でした、なんて展開にならなきゃいいなあ……。

などと若干の不安を抱えつつも、石畳の林道を歩いて行く。すると屋敷の縁側で、胡坐を掻いて巻物に目を落としている人物の姿が見えた。

ピンクブロンドのさらさらロングヘアだし、黒い羽織の下は鮮やかな牡丹柄だしで、一瞬女性と見間違えたが、どうやらとても美人な男の人のようだ。

ぴょこっと突き出た狐耳やふわふわの尻尾、傍らに置かれた湯飲みなどを見るに、恐ろしげな空気は感じられない。よかったー。

近付いていくと、彼は私に気付いて顔を上げた。

「おや、客人かね。いかにも、我こそがシラハエ四賢が一人、〝天空守りし風狐〟ことカミキリである。こんなクソ田舎までわざわざえいこら参ったというのだ、追い返すなぞ鬼畜の所業。飽きるまでゆっくりしていくがよかろう。茶くらいは出してやろうぞ」

――――あ、このキャラ好きだわ。

カミキリ様が口を開いた数秒後にはそう思っちゃった。嫌味なく嫌味言えるキャラっていいよね。いずれにせよホラー的な展開や「スキルが欲しいだと？　ならば試練をクリアしてみよ」みたいなめんどくさげな展開は一切ないようで、安心安心。私はあっさりと【工芸】を手に入れることができた。

それと彼から伝授できる工芸家関連の他のスキルも眺めてたんだけど、結構面白いのがあるんだよね～。

正直工芸家って私的にあんまぱっとしないイメージで。陶芸とか、紙細工とか、なんか地味だし、仕立屋、鍛冶師、細工師といったメジャーっぽい生産職の余り物を詰め込んだかんじがしてたんだよね。めっちゃ失礼な自覚はあるよ、工芸家プレイヤーの皆様、ごめんなさい。

でもこうやってスキル一覧を眺めていると、痒いところに手が届くような便利な能力や、それをメインの生産にしても十分楽しめそうな能力が色々揃ってるんだよね。

お恥ずかしながらここにきてようやく、ゾエ君の『スキル重要、【星の結晶】重要』発言の真意を実感中。確かにスキル一つ増えるだけで、滅茶苦茶プレーイングに幅が生まれそう。

こりゃ星の結晶が幾つあっても足りませんわ。

などと考えつつも、結局私は誘惑に負けて、一つだけ残った星の結晶も使ってしまった。えへへ。

何を取得したかは使うときのお楽しみってことで。

ついでにカミキリ様から伝授できるハイスキルもチェックしてみようかな。そう思い、『・臨界の極意を教えて』の選択肢をタップすると――――。

↓・息髪（リザード・テイル）：狐ハ月ヲ見下ロシテ、命ヲ込メタ鏡ヲ作ル
・今はいい

――相変わらず中二感満載のルビネーミングと、フレーバーテキストが出てきた。っていうかカミキリ様のハイスキルは一個だけなんだね。

やはりこの説明だけじゃ何を言っているのか分からないので、ネットで調べてみる。

えーっと、【息髪】は手作りの人形（ドール）を自動化（マリオネット）できるスキル、とな？　ドールっていうのは特殊装着品に分類されるアイテムなんだけど、それをNPパーティのメンバーみたく、ある程度自立させて使役することができるらしい。

NPCやテイムした幻獣よりはかなり性能が落ちるものの、パーティのタイプに拘わりなく装備枠で連れて行ける、というのが長所だとか。

短所は、製作者以外のプレイヤーが使うとさらに能率が下がること、消耗値が低いので長く使うには製作者のもとにこまめにメンテナンスに出す必要がある、ということなどなど。

扱い方に癖はあるけれど上手く使いこなせれば有用、且つ見た目に華があるということで、【マリオネット】化したドールには比較的少数ながら根強いファンがいるんだとか。

そういえば時々リクエストボックスに『ドール用衣装希望』って人いるなあ。サイズ感とか分かんないしそれ用の型紙もないしでスルーさせてもらってるけど、ああいう人達はマリオネットを使ってる人なのかもしれない。

因みにこれの上位互換で【オートマタドール】というアイテムもあるらしい。こちらは鉄製の部品などを組み合わせて作られ、尚且つ【幻石】を動力とした機械式人形とのこと。

ただし作り手たる職業・発明家が非常に稀少――――っていうか最早まともな発明家は存在しないとまで言われているため、このアイテム自体も幻の一品なんだとか。

なんかまた別次元のきまくら。の闇が垣間見えた気がするね。

ま、息髪は私にはあまり関係のないスキルなのでいいとして、それはさておきカミキリ様にはもう一つ用件が。いつぞやかマグダラ女史から買った【カミキリの万華鏡】、これ九割方、彼に関係したイベントアイテムか何かだと思うのよね。

あの後NPC経営の鑑定屋に調べてもらってて、以下が結果である。

【カミキリの万華鏡】
品質：－
名工カミキリが作ったと思われる万華鏡。
主な使用法：鑑賞

……うん、要するに殆ど何も分かってないのよね。

ただ主な使用法が鑑賞とある通り、実際万華鏡として楽しむことはできる。中を覗いて回すと、群青色の夜空に星を散りばめたような煌めきや、彼岸花を連想させる赤い宝石の輝き、青と赤が交わる幾何学的な模様などが次々と映されていく。

それから、売るとなかなかいいお値段で取引できることも分かっている。

というのも鑑定屋の主人キャラクターが、「よければ130万キマで引き取りましょうか?」と持ちかけてきたからだ。マグダラから購入したときの値段は50万くらいだったから、利益率はかなりよい。

さすがにそこで売りはしなかったけどね。

カミキリが賢人の名前であることは分かっていた。何か秘密が隠されているんじゃないかと思い、今日まで取っておいた次第だ。

そんなわけでこのアイテムをカミキリ様に見せると、彼はそれを手に取ってしげしげと眺め、にた、と口角を上げた。

「これはこれは懐かしい作品を持ってきたものだ。確かにこいつは我が作りし万華鏡。何年、いや何十年昔になるだろうか。しかし、なぜ貴君がこれを?」

私は正直に、『流れの薬師から買い取った』という選択肢を選ぶ。カミキリ様は面白そうに尻尾をゆらゆら揺らした。

「ほう。そうして貴君は我のもとにこいつを帰らせた、と。人の世の流れはいつの時代も循環しているらしい。飽きもせずまあ、ご苦労なこった。しかしだね貴君よ、君は帰り道を一本、間違えたのではないかね」

言って彼は、万華鏡を放って寄越す。

「これは我が作ったものではあるが、我がある友人のために作ったものでもあるのだ。その友というのは、名をジャコウと言う。……そう、我と同じシラハエ四賢が一人〝昼夜彷徨う大蟒蛇(おおうわばみ)〟の異名を持ちし、あのジャコウよ。奴はこうも言っていた。『この万華鏡を、麗しき人に贈りたいのだ』と。がしかし、」

カミキリ様はそこでお茶を口に含み、ひと呼吸吐いた。

「もう四十年近くも前の話になる。その間我は下界に一切降りておらず、友と顔を合わせたのもそれが最後だ。よしんばその云十年で、こいつの居所が姿形を変えていたとしても、何らおかしくはないのだ」

そうして彼は真っ直ぐに私を見た。唇は相変わらず弧を描いているが、その目は笑っていない。

「ビビアと言ったか。貴君、よい面構えをしておる。風に流されることなく我が道を進む――いや違うな、風を利用して高みへ向かう身軽さを持っていると見た。風に逆らうことなく風と踊る貴君は、我と同じ素質を持っているようだ。どれ、そんな貴君に我から一つ頼みがあるのだが、聞いてはくれまいか」

お〜、やっぱりイベント発生の私の予感は間違っていなかったようだ。何だろ何だろ、わくわく。

「我の代わりに下界へ赴き、友等の様子を見てきてほしいのだ。それからこの万華鏡の或るべき場所がどこなのか、貴君自ら答えをくだしてほしい。我と似た香を持つ、貴君を見込んでのことだ。頼んだぞ」

ふむふむ、つまりこの万華鏡に纏わるストーリーを追う流れなのかな。

とりあえずジャコウ様のところに行けばいいっぽい。それからカミキリ様が『友』ではなく『友等』って言ってることからして、他の賢人も関わってるのかも。

ただ、今の私はそれよりも、和装作りたい欲のほうが強くって。ストーリーイベは別に急ぐことでもないでしょ。

まずはレスティンのアトリエに帰って、生産作業が先決だ〜！

******

【きまくらゆーとぴあ。トークルーム（公式）・発明家について語る部屋】

［小6］
夢の巨大ロボが作れると聞いて
［小6］
設計図眺めるだけでもう楽しいんだが
めちゃ凝ってるやんきまくら。神ゲーかよ
［小6］
なんでこの職業の部屋だけこんな過疎ってんの
［イーフィ］
悪いこた言わんからさっさとリセットしとけ
［望@後衛］
＞＞イーフィ
冷たいこと言うなよ
いずれ俺等に自動回収装置を供給してくださる偉大な発明家様の卵かもしれんぞ、、
［小6］
へー、自動回収装置っていうものがあるんですね
素材アイテムを楽に集められるものなんですかね
頑張ります！

[3745]
　草
[おねえねえ！]
　笑えねーよこんなん
[Itachi]
　＞＞望@後衛
　碌に過去ログも読めん雑魚にそんな偉業が成せるかって話
[小6]
　ところでネジってどこで手に入るんですかね
　っていうか初期レシピの懐中電灯、材料のほとんどが手に入らなくて困ってます！
[3745]
　草草の草
[ササ]
　＞＞小6
　もうおまえ消えていいよ
[賢者ビスマルクの息子]
　真鍮：鉄と亜鉛を合成（鍛冶）
　スイッチ、ネジ：金属を鋳造（鍛冶）
　幻石：遠征フィールドで採集、幻獣からドロップ、等

レンズ：ガラスをストーンカット（細工）
[小6]
>>ササ
すみません、何か不快になることを言ったでしょうか
ただ理由も言わずにそうやって無闇に人を否定するの、僕はよくないと思います
>>賢者ビスマルクの息子
ご丁寧にありがとうございます！
ただ発明家なもので、鍛冶とか細工とかのスキルは持っていないんですが……
レベルを上げてけば取得できるんでしょうか？
[hyuy @フレ募集中]
スキルがないって？　ダナマの虚無の洞穴行けば機械系幻獣からドロップするよ
そこまで行けないって？　強い仲間にキャリーしてもらえ
仲間がいない？　WMで資材買えばいいよ
金がない？　知らねーよ、、
[イーフィ]
>>小6
①初期のレシピでさえ資材が入手困難&複雑で詰む
②仮に資材面の課題をクリアしたところで初期の生産物は売れない（きまくら。界での需要がない）＝財政困難で詰む

③オートマタドール含む強力なレシピは発明家にのみ稀にドロップする古代の設計図が必要→落ちなさ過ぎてギブ

④強力で有用な発明をかます→製作者の修復スキルによるこまめなメンテナンスが必要→販売先からのメンテナンス依頼に時間とエネルギー取られてまともにゲームが進まず詰む

⑤強力で有用な発明をかます→特定のクランと契約を結ぶ→飼い殺しにされてまともにゲームが進まず詰む

さあ好きな道を選べ

選べないならリセットしろ

[おろろ曹長]

>>イーフィ

知ってたけど、おまえって優しいよな

[Peet]

>>イーフィ

⑥強力で有用な発明をかましてそれを誰にも売らず自分だけで独占→クレクレとブーイングの嵐にキレてだいあり。で一頻り愚痴った後消失

これも追加で

[望@後衛]

それどこののりきゅう?

[いばらげ]

のりきゅう孤高の存在ってかんじで純粋にかっこよかったのにな
メカドール三体でフィールド駆逐してくMAD今でも時々見返す
[ee]
一応同一のユーザーコードを持つプレイヤーは存在してますよ、、
イベントのときとかに出没してるのを確認済み
ただし凡庸な狩人プレイだし、新規で偶然同一コードを継いだ別人か、本人だったとして
ももう発明家ではなさそう
[ミルくキングダム]
ミルクキングダム
CommonLandにてライブ配信中!
(URL)
~~~色違いブーツキティ来るまで終われません~~~
(21:00~終了時刻未定)
[黒雪姫(+o+)]
制服verリル様しか勝たん制服verリル様しか勝たん制服verリル様しか勝たん制
服verリル様しか勝たん制服verリル様しか勝たん制服verリル様しか勝たん制服
verリル様しか勝たん制服verリル様しか勝たん制服verリル様しか勝たん制服v
erリル様しか勝たん
[賢者ビスマルクの息子]
~~~

>>小6
元気?
[ー]
こどものくに2XXX.3/25大型アップデート決定!
「こぐにプレミアム」に入会して盛り沢山なアップデート内容を先行体験しませんか?
今入会すると10,000こどもポイントプレゼント!
他にも会員限定サービスがいっぱい
詳しくは(URL)

******

【きまくらゆーとぴあ。トークルーム(公式)・遠征クエストについて語る部屋】

[今なんつった??]
(画像)
遠サポにハッカとチトセが仲間入り
[ヨシヲ www]
ディルカの上位互換乙w
[くるな@復帰勢]
こりゃ全ディルカファン激萎え待ったなしですわ

【ちょん】
　絶望しました
　きまくら引退します
【マトゥーシュ】
　＞＞ちょん
　×きまくら
　○きまくら。
【ちょん】
　＞＞マトゥーシュ
　おまえ生きてたんか……
【ねじコ＋】
　まあまあいずれ賢人が出しゃばってくるのは確定事項でしたし
【こなら】
　賢人もいずれアンゼみたく他の新キャラに潰されていくんやで
【(ぼむ)】
　その内強化されるだろ
　アプデ内容にいちいち振り回されるとかこの先きまくら。に付いて行けねーぞ
【バレッタ】
　＞＞ヨシヲ www

自分は割と差別化頑張ったなあという感想抱いたけど
ハンタータイプじゃないのってなかなか致命的でしょ
[Itachi]
俺自身がハンターだからその辺はどうとでもなるんよ
このステータス差はないわあ
[燃湖]
混乱と発狂と魅了の違いがよく分からん
[universe202]
ぶっちゃけどう足掻いてもNPパ∧Pパなわけで、その時点でNPパなんて所詮お遊びコンテンツなワケ
顔真っ赤にして騒ぐほどのことじゃない
[ポワレ]
>>燃湖
混乱：操作不能ランダム行動+味方が攻撃対象に追加される
発狂：操作不能ランダム行動+行動がダメスキ&ダメアビのみ+味方が攻撃対象に追加される+力・敏捷・集中アップ+狩猟攻撃使用不可+狩猟がなくてもこちらから攻撃可
魅了：操作不能ランダム行動+攻撃対象が味方（スキル・アイテム使用者から見て敵）のみになる
[くるな@復帰勢]

発狂FFが主流だけど、魅了FFも上手く使えば便利じゃない？
発狂でうっかり獲物を倒しきっちゃってドロップしないという欠点を補える
［エルネギー］
どうやるのかって話よエアプ君
［否定しないなお］
惚れ薬使ったとして、プレイヤーは全員味方設定なんで……
［水銀］
冷静に考えて味方を魅了する意味がない

ログイン59日目　市女笠セット

それではお楽しみの和装作りを始めたいと思う。

私が【工芸】スキルを取得してまで作りたかった笠はこれ、【市女笠(いちめがさ)】、そしてそこに付随する〝虫の垂衣(たれぎぬ)〟である。

市女笠っていうのは、幅広のつばの中心にちょこっと円錐形っぽいとんがりのついた笠のこと。その笠の周囲に垂れた長いベールのような薄い布が、虫の垂衣って言うらしい。

説明だけだと想像が難しいかもしれないけど、秋田県発某お米のパッケージの女性って言えば、すぐ分かるんじゃないかな。そうです、あの人が被ってるのが市女笠です。

厳密に言うと市女笠は笠部分そのものの名称であり、すべての市女笠が垂衣付きなわけではない。けど、きまくら。の市女笠のレシピにおいては最初から垂衣付きで、この形式をオーソドックスとしているらしい。

最低限必要な材料は、【乾燥させた竹（骨組み用・小）】に、乾燥させた藁や菅といった笠本体を形作る素材、垂衣用の薄い布、それらを縫い合わせるための糸である。

性能などについての指定はなかったので、例によって私は今回もデザイン重視で素材選びをさせていただく。

まず笠本体の素材だが、ここには特に拘りはないので、笠を作るなら王道素材だという【乾燥させたアキスゲ】でいく。

遊びを効かせたいのは垂衣の部分だ。

チョイスするのは透け感のある【シルヴィア・ラミー（白）】。この素材は【裁縫】においては耐魅了の性質を持つのだが、市女笠に使うと虫除けの効果があるらしい。

垂衣の長さは腰がすっぽり覆えるくらいでいいかな。これを長方形に裁断し、同じものを五枚用意しておく。

で、こちらにですね、【刺繍】を施そうと思います。

そう、刺繍スキル！

少し前に図書館で見つけたの。あのときのテンションの上がり具合といったら、もう半端なかった。

それに伴い図書館や手芸店にて【刺繍図案】を入手できるようにもなってね？　【紫陽花】だとか【夜空】だとか【鳥籠】だとか、図書館だけでも一日一個ずつ見つかるようになって、通うのがさらに楽しくなっちゃった。

加えて時折、ワールドマーケットに自分作の図案を売りにだしてくれてる人もいてさ。これがまた、すごーく助かる。

図案は【紙】に描くことにより、どの職業の人間でも図案登録が可能なんだけど、私なんかは絵心ないからさ〜。

もっともプレイヤーメイド図案の多くは単なる【図案】、若しくは他職用の図案だったりするので、公式の刺繍図案よりかちょっと内容が劣るんだけどね。

刺繍と偏に言っても、ステッチとか色々あるわけ。

ストレートステッチ、サテンステッチ、チェーンステッチ。洋刺繍と和刺繍でも全然違う。

公式産の専門スキル用図案には、そういうディテールの違いなんかもちゃんと情報として組み込まれているのだ。

例えばこの紫陽花の刺繍図案、スキルを選択して絵柄と糸、配置を指定すれば、ぽん、と布に刺繍が施される。でもよく見ると、紫陽花の葉っぱの部分はチェーンステッチ、花はフレンチナッツステッチといった具合に、刺繍特有の手法が複数反映されているのである。

紙に描いて登録しただけの図案だとそういったステッチの情報とかが入ってないから、こうはいかない。線はストレートステッチ、塗り潰し部分はサテンステッチと、刺し方が一定化する。

【彫金図案】といった他職用の図案も刺繍に使えはするけど、仕様は普通の図案と同じになるようだ。

ただステッチスキルがあれば刺し方を指定することができる。私はまだ【ストレートステッチ】しか取得できてないから細部まで拘ることはできないものの、こういったスキルを色々駆使すれば、いずれもっと自由で多彩な刺繍ができそうだ。

ま、やるとしたらめっちゃ時間かかりそうだけどね。今はこの通りスキルに限りがあるし、っていうか公式産の図案だけでもまだ全然使いこなせてないから、ありふれているであろう絵柄や単調な技法だとしても十分楽しい。

そんな私が今回使うのは、こちら、【菖蒲(あやめ)の図案（中）】。例のごとく和風な図案はまだ見つけられていないもので、プレイヤーメイドのものを購入してみた。

作者であるコハクさんはこういうお手製和風図案を複数売りにだしていて、ザ・絵師ってかんじだ。他の売り物を見るに本人は工芸家っぽいんだけど、同じ図案を大、中、小、モノクロ、カラー、と取り揃えてくれている辺り、色んな職業への配慮を感じる。

繰り返すがこういうお方の存在は、マジで助かる。値段も一枚1，000キマとリーズナブルだし、思わずあれこれ買い物しちゃうよね。

糸の色は白にして、私は垂衣用の布に菖蒲の刺繍を並べていく。それから同作者さんの【霞の図案（中）】もバランスに気を付けつつ重ねてっと。

白地に白糸の刺繍だからそんなに目立つものじゃないけれど、笠本体が地味だし、このくらいのささやかなお洒落心で丁度いいでしょう。

男の人に刺繍入りの市女笠なんて微妙？

そんなことないない、ファンタジー世界だし、よっぽど変なキャラメイクしてない限りきまくら。男子はみんなイケメンだしで、何だかんだ様になると思うのよね。

それに先のカミキリ様然り、華やかな服装の男の人って二次元じゃ正義なんで。異論は認めません。

さて、笠、垂衣にもう一つ加えたいのが、〝飾り紐〟である。公式のレシピにこの材料は表示されていないので、こちらは予め垂衣に縫い付けておくことにしよう。

使うアイテムは【ロイヤルシルクの組紐・紺・特長・素材用】。

この長ーい組紐に一定間隔で蝶々結びを施す。同じものを五本用意して、それを垂衣の上部に縫い付けてっと。

さあ準備は整った。いざ、スキル工芸発動！

******

【きまくらゆーとぴあ。トークルーム（個人用）】

[くまたん]
　や
[めめこ]
　乙ですー
[くまたん]
　後ろ見て
[めめこ]
　乙です乙ですーｗｗｗ
[くまたん]

雪原ソロ？
【めめこ】
現地で野良調達しようと思ってｗ
【くまたん】
ワイも混ぜて（はあと）
【めめこ】
モチロン（はあと）
てか目の前にいるのにトーク続けるんですかｗ
【くまたん】
ＢＢＡなんで文字表示のチャットに慣れちゃってねーｗ
【めめこ】
分かりみが深いの辛いｗ
【くまたん】
めめこちゃんいくつ？
【めめこ】
18で〜す（はあと）
【くまたん】
あとはまあそばに組合員いるから何となく
【めめこ】

スルーしないで＞＜
[めめこ]
なる
クラン入ると実質付き合いない人ともフレンドみたいな扱いになるから、大手だと気い遣
いますよね
[くまたん]
そんなこと言って私もめめこちゃんも大手はしごしてるわけだ
[めめこ]
(;´・ω・)
私は仮ですよう
用が済んだらすぐ帰りますって
[くまたん]
ふ～～～ん？
借金ったって服代だったわけでしょ？
高が知れてるよね
うちにいてももも氏の言うこと聞いてりゃ、それくらい一週間あれば返せそうなものだけど
な～～
[めめこ]
(;・`ω・´)

［くまたん］
じーーーー(｀◉ε◉´)
［めめこ］
：(；゛゜'ω゜')：
［くまたん］
(｀◉ε◉´)
［めめこ］
……だって、だって、まさかこんなに簡単にお金が貯まる方法があるとは思ってなくて……
(PД`q。)
今まで生産メインでちまちま稼いでたのがちょっとバカらしくなっちゃって……
もうしばらくここで勉強させていただこうかな～、と
［くまたん］
聞くところによると最近随分気前がいいみたいじゃない(｀◉ε◉´)
［めめこ］
……キマって生き物ですからね～ひとところに留まっちゃくれないんですよね～
まあそこはほら、もも太郎さんもよく仰ってますでしょ？
「経済を回せ」って
［くまたん］
噂じゃ生産でもなく遠征でもない謎の収入源もあるとかないとか？　(｀◉ε◉´)

［めめこ］
……うふ☆
男女混合クランだと優しい人いっぱいいて楽しいです～
あるかるじゃ絶対できない経験ですよね～
［くまたん］
君の帰還は遠そうだなあ……
個人的には大歓迎だけどね
［くまたん］
ただ、あんまり入り浸ると抜けられなくなるどころか帰る当てもなくなるから、ご利用は
計画的にねw
陰キャのとこはかなり大人なクランだとは思うけど、それでも女は何かとごたつくからねw
［めめこ］
あー、はいw
肝に銘じときます

******

【菖蒲霞(あやめがすみ)の市女笠】
品質：★★★
日除けと虫除けの力を秘めた帽子。

主な使用法：装着
効果：フィールドギミック［日射］［毒虫］耐性（中）
消耗：２５０／２５０

結果は可もなく不可もなく、といったところだった。というのも多分これ、特にミラクリとかは付いてない。

二つのギミック耐性があるから一見小ミラクリは付いていそうに感じる。でも先に簡単なもので試作したかんじ、工芸生産って裁縫と違って、結構簡単に効果内容を充実させられるんだよね。

恐らく裁縫分野のステ上げや属性耐性付与に比べて、工芸・織り分野のフィールド対応って、汎用性が劣るからなんだと思う。運営の配慮、バランス調整ってやつですね。

実験の意味を込めてソーダは飲んでおいたから、条件を満たせばミラクリは必ず付いていたはず。それが付かなかったということはつまり、これくらいの手間ではミラクリに届かなかったということなんだろう。

裁縫以外でのミラクリ付与は私には非現実的のようだ。残念。

それに予想してたこととはいえ、やっぱり普段のソーダ生産と比べて品質も消耗値も低くって、ちょっと現実を思い知らされる。ああそういえばこれが私の実力だったな〜って。

原因は明白で、つまりキムチさんの作る布素材が凄過ぎるのだ。

ソーダって品質や効果を高めるアイテム、ではなく、本来の素材の持ち味を加工する人間の能力に関わりなく最大限に引き出すアイテム、だからね。

元となる素材の質がそこそこ程度なら、加工したアイテムの質もそこそこ程度になるのは必然なのだ。

改めて、キムチさんは偉大。

ってかキムチさんがいなかったらスキル付きも安定して成功させられないわけで、今の私のきまくら。ライフってもしかしなくてもキムチさんに命綱握られてる……？　ひえ～、キムチさん引退とかしませんよーに。

とはいえデザイン面では満足できるものが出来上がったと言えよう。

ひらひらと風に揺蕩（たゆた）う、五組の垂衣と飾り紐。和装独特のミステリアスな雰囲気が大変よろしい。

因みにこんな邪魔な布が付いてたら動きにくいし視界も遮られない？　と思うかもしれないか、そこはゲーム補正で不自由ない仕様になっている。

さあそれではこちらの市女笠に合わせて、着物のほうも作っていくことにしよう。

まずは生地選びから。

主体となる表地にはコットン製で青灰色の【エアクロス＝≡Σ（（（つ。ε。）つ】を使うことにする。風属性の布だね。

で、裏地には紺色の【ツリーコットン】を選択。これは重ね襟のところに使う用でもあるし、それから今回袖の部分に肘辺りまでの切り込みを入れてみたので、そこからチラ見せする用のものでもある。

よって袖口も思いきってかっ開いておいた。

昨今の一般的な着物の袖って大体、広がりのある形な割に、袖口は小さいじゃない？　きまくら。レシピでもそういうデザインになってるんだけど、あれを十二単の袖みたく改造したってかんじ。

市女笠がひらふわしてるから、着物のほうも躍動感あるデザインにしたかったのよね。

裾部分も、帯のきわっきわまで大胆にスリットを仕込んじゃおう。

あわや破廉恥！　なんちゃって、安心してください。さすがにはかせます。

同色のツリーコットンを使って、下にはく用の【ハーフパンツ】を準備。

これら中袖の際とズボンの裾には、ぐるっと一周、黄土色の糸で【唐草模様の図案・線（小）】を刺繍する。

さらにズボンのほうには、左右の脇、唐草ラインの上から【桔梗の図案（小）】を刺繍。色はブレードと同じ黄土色で統一感を持たせて、と。

中着、裏地の用意は整った。次に移るは表地の装飾である。

ここで登場するのが、この前カミキリ様から伝授してもらったもう一つのスキルだ。その名も――

――【絵付け】！

これは本来工芸家のスキルなので、主に陶器だとか紙細工だとかに使うものらしい。けどやろうと思えば他の素材にも使用できるとのこと。

もっとも工芸管轄外の素材に使うと、着色による特殊効果は得られなくなる。布地について言えば、これに対応するのが織り師が覚える【捺染（なっせん）】で、こちらのスキルは染料の効果も反映できるんだとか。

ただ絵付けには、それをおいても魅力的なメリットがある。

捺染は基本的に真っ平らな生地にのみ使える技法であるのに対し、絵付けは形が複雑なものや立体的なものにも使用が可能なのだ。つまり、縫製途中の形が仕上がりつつある布地にも絵柄を付けられる、ということ。

これは大柄や、配置が物を言うデザインの多い着物という分野において、重宝する能力に違いないのである。

てなわけで先の市女笠にも使った菖蒲図案の大&カラーバージョンで、この作りかけの着物もどきに絵付けを施していこう。

絵柄を配置するのは主に、両袖と、膝辺りから裾にかけての部分。

これまで使ってきた図案はどれも線のはっきりしたモノクロ図案だったが、今回は水墨画のような味わいのあるフルカラー模様である。青と紫のグラデーションがふつくしい。

けど男物なもんで、そのまま写すとちょっと色っぽ過ぎてしまうかもしれない。よって透過機能を使って彩度は落としておいた。

同じように白い霞の図案も透過して重ねる。

で、これは絵付けの仕上げ。

取り出したのは、【ロイヤルインク（金）】。【黄土色の染料】に【ロイヤルモスの鱗粉（りんぷん）】を混ぜて作った、自作のアイテムである。

私は筆をこの絵の具に浸し、着物の絵柄の上にぽたぽたと金の飛沫を落としていった。

うんうん、和ってかんじ。ちょっぴりだけどメンズ感というか、凛々しさみたいなものも添えられていいんじゃないかな。


******

「【きまくらゆーとぴあ。トークルーム（公式）・総合】」

【UMI】
今回新フィールド攻略遅れてるね
完全人任せ組だから催促できる身でもないけど、鍛冶に使える新素材があるっていうから
早く流通してほしいな
【おろろ曹長】
ギミック多くてイライラする
アポレノ含めコレ系は爽快感なくてつまんない
もっと単純に火力でゴリ押せるフィールド出してほしい
【久保】
特装スロット6つじゃ足りないよ〜〜〜
ギミック増やすんならスロットも増やしてくれ
アビ限定スロットでもいいから
【きいな】
>>UMI
オーロラストーン採れるの深層らしいから一般流通は遠いだろうね
ワイのとこの生産クランは大手遠征クランと提携してるから、もう新素材触れたけど、、
【ピアノ渋滞】
>>きいな
奴隷マウント乙

［ドロップ産制覇する］
狂力、質実剛健、無効化、超吸収
これあればゴリ押しもできるし装備に拘らずともいけるだろ
［レティマ］
そんなガチガチの廃人御用達スキル一覧提示されてドヤられましても……
［ナルティーク］
このマップだと無効化よりツーフェイスのがいくね？
［マリン］
ツーフェイス、だいあり。で取り上げられて盛り上がってるけど、ここだけのために取得するのはちょっと……ってかんじ
強いんだろうけど、まだ発揮できる場所が少ないんだよな
だったら下剋上とか取るほうが順当
［久保］
>>ドロップ産制覇する
狂力も剛健も結局地力があってこそのスキルなんだよ
狩人と採集師以外だとその脳死戦法通用しないから

******

さて、着物の最終作業は帯作りだ。

これは本来帯用に一枚の布を選べば、【裁縫】スキルを発動する際、コンピュータが勝手に帯化してくれる。でも例のごとく少しオリジナリティを加えたかったので、帯はもう自分で縫製までしてしまうことにした。

今は【ミシン】があるからね、こういうちょっとしたアレンジも凄く楽なの。ミシンを使って作ると品質も上がるらしいし、活用しない手はない。

「和裁は手縫い以外認めません！」っていうガチ勢には内緒だよ、えへ。

選んだ布地は黄土色のコットンだ。これで作った一本の帯にもう一本、やや幅を狭くして裁断した紫色の帯を重ねて縫う。

そしてさらに市女笠に使ったのと同じ、紺色の長ーい組紐も重ねる。

この組紐は帯よりもさらに長くして、余ったところにはやはり等間隔で蝶々結びを施しておいた。笠の飾り紐と一緒にゆらゆら揺れてたらエモいなって思って。

足袋はね〜、当初は用意する予定だったんだけど、なんかここまで作ってしまうといいかなって気になっている。

いや、足元以外のところで凝り過ぎちゃったんだよね。これで足袋まで装飾的にするとなると、ちょっとうるさいかなーって。

それに中着を半ズボンにしたこのコーデだったら、寧ろ素足のほうが映える気もする。

うん、足袋はまた次回、別の和服をデザインするときに考えようかな。

さあこれにて着物の完成だ。裁縫スキル、発動！

【菖蒲霞の着物】
品質：★★★★
風と眠り耐性の力を秘めた服。
主な使用法：装着
効果：風属性付与　木属性ダメージ軽減（中）［眠り］無効
消耗：400／400
習得可能スキル：デコピンスマッシュ
（デコピンスマッシュ：任意発動スキル　消費30　確率で対象の［耐久］に9割ないし10割りダメージ、失敗時には対象の持久に20のダメージ）
セットボーナス：敏捷＋250

【菖蒲霞の帯】
品質：★★★
ツリーコットンで作られた帯。
主な使用法：装着
効果：－
消耗：－
セットボーナス：敏捷＋250

【菖蒲霞の半洋袴】
品質：★★★
ツリーコットンで作られた服。
主な使用法：装着
効果：――
消耗：――
セットボーナス：敏捷＋250

うむ、やはりキムチ製クロスに間違いはないわあ。

実は最近この方のショップを毎日確認して、新作が出てたら一番最初に登録されたものを即買いするのが習慣になっていたり。だからこその、この安定したスキル付き生産なのである。えへん。

あとね〜、キムチさんて出品するのが大体夜の8時から8時半くらいのことが多くて、丁度私がログインするタイミングと重なるんだよね。だから私って、裏クリ素材の争奪戦においてかなり有利なの。

……って、なんかちょいストーカーじみてるかも。

いや！　だってバーゲンのときは開店時間より早く来て並んで待つ人だっているものだしね？　そういうのと同じだよ、うん、同じ。

性能的にも悪くはないんじゃないかな。

今回着物に付いた風属性付与というのは、このアイテムを装着している限り、プレイヤーそのものに風属性というステータスが付与される、みたいなかんじらしい。

具体的には、得意属性である木属性ダメージへの耐性が強化されるのみならず、風属性のツール、武器、スキルを使うときや風属性フィールドにおいての行動に強化補正が入るという効果、など。

他にも属性については、親和属性やら対立属性やらがあって、その影響が云々かんぬんあるんじゃないか？　みたいな考察もあるとか何とか。まあそこら辺は確かな話ではないっぽいし、私みたいなエンジョイ勢は考えなくてよさそうだけど。

ただ属性付与の効果は良くも悪くも特化型ということで、どこでも使えるアイテムというわけではない。なぜって弱点属性の効果も反映されちゃうからね。

風属性で言うと弱点は闇なので、闇ダメージは痛くなるし、闇属性のツールやスキルを使ったり闇フィールドにいたりすると弱くなるらしい。

総合すると使いどころを選べば相当強い、みたいなかんじなんじゃないかな。だとしてもヒットボーナスで敏捷＋250付いてる辺り、初心者から中級者くらいまでの層にとってはかなり強いと思うけどね。

着物に含まれているはずの〝帯〟が単体でアイテム化してるのは、私が手作りしたからかな。

ただし、『習得可能スキル：デコピンスマッシュ』？　正直これはあんまりいただけないなぁ……。

この手のスキルって一見めちゃ強そうかと思いきや、確率が微粒子レベルに低いっていうパターンが定石でしょ。あといわゆるボスには効かないだろうし。

私が今までやってきた他のゲームでも、コレ系の技が役に立ったことってまるでないんだよね。

それと個人的にデコピンって大っ嫌いなので。はあ、小学生の頃の嫌な思い出が蘇る。

あの時分って無邪気且つ安直に罰ゲームでデコピン指定しがちだけどさあ、あれって暴力だからね？　暴力、ダメ、絶対。

加えてデコピンって〝溜め〟がある分、バイオレンスの中でもかなり非道・残虐な部類だと思うの。

眼前に親指と人差し指で作った丸を突き付けられる恐怖と言ったら……。その時間が長ければ長いほど人差し指に込められたエネルギーは蓄積されていき、そこから放出される力と痛みを想像しながら待つ数秒は、最早時間という枠を飛び越えた永遠……そう、永遠の地獄――。

はっ、いかんいかん。トラウマに捕われて闇落ちするところだった。

まあやいやい言うておりますけれども、結局のところクライアントの要望はデザインに関することだからね。肝心の使用者的にはどうでもいい話かもしれない。

でも、面白い性能がつくとやっぱり嬉しいよね。


******

【きまくらゆーとぴあ。トークルーム（公式）・総合】

［MSR@SK］
夏グッズ早く追加こないかな
辛うじて入手できたのが水着リル様のクリアファイルだけとかしょっぱ過ぎる
［KUDOU-S1］
>> MSR@SK
は？

くたばれよ

〔バーボン〕

十分猛者なんだよなぁ……

〔檸檬無花果〕

>> MSR@SK

自虐に見せかけた自慢ヤメテクダサイ><

〔パンフェスタ〕

偶然寄った近所の電器屋でウィリフレアとオルカのスマホケース発見して狂気乱舞した

大量に並んだエリン在庫は見なかったことにした

〔송사리〕

エリン……いい子なのに……(´；ω；`)

〔めめこ〕

今回のスマホケースいいよね～～

オタクっぽくない普通にお洒落な柄、且つちゃんとキャラの個性押さえてるデザイン、ベリグ

〔陽子@SK〕

シエシャングッズ狙いだったのにｗｅｂ予約即行閉まって泣いた

なんで？　これが一か月前くらいだったらおまえら見向きもしてなかったよね

〔バーボン〕

おまえだって見向きもしてなかったろい
【クリームパン】
その発言が許されるのはゾエさんくらいかな
【ゾエベル】
orz
【クリームパン】
……あ、お疲れ様です

******

さてそれじゃ、コーディネートの最終段階、下駄作りに移ろうかな。当初はセット内容に下駄は含めないつもりだったけど、折角工芸を取ったことだし、いっちょ自作してしまおうってことで。

使うレシピは、ワールドマーケットで購入した【高下駄のレシピ】である。

下駄特有の靴底にある突起物を〝歯〟っていうんだけど、それが高いものが高下駄だね。このレシピでは歯の数は二つだ。

材料は土台となる木材と、鼻緒に使う紐系素材、それを包む布もしくは革の三点。まあ下駄はコーデのおまけ要素が強いから、安価な素材でいいかな。

私は木材に【プリンセスビーチ】――ビーチとはブナ材のことらしい――、鼻緒用に【麻紐（太）】、【ツリーコットン（紺）】を設定して、工芸を発動した。

【菖蒲霞の高下駄】
品質：★★★
水場に強い靴。
主な使用法：装着
効果：フィールドギミック［ぬかるみ］耐性（小）
消耗：200／200

お、ぬかるみ耐性かあ。

【喧騒の密林】で活躍しそうでいいね。まあグレードが低いから気持ち程度の効き目ではあるだろうけど。

ちょっと面白いなって思ったのは、安さ重視で適当に選んだ素材の割には、弱くてもちゃんと効果が付いたこと。調べてみたところ工芸生産、それから同じフィールド対応を得意領分とする【編み】生産って、裁縫による生産とは若干仕様が違うらしい。

裁縫って基本的に効果に影響するのは〝素材〟なんだけど、工芸と編みは素材よりも〝形〟、言い換えればレシピの種類が重要なんだとか。

だから素材に変なものや等級の低いものを使ってても、レシピを使っていれば何かしらの効果は付くんだって。勿論、そこにさらに相性のよい素材や等級の高い素材を使えば、効果ももっと強くなる。

逆も言える。裁縫の場合は、素材にちゃんとしたもの使ってればトップスだろうとボトムスだろうと同じ効果が付くのに対し、工芸の場合は、同じ素材を使ってもレシピが違うと効果も変わる、と。

うーむ、深いなあ。

今日はいっぱい作って満足な一日でもあったし、色々勉強になった一日でもあった。

……ただシステム面のあれこれはすぐには覚えきれなさそう。こればっかりは何度も挑戦してみて、体を慣らすのが手っ取り早いんだろうな。

うん、よく遊んだ～。いい休日だったね。

就寝時間まではまだちょっと時間がある。よし、折角なので、この衣装セットの女の子バージョンもぱぱっと作ってしまおう。

形などを改造したところはすべてレシピとして登録済みだから、楽勝でしょ。

主体となる着物の色は落ち着きのある薄紅色にして、中着や飾り紐、鼻緒は真紅色にしよう。

で、半パンだった中着の形をプリーツスカートに変更。

袴とかにできたらもっと味があったんだろうけど、今回この和装セットを作るためだけに大分資財を投げ打ってるからね。さすがにセーブモードに入りました。

……私、この服で一儲けできたら、またレシピとか爆買いするんだ……かっこ遠い目。

完成した二組の衣装をそれぞれトルソーに着せて、並べてみる。グッド！

装飾的ながら、和風ならではのいい地味さというか、静かな趣きも感じられて。男の子は涼やかに凛々しく、女の子は可憐に花のごとく。

男の子バージョンを女の子キャラが着るのも、全然アリだろうな。

そうだ、女の子バージョンの第一着目はリンちゃんにプレゼントしよーっと。

きまくら。仲間として心を開いてくれたのか、最近妹とは結構仲良いんだよね。この前なんてリアルでうちに遊びに来ていたほどだ。
リンちゃん狐女子で和系コスチュームよく着てるし、こういうの好きそう。
喜んでくれるといいな～。

＊＊＊＊＊

【きまくらゆーとぴあ。トークルーム（非公式）・初心者の質問に最長二行で答える部屋・独断と偏見・礼レス不要・ボランティア・０時まで・あとはｇｋｒ】

［ネム］
このゲーム鎧とかの防具系付けてない人多いですけど、服も探せば耐久強化できるものあるんですか？

［イーフィ］
ない、皆防具系は非表示にしてるだけ

［ＳＰ］
料理人と薬師で悩んでます
お勧め教えてください

［イーフィ］
薬師

［明太マヨネーズ］
そんなん料理人に決まってんだろ

料理アイテムはね、幻獣とかＮＰＣの好感度上げアイテムだからね、なんせ需要が尽きることはない
つまり儲かる、はい論破
【イーフィ】

＞＞明太マヨネーズ
部屋タイ嫁
＞＞ＳＰ
こういう奴が多いから料理人界隈は世紀末
【ちーこ(￣▼￣*)】

大工の生産アイテムとか建築ってハウジングが捗る以外に何か意味あんの？
【イーフィ】

ＮＰＣ、幻獣の反応やモーションに影響を与える
そこに意味を見いだせるかどうかは人による
【　】

辺境地区は王都より土地が安いって聞いたんだけどどこの国もそう？
【イーフィ】

どこも大体二分の一価格
勿論立地による差はある
【ドキンチャソ】

細工師なんですけど、生産アイテムの効果を高めるのってどんな要素が関係しているんでしょうか
[イーフィ]
素材の品質・グレード、プレイヤーのレベル、技術値、ツールのグレード、強化素材、等
[CKC]
ステータスの発想って何？
[イーフィ]
高ければ高いほどミラクリの種類に幅を与えると、考えられている
[なかもと]
横からすみません(；゛・ε・)
発想はどうやって成長させられるのか、教えていただけませんか
[イーフィ]
一つの物事に凝り固まらず、色々な物を作ったり色々な経験をしたりすることが必要、と考えられている
ガチ遠征勢が例外なくこの値が低いことは確か
[ジュン]
織り師になりました！
今需要の高い特装アイテムって何ですか？

【イーフィ】
　耐寒冷、凍土、極寒、積雪
【송사리】
　>>ジュン
　ようこそ織り師界隈へ ノ (*'ε`) ノ
【にゅー】
　だーいかーんげーいだーよだーいかーんげーい♪
【モシャ】
　>>ジュン
　一緒に頑張ろうな!
　因みに歳幾つ?
　性別は?
【イーフィ】
　>>にゅー
　>>モシャ
　くたばれ
【hyuy@フレ募集中】
　こいつメダカだけ贔屓してやがる……
【にゅー】

＞＞イーフィ
ムッツリが
［モシャ］
＞＞イーフィ
スケベ
［3745］
＞＞にゅー
＞＞モシャ
毟るぞ

ログイン60日目　ご褒美

ホームで生産作業をしていると、カランコロン、と軽快なベルが鳴った。プレイヤーの来店音は切ってあるので、これはNPC客がやって来た合図だ。

出て行くと、私の最推しシエル＆シャンタちゃんが店内を物色している。他に二人、プレイヤーの女の子がいたけれど、さすがにこういうシチュエーションにも慣れたもので、私は気にせずシエルちゃん達に意識を向けた。

最初はねー、生のお客さんがいる中に出て行くの、結構緊張した。基本接客はコピーアバターに任せっきりなんだけど、お店の設定いじったりゲームキャラの相手をするときなんかは、どうしてもショップエリアに顔出しせざるを得ないんだよね。

まだ実店舗を開放したばかりの頃は、お客さんがいない時間なんかも全然あった。でも最近は、少なくとも私がインしている間は客足が殆ど途絶えないもので、こういう状況にも順応せざるを得なくなっている。

いや、とってもありがたいことではあるんだけどね。

何せ、お店の外に列ができることも少なくないもんで。遠征行こ～、と思って裏のドア開けたらそこまで人が並んでることもあって、びっくりだったよ。

そもそもの入店制限が二人まで、っていうのも大きな要因ではある。いずれはお店を拡張したいな～。

幸い、今のところマナーのよいお客様ばかりで、私がキャライベをこなしてる最中に邪魔してくるような人はいない。

それに、私にとってはどきどきな瞬間でも、お客さん側にとってはよくある出来事なんだろうね。みんなあんまり気にしてないみたい。

今回の女子二人も私の入れ代わりに気付いて「あ、中の人だ～」みたいな顔はしたものの、すぐに服選びに専念しだした。

だからこの頃は私のほうも、店内での人目をあまり意識せずにいられるようになっている。ショップでのイベントは個別モードにならないとはいえ、会話を聞かれることはないしね。

さて、シエルちゃんズは私を見ると、迷いなくこちらへやって来た。

「はろー、ビビア。って、あら、何だか浮かない顔ね」

めっちゃキラキラ笑顔のスタンプを押してはいるんだけれど、彼女には湿気た面に見えたらしい。いや、あるいは頭の隅に影を落としている『今日はまだ月曜日』という現実への憂鬱が透けて見えたのかも。

　要約するとシエルちゃんは今日も最強ってことです。

「なーに？　宿題でも溜め込んでるの？　それとも好きな人にフられた？」

と、シャンタちゃん。

「そういうときは楽しいこと、考えましょ。そうね、例えば」

「もうすぐ夏！　夏と言ったら」

『夏のバカンス！』

声を揃えて叫ぶと、二人はきゃっきゃと笑い合った。エデンはここにあったらしい。

「ビビアは今年の夏、どこかお出掛けする予定はあるのかしら？」

シエルちゃんがそう尋ねた後、選択パネルが現れた。

→・ダナマに行く
・シラハエに行く
・どこにも行かない

うーん、そうね。この中から強いて選ぶとしたら、『シラハエ』かなあ。

別に夏の旅行感覚で出かけるわけじゃないけど、万華鏡の件があるし近い内に行くのは間違いない。

「シラハエ！　いいわね、涼しくて。避暑地にはぴったりだわ」

「私達も去年行ったわね。でも、私はあんまり好きじゃなーい。なんか陰気臭いんだもの」

「そんなこと言ってシャンタ、お宿の近くの花畑で、あなたはしゃぎ回ってたじゃない」

「ああ、あそこ、確かに綺麗だったわ。真っ赤なお花が一面に咲いてるの。でも日が暮れるとちょっと不気味なのよね」

へ～、そんなところがあるんだ。プレイヤーも行ける場所なのかな？

なんてことを考えながらのんびり話を聞いていると、二人はふいに表情を消して互いに目配せをする。そして悪戯を考え付いたかのように、くす、と小さく笑った。

二人は声を潜めて語る。

「そうだわ、私達の秘密の場所、ビビアにも教えてあげる。シラハエに行くって言うんなら、その花畑も訪れるといいわ」

「ビャクヤの街の外れにあるね、星月閣（しょうげつかく）っていう宿の、裏手にあるの。とっても素敵な場所よ。で・も、」

「夜になると、誰かの泣き声が聞こえるのよ。私達も聞いたの」

「噂で聞いて気になっちゃって、パパに内緒で宿を抜け出したのよね。そしたら本当に！」

「声が聞こえるの！　うっ、うっ、っていう、押し殺したような泣き声！　低い声だったから、多分男の人なんじゃないかしら？」

え、なになに。なんか話の方向性が怪しいかんじになってるんですけど。

楽しい夏バカンスで盛り上がっていたはずが、いつの間にか怪談に……？

「街の人によるとね、よく聞こえるんですって。何かよからぬモノがいるって話よ」

「ねえビビア、シラハエに行くんだったらそこにも是非行ってみて。お勧めスポットよ」

「怖いの？　意気地なしだわ」

「私達、何も意地悪しようってんじゃないんだから。だって本当に綺麗な場所なんですもの」

ねー、と二人は視線を交わし、微笑む。

うん、めっちゃ意地悪な顔してる。でもそこがイイんだけどね！

ビャクヤの星月闇かあ。怖い話は好きじゃないけど、まあ何かのイベントの伏線かもしれないし、頭の隅には置いておくとしよう。

と、話の区切りが付いたところで、シエルちゃんがずいっと前に進み出てきた。

「ところでビビア、先の旅行の話もいいけれど、日々のちょっとした息抜き時間も大事じゃなくて？」

あ、この流れってもしかして。

「バカンスの時期を待つ必要なんてないんだから。ね、二人で遊びに行きましょ。どうせ暇してるんでしょ？　空いてる日、教えなさいよ」

やっちまった〜〜〜〜、デートイベ発動だ〜〜〜〜！

なんてね。実は結構予期していたり。

っていうのも、一週間くらい前だったかな？　ついにシャンタちゃんにもプレゼントできるチャンスが訪れちゃってさ〜。

シエルちゃんへのプレゼントイベは最近ちょくちょく起こるようになってたんだけど、そのときチラッチラッてこちらに視線を送るシャンタちゃんに話しかけることができた日があってね。

「何よ、気でも遣ってるの？　別に物欲しそうな目なんてしてないんだから」なんて言われた直後、プレゼントの選択画面が開かれたらもうさ、選ばざるを得ないじゃん。【大地の結晶】。

でもそんなちょろっちょろな私にも一応砂粒ほどの理性は残ってたわけで、ゾエ氏の顔が脳裏にちらつくのよ。

だからせめてもの罪滅ぼしというか義理立てみたいなかんじで、それ以降シャンタちゃんにもプレゼントする代わりに、シエルちゃんには二倍の結晶、結晶が尽きてからは他のアイテムを二倍の量、贈ってたんだよね。こうすれば二人の好感度に差が付くから。

確か週ごとのデートイベで、一人のプレイヤーが二人以上のキャラとのイベントを成立させることは不可能だった。これでシエルちゃんとのデートがほぼ確実になった以上、シャンタちゃんの初デートも奪うような不義理なことはせずに済むかなって。

結果どこかにいるかもしれないシエルちゃん推しプレイヤーから今月のデートを剥奪することとなったわけだけれど、まあそれはそれ、これはこれということで。

加えて後から知ったことなのだが、なんと最近デートイベントに〝お任せモード〟なんてものが実装されたらしいのだ。

このモードは対象のキャラクターを連れて自由に行動できる従来のデート形式とは違って、相手キャラクターにデートプランを委ねる形の、一種のストーリーモードなんだそうな。

さすがにそのストーリーをデート勝者だけしか楽しめないというのは、ヘイトが募ると判断したのだろう。初回のお任せデートが終了したのち、その内容は公式動画サイトでもダイジェスト版を視聴できるようになっている。

だとしても、イベントを実際にＶＲで体験するというのはまた格別なことに違いない。何と今月からシエルちゃんのお任せデートも実装されるということで、図らずも超ラッキー！　って思っちゃった。

動画サイトにリル様デートの様子がアップされてたから視てみたんだけど、お約束の楽しいデートコース、というよりかは、キャラクターのバックボーンに触れることのできるストーリーツアーみたいなかんじで、結構手が込んでるんだよね。

キャラクターによっては鬱っぽかったりハラハラドキドキな展開もあったりして、少し反応が荒れたところもあったみたい。でも大体においては評判が良いようだ。

実際私もリル様の動画視て、例えばただランチとかお茶しに行くだとか、そういうのより全然楽しそうって思ったもん。

リル様の場合は、体調を崩したメイドの代わりにプレイヤーが彼女のお供を一日務める、という流れだった。孤児院に慰労に行ったり、図書館で勉強したり、ダンスの練習をしたりと、彼女らしい真面目清楚な休日だったなあ。

でもダンスの練習ではプレイヤーがお相手役になれたりして、そこはちゃんとロマンチックな場面も盛り込まれてるんだよね。

動画の視点がダミーアバターの一人称でよかったよ、ほんと。どこの馬の骨とも知れないプレイヤーがリル様と踊ってるのを見せられるとか、コメ欄大荒れ待ったなしだもん。

そんなわけでシエルちゃんの場合も、日付を指定したのち、モードを選択する画面が現れる。

「楽しみね。今度はどこに行こうかしら？」

↓・私に任せて！

・シエルに任せるよ

選ぶのは勿論、後者である。

因みにお任せモードでは、デート服を選んであげられるイベントは発生しないとのことだ。

えへへ、シエルちゃんの特別ストーリー、どんなかんじなんだろ～～。休日デートをご褒美に、今週も仕事頑張ろ～。


******

【きまくらゆーとぴあ。トークルーム（公式）・総合】
[レナ]
（画像）
（画像）
（画像）
一日一回Bガチャ引く日々
今日はSSRシエシャンビビショット
[えび小町]
何やそのガチャ
[否定しないなお]

えっきゃわいいいい〜〜〜〜!!
シエルとシャンタってセットでお店に来てくれたりするんだ!?
多分最初のミッションクリア後なら、ってかんじだよね
ブティックさんのお店以外でその情報出たことないし
[鶯*]
おまいらまーだファッションチェック攻略できてないのかよ
あくしろ
[真実の秘宝]
1シーズンだけでも40種類衣装あるんだぜ?
無茶言うなよ
[ご覧のスポンサー]
なんとなく趣味の違いは掴めてきたかも
けど如何せん10問だか20問だか連続正解しなきゃいけないわけでしょ
仮に19問目までクリアしたとして20問目間違ったらドボン、1回目からやり直し
且つプレイヤー目線ではどこで間違ったのかどこで正解していたかも定かでないって、これもう無理ゲーなんじゃ
[深瀬沙耶]
合ってればどっかのタイミングで進捗埋まるし、途中で正解してた場合のお決まりのイベ
[ゆうへい]

ントがあるっぽいから、
色んなプレイヤーから情報集めて整理すれば何とかなりそう
というわけでおまえらからの情報待ってるぞ、今なら高く買う
あとぼちぼち広まってきてるんでここで解禁するが、ファッションチェックの途中経過イベでは星の結晶入手できるらしいゾ
分かったら張り切って攻略しに行け
[イーフィ]
え
[(ぼむ)]
マ!?
[狂々]
これマジでシエルの下剋上あるな
結晶貰えるとかパトロン性能も神なのか
[えび小町]
リル人気ナンバーワンからの転落もアリ?
[竹中]
貴様等はそんなちっぽけな石ころに気を取られてリル様を蔑ろにするというのか?
[DF]
ちっぽけな石ころ大好きなんで今日からシエシャン派になります

今までありがとうございました

[否定しないなお]
いやー……冷静に考えてパトロンとしての能力はやっぱリル安定だからなー……
もう少し情報が出てこないと早まれないかなぁ

[Giuseppe]
キマとかアイテムとかの懐が充実してる古参ガチ勢はそりゃ、最後に求めるものといったら結晶になるだろうけどさ
ノーマルプレイヤーにしてみりゃキマと良素材を譲ってくれるリル様ありきでゲームやってるからね
今更このプレーイングを捨ててシエルに乗り換えるとなると、相当腰を据えてきまくら。
やり込まにゃならんくなるのよ
それはめんどいのよ

[おろろ曹長]
一回シエルに乗り換えてまたリル様んとこに出戻るとかできないの？

[ゆうへい]
その辺は検証中&情報募集中

[YTYT]
>>レナ
何そのガチャ俺も引きたい……

【マトゥーシュ】
ブティックさんのデレデレ顔よいですな(´ε`)
>>YTYT
Bショップに並んどけ
運がよければブティックさんとNPCとの絡みショットが撮れる
【めめこ】
何話してるんだろ〜〜
気になる
【えび小町】
店内キャライベが個別モードにならないの誰得くたばれよ運営ってずっと思ってたけど、
推しプレイヤーができると神かよ運営って評価改まるよね
【狂々】
おまえら盛り上がるのはいいが大概にしとかないと同担拒否のゾエがキレるぞ
【エルネギー】
あいつ同担拒否ではなくね
シエビビ党党員常時募集中とかいつもほざいてるし
【ゾエベル】
俺は同担拒否ではない
シエビビ党への入党は誰でも歓迎しているし、最推しシャンタ様を崇めずにいられないの

は人としての道理だと理解している
だがシャンタ様への愛が最も強いのはこの俺である
故に調子に乗って出しゃばる者は処分する

【名無しさん】
人はそれを同担拒否と呼ぶ

【DF】
はいはいキモいキモい

【ゾエベル】
>>レナ氏にはいつも感謝している
貴重な画像の共有、大義である

【ee】
……は～～～、俺もブティび張り込んでガチャ引きたいっすわ～～
原っぱで獲物争奪合戦してパン放送の養分になるよかよっぽど有意義
えっ、ブティックさんの出現率高い時間帯ってパラディスラッシュと被りますよね
ラッシュサボってガチャに並ぶとか今度こそPT追放されちゃいますねｗｗｗ

【Giuseppe】
このタイミングでシエシャンイベの情報がゆうへいんとこに流れてることを考えると、
もしかしてゾエベルさん今週勝利確定？

【竹中】

……沈黙は果たして歓喜の肯定を意味するものか絶望の否定を意味するものか

[KUDOU-S1]
うちのエースのモチベ下げないでもらってよろしいか？

[Giuseppe]
ごめん……

[鶯*]
マジ？　ゾエさん無理だったの？

[ちょん]
リンリンの衣装かっこ可愛くてええなあ！

[おろろ曹長]
大人の秘技・唐突な話題逸らしキタコレ

[リンリン]
>>ちょん
ありがと

[めめこ]
隙のないデザイン、目に楽しく統一感あるセットアップ、躍動感に富む繊細な装飾……
さてはブティックさんの新作ですね？
もしかしなくてもスキルとか付いちゃってるんでしょ？

[リンリン]

>>めめこ
え、よく分かったね
スキルは付いてないけど
[ヨシヲwww]
>>ゾエベル
>>KUDOU-S1
>>リンリン
そろそろ無職来そうだから気い抜くなよ～w
[狂々]
総合部屋をおまえらの個人的連絡板にすな
[マ　ユ]
ちょちょちょちょちょ
今起こったことをありのままに話すんだけどさ！
雪原深層で狩りしてたら小刀飛んできて熊横取りされた
ふざけんな犯人誰だって思ったらそこに超絶美麗お洒落な和装イケメンが立ってて一日惚れした
名前表示したら「ササ」って書いてあった
死のうと思っ
[深瀬沙耶]

今ほんとに死んでてわろた
しかも当のササのダメスキが命中して散ってったｗ
[狂々]
　本物の遺言で草
てかマジでササ急激なイメチェン何があった
これまでずっと漢臭い野武士スタイル貫いてきたのに
[おろろ曹長]
あいつのキャラちゃんとするとこんなイケメンなんだな
男の俺でもちょっと見惚れちまったぜ
[ピアノ渋滞]
ヤバいストライクゾーンど真ん中来た
もうどんな害悪プレーされても怒れないかもしれん
[リンリン]
>>ピアノ渋滞
ええ……そんな……？
そこまで言うなら見に行きたいわ
雪原でしょ？　どこいるの？
[Giuseppe]
丁度深層に入ってってたっぽい

え、待ってあの衣装って……

[ドロップ産制覇する]

ん？

[名無しさん]

んん？

[KUDOU-S1]

………………お揃いやん？

ログイン61日目　親切なオジサン

うきうきじれじれしながら週末デートを待つ今日この頃。

私は一つ、とある問題に直面していた。ずばり単刀直入に言うとそれ即ち、資金繰り問題である。

勿論現時点での所持金で言えば、私は恐らく同レベル帯の他プレイヤーよりも裕福である。ただね、このままいくと、今の私のプレースタイルは維持できないような気がしてて。

お店は繁盛しているし、入ってくるお金は多い。けど私って同時に、使うお金も他プレイヤーと比べて多いっぽいんだよね。

理由は明白で、孤高のぼっち（ソロ）プレイを貫いているからである。

まあ、これはあらゆるゲーム、何ならリアル社会にも共通する当然の事実なんだけど、〝ひとり〟

ってコスパ悪いのよね。

きまくら。も、例えば遠征で言えば、ソロよりパーティプレーのが断然強くて効率がよい。プレイヤーどうしで協力すれば集まる素材も多くなるし、各フィールドを突破する時間だって大幅に短縮できる。

一応代替案としてＮＰパーティなんて機能が用意されてはいるけれど、人間に勝るＡＩなんて存在しないのである。っていうかそもそも、ＮＰパーティを使うこと自体にお金がかかるシステムだったりするし。

そう、遠征ヘルプを雇うお金も、結構馬鹿にならないんだ。

初回は一人呼ぶごとに1万キマだったんだけど、最近はレベルが上がったからだろう、価格は一人2万キマと倍に上がっている。フルパーティにするなら三人で6万キマだ。

それにアイテムに費やすキマも侮れない。

特に私なんかはＮＰパーティにおいてディルカちゃんを重用していることもあり、そういった意味でもアイテムには頼らざるを得ない。彼女の特異技【超吸収（ハイ・アブゾプション）】は、食用アイテムをスキルに変換する能力だからね。

遠征だけでなく生産に使うお金においても、ぼっちは不利だ。

生産プレイヤーの多くはクランに属して、その中の遠征プレイヤー或いは契約している遠征クランから素材を優遇してもらってるんだとか。

またレシピや型紙なんかもそういったコミュニティの中で譲り合ったり、安く取引されたりしているらしい。

だから先日私が半ギレしながらもワールドマーケットで購入した50万のレシピ？　あんなの買う人

そうそういないんだって。

対して私はあの後も逸る気持ちを抑えきれず、他にも数点、30~50万キマのレシピブックを購入してしまっている。……そりゃお金も減ってくわけだよね。

勿論そんなふうに金遣いが荒くても今までやってこれたわけだから、収入においても現状維持を図ることができれば、これからもやっていけるだろう。でもそれが、そうもいかなくなってしまって。

有り体に言えば、【ソーダ】を切らしてしまったわけだ……。

あのアイテムって基本、期間限定のイベントでしか貰えないものらしい。

まあそりゃそうか、レベルを乗り越えて強い素材使えば必ず強いアイテム作れる薬って、生産職にとっちゃ相当チートだものね。そんなもの容易に入手できるようじゃゲーム性崩壊するよね。

ソーダは低レベルプレイヤーにも束の間の夢を見せてくれるような、お楽しみアイテムってことなんだろうなあ。そして私は、今その束の間の夢が尽きたところ、と。

私の仕事って結局キムチさん頼みだったりソーダ頼みだったりと、他所任せなところが多かったことを最近噛み締め中。

所詮私の実力なんてこんなものよな。ぴえん。

おまけに新発見だったり強力だったりする素材はやはりコミュニティ絡みで取引されることが多く、WMには出回りにくい、あったとしても高額だとか何とか。

ミラクリに頼らず正攻法で売れるアイテムを作るとなると、今度はそっち方面の壁に突き当たることになる。

ま、やはりこの辺がぼっちエンジョイ勢の限界ってところなのかもしれない。だからといって今更クランに入ったり交流に精を出す気にもなれないし、これぱっかりは慎んで諦めるしかないかなあ。

クランで必要な物を優遇してもらえるったって、当然タダで貰えるわけじゃないもんね。きっと代わりに優先的に強装備作ってあげたり何かしらのクエストで協力頼まれたりとか、色々あるんだろう。

私がゲームに求める気楽さとは程遠い。

あーあ。どっかに無条件でソーダとレシピと素材を格安提供してくれる親切なオジサンいないかな。

そんな不毛な思考を巡らせているときのことだった。

ぴゅーい、と鳥の鳴き声が響く。リンリンからのメッセージ通知だった。

［リンリン］
この前もらった衣装セットだけど、なんでまだ店売りに出してないの

はて？　と私は首を傾げる。いや、言葉の意味そのものは分かってるつもりだけど、なぜ彼女が唐突にこんなことを聞いてくるのかが分からなかったのだ。

おまけにこの文面から、そこはかとなく不機嫌な空気が漂ってくる気がするのは、私の考え過ぎだろうか。

とりあえず、質問には率直に答えることにする。

［ビビア］
あの衣装、リクエスト依頼用に作ったのを女の子バージョンにアレンジしたやつだって言

ってたじゃん？
一応私のスタンスとして、新デザインでリクエスト売りしたやつは4、5日店売りしないことにしてるの
折角いいデザイン提案してもらったんだし、しばらくは一点物感覚で楽しんでもらおうかなって思って
それに自分がリクエストしたものを先に他の誰かが着てたりしたら、ちょっとテンション下がるかもだし
とか言ってリンちゃんにプレゼントしてるわけだけど、まあ別アレンジだし、たった一人の例外だしで、別にいいかなと
〔リンリン〕
あ、そ
〔リンリン〕
くたばれ

びゃーーーーーーーーっ！　なんかめっちゃ怒ってる。

あれでも、ゾエ君の言うところにはきまくら。における『くたばれ』には別の意味合いがあるんだっけか。

まあさすがに私も最近、気付いてきたしね。妹にツンデレ属性があるってこと。

も〜、リンちゃんったら素直じゃないんだから〜。

「
【ビビア】
いいよ～いつでも
【ビビア】
あ、待ってそれってリアルの話？　きまくら。の話？
【リンリン】
は？
」

いや、『は？』って言われましても……。
リンリンとのやり取りはそこで途切れた。なんか取り込み中だったのかな？
と思いきや、再び通知音が鳴る。

「
【リンリン】
話変わるけど、ブティと取引したいって言ってる知り合いがいるんだよね
」

めっちゃ話変わった。まあいいや。
取引？　つまり服を仕立ててもらいたいとかそういう？

「
【リンリン】
」

いや、どっちかっていうと寧ろ買い取ってもらいたい的な
本人曰く「定期的に売買交渉をさせてもらいたい」だとか
[ビビア]
んー？
なんか正直めんどくさそうだな……
[リンリン]
まあブティならそう言うよね
[ビビア]
具体的な内容とかって分かんないの？
その人は私に何を売ろうとしてんの？
[リンリン]
本人からのメッセ←
[リンリン]
①ソーダの安価提供
②レシピ、素材等の安価提供
③経営コンサルティング（価格・商品に関するアドバイス）
以上一つでも関心ある項目がありましたら当方まで連絡ください
なおこの取引においてクランへの加入、当方への生産品優遇等、商取引の対価以外でブティックさんに要求する事項は何もありません

ご検討お願いします
クラン【もも太郎金融】クランマスター　もも太郎

〝無条件でソーダとレシピと素材を格安提供してくれる親切なオジサン（?）〟――――いたあああーーーー!?

******

【きまくらゆーとぴあ。トークルーム（非公式）・他プレイヤーの所持スキルを晒す部屋・自衛第一・防災準備・読み合い上等】

［弐］
　怖い話していい?
［ねじコ＋］
　ダメです
［名無しさん］
　いいよ
［影狼］
　失せろ
［弐］
　ササがさあ、変なスキル使ってきたんよ、近距離攻撃でデコピンみたいなモーションの

ぎょっとしたんだけど効果持久に20のダメージしか入ってなくて「だっせえ」って笑ってたワケ

【陽子@SK】

もう怖い

【ねじコ＋】

ヤメテヤメテ

【弐】

けどいずれにせよ見慣れないスキルだなーと思って、次のタイミングで森羅知見使ってみたんだ

したらそれ、「デコピンスマッシュ」って名前のスキルでさ

【明太マヨネーズ】

でこぴんすまっしゅ……？

【弐】

内容はまあいいんだ

成功したら一撃必殺、失敗したらザコみたいなありがちなやつ

【Itachi】

何もよくはないがまあいい

それで？

【ミルクキングダム】

オチ見えたわ
[陽子@SK]
ひえっ
[弐]
情報屋のサイト行ってスキル一覧ページで検索かけた
ハイスキルにもジョブスキルにもサブスキルにも、そんな名前の技は存在しなかった
[椿ひな]
ぎゃーーーーー！
[明太マヨネーズ]
ぎゃーーーーーーー!!
[ねじコ+]
ぎゃーーーーーーーーー！！！

ログイン62日目　もも太郎

もも太郎さんとやらの提案に対する私の答えは、勿論イエスであった。

いや、これだけの情報量で即座に取引を承諾したわけではないけどね。でもとりあえず、連絡は取ってみたいなと思った次第だ。

快諾した私にリンリンがなぜか心配そうだったのが、気になると言えば気になるところ。自分で持ちかけてきた案件なくせして、「慎重に行動してね」だとか「ネトゲ住人は基本信頼しちゃダメだからね」だとか、やたら不安を煽ってくるんだよね。

じゃあ何でこの話を持ってきたのかと尋ねれば、「ブティがこんなに簡単に頷くとは思わなかった」、「一応顔を立てなきゃいけない程度には彼に義理がある」とか何とか。まるで取引先に気を遣う会社員みたいな言動である。

まあもも太郎さんは職業商人で、実際彼は色んなクランやプレイヤーと取引をしているらしい。仲介業者のような立ち回りのプレーイングだそうなので、あながちこの例えも間違ってはいないのかもしれない。

けどリンリンと付き合いがあるって時点で、少なくともある程度は信頼できる相手だと思うのよね。勿論、悩んでいたことへのアンサーソングがタイミングよく舞い込んできたことに対する興奮も、少なからずある。

そんなわけで昨晩早速、もも太郎氏へフレンド申請を投げ——反応があったのは、今朝だった。実際に私が確認したのはログイン後なので、夜になる。

「
【もも太郎】
返事が遅くなって申し訳ない
連絡ありがとうございます
早速質問にお答えします
」

【もも太郎】
>ソーダやレシピ等の具体的価格について
ソーダ（1ダース単位で販売）：127，800キマ
レシピ：155，000キマ
【もも太郎】
素材アイテムの販売価格一例
ヒートクロス★5（1メーター単位で販売）：9，800キマ〜
タイガーダウンクロス★5（〃）：19，800キマ〜
マンモスの毛皮★3：30，990キマ〜
ニジイロトカゲエキス★3：15，800キマ〜

【ソーダ】、安っ。1ダース13万ってことは、1本1万ちょっと!? そんな安くていいの？ レシピも……！

布系アイテムは質感や柄を見ないことには何とも言えないのでそこまでそそられるものではないけれど、でもどれもワールドマーケットで目にするものより割安だ。

それに【マンモスの毛皮】と【ニジイロトカゲエキス】なんかは、そもそもWMで検索をかけても出てこない商品である。

珍しいものなんだろうかとネットで調べてみたらば、毛皮は最近追加された新フィールドの深層で入手できるアイテム、エキスは生産に幅広く且つお手軽に使える優秀なアイテムとのことだった。ど

ちらも人気で稀少で、なかなか一般市場には出回らないものらしい。

ほえー、凄いなあ。

しかも、もも太郎氏によれば、ここで提示されている数字が最低価格というわけではないらしく。

【もも太郎】
一応交渉次第でもっと安くすることも可能です
例えばビビアさんからの素材や生産品の持ち込み、他当クランへの様々な協力如何により、当方はより自由な売買契約を受け入れる態勢が整ってます
【もも太郎】
もっともその場合はより綿密な話し合いが必要になります
ビビアさんにつきましては忙しくしておられると思いますから、そういった時間が取れないことを考慮して、先の取引案をまず提示してます

正直に言おう。ここまでのやり取りで、この人に対する私の好感度、かーなーり、高い。

理由は主に三つある。

一つ目は、やり取りの速度がいいかんじに緩いこと。

まず昨日した連絡が今日返ってきてるでしょ。でもって今日ぽちぽち送り合ってるメッセージも、基本即レスじゃなくのんびり返信なのよね。

実は私そこに、結構親近感湧いてる。

ぶっちゃけめめこさんみたいな返答早いコミュ充タイプって、凄いな偉いなとは思うんだけど、ちょっとやり取りが億劫になるときがあるのよね。

自分自身がマイペースで一つのことやりだしたらそこに集中したいタイプだから、メッセージアプリの使い方も大分のろまなところがありまして。

すぐに反応返ってくると、「ひい、私も早く返信しなきゃ」って気持ちになって、若干プレッシャーを感じたりもするのだ。

対してもも氏は早いときもあれば忘れた頃に返事が来ることもあって、本当にまちまち。なんかそこで「あ、この人も気ままでマイペースタイプなんだ」って分かるから、ちょっと安心するのだ。なら、私も同じようにマイペースでも大丈夫だよね、って。

二つ目の理由は、私が知りたいと思う情報を率直に開示してくれること。

ということはこの人私の知りたがりそうなことをちゃんと予測できているということで、多分かなり頭がいいんじゃないかな。コミュニケーションがスムーズで、やり取りに全然もどかしさを感じないんだよね。

特に『一応交渉次第でもっと安くすることも可能です』からの流れ。これって、本人が意識して言ってるかどうかは別として、私の精神衛生上とても重要な情報だったり。

まず『ソーダ（1ダース単位で販売）：127，800キマ』で激安っ、ってなってる時点で、私の中で一抹の不安が生まれてるのね。

昔から「うまい話には裏がある」って言われてるわけで、こんなびっくりするほどのハッピー価格ならどこかに落とし穴があるんじゃないか？　『商取引の対価以外でブティックさんに要求する事項は何もありません』なんて言ってたけど、後から法外な請求がされるんじゃないか？　って疑いが生じるの。

慣れてる人は何とも思わないんだろうけど、私なんかはこういうやり取り初心者だからさ。

けど彼は「あなたがこの対価にもっと何か上乗せしてくれるなら、こちらももっと値段を下げても構いませんよ」って情報をすぐに添えることにより、その心配を打ち消しているのだ。

さらにめんどくさいことをするならさらに報酬を弾む――そう言ってるってことは、逆説的に考えると、この取引においてはそういっためんどくさいことを要求しませんって事実を強調していることにもなるからね。

自然この取引に対する信頼度は増す。

実際のところ彼も予想している通り、私は追加交渉ありきの売買に関心はない。けれどこの情報開示は、私にとって大きな意味がある。なんかそこら辺スマートで、やり取りしてて楽だなって思った。

三つ目、私の好感度が高い理由。これは先の二つの理由を包含するものでもあるのだが、ずばり、ドライなところ。

私個人に対する興味だとか、この取引に対するガツガツした姿勢だとかをまるで感じないのだ。

物腰は丁寧なんだけど、挨拶もそこそこで本題に光の速さで移るし、取引以外の話題をまるで出さない。すっごくビジネスライク。

私は数ある取引先候補の一人であって、ここで私が断ろうが何しようが、この人別にノーダメージなんだろうなって雰囲気がひしひしと伝わってくる。

受け取り方によっては冷たいとか慇懃無礼（いんぎんぶれい）みたいにも感じるのかもしれないが、私にとってはこれくらいの距離感が丁度よさげだった。

この人なら、私がやりたいように営んでいるきまくら。ライフを邪魔したりはしないだろうなって、そう思えたのだ。

定期取引は隔週に一度か毎週に一度と頻度を選べて、都合があえば他のときにも売買可能。

形態は担当のクランメンバーがホームを訪れ、そこでトレードを行う方式。

条件は、半月につき最低10万キマ以上の取引を行うこと。

……うん、問題はなさそう。誰がうちを担当するのかは気になるところだけど、「担当者に不満があれば他のメンバーに交代することも可能」とのことだし……。

よし、定期取引契約、結んじゃおう！

＊＊＊＊＊

【きまくらゆーとぴあ。トークルーム（非公式）（鍵付・招待制20：00－00：00）・【もも太郎】の部屋】

[もも太郎]
　釣れたわ
[名無しさん]
　何が？
[もも太郎]

ブティックさん
[名無しさん]
ほっほーう？
[鶯*]
マ？
[くまたん]
社長やるーう
[ee]
えっ、ブティックさんもも金に加入ですか？
[もも太郎]
メンバーになるわけじゃないよ
定期取引を承諾してくれたってだけ
[鶯*]
それだけでも凄い
あの人特定のクランと関わり持つの嫌がりそうなのに
[名無しさん]
ブティックは結社だろ
[ee]
それデマですよｗ

デマのソースは主に俺w

【鶯＊】

eeは一回くたばればいいと思うの

【くまたん】

ふーん、随分思いきった決定に踏み切ったなぁ

これまでどこのクランにも属さずどっかと提携するでもなく独りでやってきたんだから、

そのスタンスに結構なプライド持ってそうなもんだけどね

ここにきてそれ崩すか

【もも太郎】

タイミングは見極めたからね

どれだけ話題に上ろうと影響力を持とうと、どことも繋がりがないんじゃあいい加減どん

詰まりに気付く時期だ

【もも太郎】

それに彼女としてはマイペースを崩したつもりはないんじゃないかな

っていうか僕の持ちかけた取引自体、なるべく彼女のプレーイングに差し支えないように

極極配慮を重ねたものだったしね

見てよこの一切の下心を感じさせない秀逸な文面←

【もも太郎】

①ソーダの安価提供

②レシピ、素材等の安価提供
③経営コンサルティング（価格・商品に関するアドバイス）
以上一つでも関心ある項目がありましたら当方まで連絡ください
なおこの取引においてクランへの加入、当方への生産品優遇等、商取引の対価以外でブティックさんに要求する事項は何もありません
ご検討お願いします

[名無しさん]
わっる

[鶯*]
もも様のこと知ってる身としては下心しか感じない

[くまたん]
>商取引の対価以外でブティックさんに要求する事項は何もありません
この一文に魔物が潜んでそう

[ee]
そんなこと言ってどうせずるずるとこっちサイドに引き込むつもりなんでしょ？w

[もも太郎]
いっぱい褒めてくれてどうもありがとう、、
でも残念ながら僕はブティックさんに対してはこれ以上もこれ以下も求めるつもりはないよ
期待に沿えなくてごめんね

[くまたん]
　胡散臭いなーw
[鶯 *]
　……まあ、もも様の考えてることは分からないでもない
　ブティックさんは現状起爆装置であり台風の目であり
　存在自体に価値がある
[もも太郎]
　そういうこと
　彼女には力を失ってほしくない
　あわよくばその力をさらに強化したい
[名無しさん]
　「この国に天下泰平は無用」ってか
[ee]
　波があってこそ、偏りが生まれる
　その偏りにあやかってキマを回収するのがもも君の趣味ですもんねw
[もも太郎]
　これはゲーム
　ブティックさんは僕にとってのアプデ、新フィールド
[もも太郎]

「存分に暴れてもらわなきゃ」

ログイン63日目　金融レクチャー

作業台の上には、桃のマークが書かれた段ボールが一つ。テープをぺりぺりぺり～と剥がすと、そこには透明な液体の入った瓶が綺麗に並んでいた。

ふおおおお～～っ、美しき【ソーダ】1ダース……！　もう目がキラキラしちゃうね。

そう、これは丁度先程［もも太郎金融］のクランメンバー、［鶯*］さんに届けていただいた品である。

このオリジナルの段ボール、可愛いしテンション上がるしでいいよね。ラッピングアイテムを利用して、こういう包装も簡単にできちゃうんだって。

幸い鶯さんももも太郎君と同じく余計な干渉はしてこないタイプの人で、やり取りは滞りなく完了した。

彼女は黒ずくめのコウモリ女子で、よく言えばミステリアスな、率直に言えば陰鬱な空気感を持つアバターである。声が小さいもので街中で聞いたら埋もれちゃうんじゃなかろうかと思ったけど、静かなホームでは問題なくコミュニケーションが取れた。

とりあえず今日はソーダと、レシピも幾つか購入させていただいた。それと、もも太郎金融の利用法について簡単なレクチャーも受けている。

基本的には今回注文したものを次回持ってきてもらう仕組みだそうだ。

ただ、こちらがびっくりしてしまうほどよく組織されているとはいえ、そこはやはりプレイヤー主導のクラン。さすがに商品一覧カタログのようなものは用意されていない。

勿論客側から「★5の【ワイズクロス】が欲しい」などと希望をだすことはできるのだが、在庫が存在するのか、しないなら納期に間に合うのか、確実なことは言えない。

それにソーダのような品質や効果が一定した普遍的なものはともかくとして、きまくら。のアイテム界は色々複雑である。

「★5のワイズクロスが欲しいとは言ったものの、この生地、この柄はちょっと……」なんて事態も、往々にして有り得る。

それで、利用者の多くは〝オススメサービス〟を使っているらしい。これは担当者が相手の職業やレベルなどから判断し、需要に合いそうな商品を適当に選んで持ってきてくれるというサービスなんだとか。

購買者はいわばそれを〝カタログ〟とし、その中から自分の欲しいアイテムを買うことができるというわけだ。便利なシステムである。

というわけで、私もこのサービスを利用させていただくことにした。

実際今回も鶯さんは商品を見繕って用意してきてくれていて、私はそこからレシピを購入した次第だ。数は少なかったけど工芸のレシピもあって、幾つか目を引くものがあったので買っちゃった。

私がレシピに特に反応していることはもも太郎さんから聞いているのだろう。他職のレシピも色々準備してきてくれてて、それらを眺めるだけでも楽しい。

まあ、他職のスキルは【工芸】と【絵付け】しか持ってないから、買っても無意味なんだけどね。

取引の頻度は一先ず隔週で頼んだので、次に鶯さんが来るのは二週間後の予定だ。

ソーダの追加は勿論注文しておいた。次は工芸系レシピも多めに用意してきてくれるそうだ。楽しみだな〜。

それと何気にもう一つ気になっているのが、もも太郎君が提示してくれたサービスの三番目、『経営コンサルティング（価格・商品に関するアドバイス）』である。

これについて鶯さんに尋ねると、この件に関してはもも氏本人の担当とのこと。彼にトークで連絡を入れれば、直々に意見を述べてくれるんだって。

例えば、生産物に付けるべき価格とか、今需要のあるアイテムだとか。

実はこの分野については丁度悩んでいたところだったので、今度利用してみようと思う。まあ何ていうかぶっちゃけた話、ミラクリ――――特にスキル付きアイテムについて、値上げを思案しているところなのよね。

ここのところ店に並べたスキル付きは並べた端から即座に売れてってるもので、そんなに人気なら価格吊り上げてもいいかなって下心発動中。

先にも述べたようにワタクシ金遣いの荒いプレイングなもので、もうちょっと収入が見込めれば作りたいもの作れるし行きたいところにも行けるし、加えて大きい買い物にも手が届きそうなのだ。

それに同じスキル付きでもスキルの種類によって普通は差が出るものだし、効果だって、人気なものとそうでないものがあるはず。

今まではスキル付きアイテムは一律価格にしていたし、私自身のレベルが低くて効果とかあんまり気にしてなかったから大分脳死で値段を決めてきた。

けど最近性能的にも作れるものの幅が広がってきて、これは改めて値札を見直したほうがいいな、と。

こういう調整は気付いたときになるべく早めにやっとかないとだからね。遅くなればなるほど、消費者側のヘイトは大きくなるだろう。

少し名前が売れてきていることは自覚しているもので、ここら辺の立ち回りには気を付けたいところ。

さてそれじゃ、届いたソーダを使って早速生産していきますか。


******

【きまくらゆーとぴあ。トークルーム（公式）・総合】

[（ぼむ））]
クドウがササ処理専用機になってて笑う
[鶯 *]
全部 ee のせい
[くるな@復帰勢]
即座に合成でササ×リンのラブラブMAD作った3745も悪い
[村雨@アンゼ様推し]
躾けがなってねーぞイーフィ
[ポワレ]

ササ、クド、リンで切な三角関係なショートムービー待ってます

[hyuy@フレ募集中]

KUDOUって浮気した恋人でなく浮気相手のほうに怒るタイプだったんだ、ふーん

[パンフェスタ]

そもそもクドリンが付き合ってたことすら知らなかった俺にとってはクソどうでもいい話

[マキ]

それ

ってかこのゲームにリア充が存在していたという事実に傷付いた心だけが残った

[狂々]

結果的に結社のほうがヘイト集めてるの草

あいつらはリア充殲滅隊に絡まれて身動き取れないしササはクドウに絡まれて身動き取れないしで、

まーあ雪原攻略がさくさくなこと

[Itachi]

リンリンさすがにササとおそろは許せなかったか

あの衣装verよきだったから動画撮っておきたかった

[マ　ユ]

なんかねー、ブティックさんが同デザインのアイテムを店売りに出したら着るって言ってたよ

【ポイフリュ】
　店売りしてくれるんだ！　ヤッター！
【マリン】
　こりゃきまくら。に和装ブームがきますな
【ポワレ】
　最近のかんじだとブティックさん、もうスキル付き一般売りはしてくれないかんじかな
　ずっと２５０万確保して待機してるんだけど
【名無しさん】
　もはや２５０万は安過ぎるんだよなぁ
　この前アホみたいなデザインのスキル付き服が４００万で売れてたわろたわ
【エルネギー】
　あ～情報屋んとこの検証のやつかw
　1時間ただひたすらにオリデザ画面で線付けてく苦行なw
【おろろ曹長】
　あんな脳死作業でも一応スキル付くは付くんだな
【アラスカ】
　なお2回目：付かない
　3回目：効果ミラクリ付く
　4回目：付かない

5回目：付かない

【椿ひな】
脳死線描くの飽きてちょっとずつデザイン力身に着いてるの笑う

【Peet】
あの検証やったメンバー精神的過労につき今休養中らしいよ

【ミルクキングダム】
無茶さすなよ情報屋
倍速加工された動画視るのでも気が狂いそうになるのに

【Itachi】
定期的にミラクリ供給してるブティックさんエ

【明太マヨネーズ】
もしかして：アタオカ

【ポイフリュ】
最近暇だし私もミラクリチャレンジしてみるかなー
話聞いてる限り技術とかセンスとか特定のスキルとかがいるわけでもないんでしょ？
実際問題必要なのは時間と運であってそう難しくもないよね

【鶯*】
間違ってはいない
ただ、肝心のサイコロを振るまでの道のりが長いってのは思ってる以上にしんどいよ

まあ暇だって言うんなら是非やってみて国宝でも何でもなってほしい

集荷付きは常に需要過多だから

【Itachi】

ミラクリそのものは総合的に考えるとそんなありがたいものでもないんだよな

効果ランダムであるからにしてびみょい性能も少なくないし、低レベ作者の効果ミラクリとか普通にゴミ多い

レアであることに違いはないが

【(ぼむ)】

その点単なるミラクリのみならず、定期的にスキル付きを生みだしてる（っぽい）Bさんはやはり異常なんだよなあ

何か秘策を発見しているのか、あるいは手間暇かけて淡々と衣装を製作し続けた結果なのか……

実は栄えあるスキル付き成功アイテム達の裏に、無数の失敗データが存在していたりするのだろうか……

【ポワレ】

あの人なら普通に有り得そうな話ではある

だってほんと、ぜんっぜん、フィールド出てこないよね

【まことちゃん】

折角見つけた安全地帯だったのに……（、・ε・）

［くるな＠復帰勢］
　同じゲームやってる人とは思えんな
［名無しさん］
　まあそれはきまくら。あるあるなんで
［くるな＠復帰勢］
　それもそうか

ログイン65日目　お任せデート

　本日は土曜日。華金恒例夜更かしの誘惑を無事打ち負かし、現在時刻は朝の6：30。

　今日はいよいよ、待ちに待ったお任せデートの日である。

　お任せデート自体は個別モードになるから、誰の目を気にする必要もない。ただシナリオはそんなに長くはなくて、スクショ等撮りながらゆっくり遊んでも一時間くらいは余るんだって。

　余った時間は従来のフリーモードになるらしいから、だとしたらやはりひと気の少ない朝がよい。

　そう考えて、頑張って早起きした次第である。

　ログインすると、早速裏口のノッカーが叩かれた。私はふんす、と鼻で深呼吸する。

　さあシエルちゃん、君は今日どんなところに連れて行ってくれるのかな？　期待に胸を躍らせながら扉を開くと――――。

「おはよ、ビビア」

――――カーディガンに、ワンピース姿のシエルちゃん。……と。

「ビビア、おはよー」

その後ろからひょっこり、色違いの服を纏ったシャンタちゃん。

シャンタちゃん。シャンタちゃん？　……シャンタちゃん。

…………あれ？

「ごめんねえ。シャンタがどうしても付いて来たいって、言って聞かなくって……」

「だって今日は授業ないし、暇なんだもの。別にいいでしょ？　可愛い女の子がもう一人増えたのよ、寧ろ感謝してほしいわ」

ゾエ氏…………ごめん～～～～～!!

＊＊＊＊＊

【きまくらゆーとぴあ。トークルーム（公式）・総合】

〔YTYT〕

マンボスはアイテムとか装備で対策するよりフィールド再構築したほうが早いまである

相性のいいメンバーが全員揃うまで野良ガチャ繰り返すのと、脳死で延々と整地作業するの、どっちが楽かって話

［いりす］

イカれ大工は今日もイカれているのである(｀ε´)

［ナルティーク］

わたわたって国宝だったよな？

おまえもブティックさん並みに集荷生み出してたりするのか？

国宝認定されてる奴等って大抵超性能のアイテムは身内にばっか回すもんで、そこら辺の事情が把握できてないんだが

［YTYT］

無理

ブティックは異常

［ナルティーク］

やっぱそうなのか……

ないセンスこねくり回して何とか武器とツールのオリデザ頑張ったんだが、一つにつき一時間を五回繰り返して、ミラクリ発生は三つ、集荷は皆無

虚しい……

［YTYT］

ただ家具とか建築によるミラクリスキルって集荷ではなく時限だから、特装分野の職業とはそもそも勝手が違いそう

建築によるミラクリなんて特に、求められる時間が特装系の数倍あるっぽいし

まあ作業の性質上自然なことではあると思うが
【MSR@SK】
＞＞ナルティーク
ミラクリって多分時間だけじゃなく工程数も関係してるから、ないセンスこねくり回してることと自体無駄だと思う
脳死で点やら線やら足してったほうが意味ありげ
情報屋の検証も一応それで成功してるはしてるし
【ドロップ産制覇する】
情報屋の件に関してはみんな一回集荷が付いただけで持て囃し過ぎ
たった5回だぞ、５回
圧倒的検証不足だろ
【リンリン】
ミラクリの検証なんて不毛だよ
コミュミッション埋めたり何ならカンスト転職でスキル増やしでもするほうがよっぽど有意義
【ナルティーク】
まあそうなんだが、レベルマまでいったし一旦落ち着いてしまった感があってな
転職育成はめんど過ぎるんで話題になってるミラクリでも触ってみるかと
【名無しさん】

「
そんなこと言ってたらレベルキャップ開放されたで/(^o^)\ｗｗｗ
[くまたん]
うわ、マジだｗ
[陰キャ中です]
は
さっき転職したばっかなんですけどくたばれ運営
[ナルティーク]
こりゃミラクリ挑戦してるどころじゃねーなｗ
」

******

一体何がどうしてこうなったのか、私にはさっぱり分からない。

確かにシャンタちゃんにも好感度は上げていた。けど、予防策にも万全を期したつもりでいた。

ゾエ氏にはちゃんと【大地の結晶】をプレゼントして、「私、シャンタちゃんにも結晶あげちゃうからね！」と通告を出しておいたし、シャンタちゃんを愛でる分、シエルちゃんのことはより一層贔屓してきた。

それがまさか、二人と一遍にデートできたなんて……！

ただ何となく、この事態はかなりのイレギュラーである気はしている。この二人デートって多分、双子キャラであるシエシャン、且つお任せモード限定のレアケースなんじゃないかな。

だって公式お知らせのお任せデート開放キャラ一覧を見るに、彼女達だけ『・シエルシャンタ』と一括りに表記されていたんだよね。

────うん、この書き方、気になってはいたんだ。まあ「ネタバレを避けるためなのかな～」と見過ごしていたんだけど……どうやらそれだけではなかったようだ。

「着いたわよ、ビビア」

うだうだ考えているところを、シエルちゃんの一声で現実に引き戻される。

今私達は馬車の中にいる。「とりあえずまずは、うちの屋敷にご招待してあげる」とのたまう彼女に導かれるまま、レスティンの街を移動してきたところだ。

私は気持ちを落ち着け、結論の出ない問答を一旦振り払うことにする。

ええい、二人来てしまったものは仕方がない。素直に考えれば、シエルちゃんに加えシャンタちゃんとも遊べるというのは嬉しいことに違いないのだ。

今はとにかくデートイベントを楽しもう。悩むのはすべてが終わった後でよし。

そう決めて、私は馬車を降りた。初めての貴族街である。

因みに昨日レベルが50に到達したところなので、丁度私もこの場所への立ち入りが開放されたところだ。まあこれは行動が制限されているイベントだし、レベルが低かったとしても特例で入れただろうけど。

そう、シエルちゃん達って貴族のお嬢様なんだよね。立ち居振る舞いが気さくだし、身なりもお洒落が好きな普通の女の子ってかんじだから、つい忘れがちになっちゃうんだ。

男爵家らしいし、そこまでお金持ちじゃないのかな？　何ならこの国におけるお貴族様の設定って、私が想像してるようなばりばりの上流階級とは勝手が違うのかな？

と、そんな疑問すら浮かんでいたのだけれど、目の前に聳(そび)え立つお屋敷はばりばりもばりばりの豪邸であった。繊細な意匠を取り入れたアーチ窓や、風見鶏を頂く尖塔が美しい。レスティンは中世っぽい武骨な石造りの街並みにスチームパンクを混ぜたような雰囲気がある。そういった景観に程よく溶け込みつつも、この館には近世寄りの、やや垢抜けた印象を受けた。

出迎えてくれた使用人の方も、所作の綺麗なちゃんとしたメイドさんだった。こうなってくると益々、現代町娘に近い格好をしている双子のお嬢様が異質なかんじがしてくる。

まあきまくら。って結構世界観カオスなところがあるから、気にしたら負けなのかもしれないけど。

柔和そうな青灰色の瞳を持つメイドさんは、自身をルフィナと名乗った。

「あなたがビビアさん？　二人からいつも話を聞いてます。仲良くしてくれてありがとう」

「ちょっとルフィナ、違うわよ。私達のほうが仲良くしてあげてるの」

「ビビアのお店、最近は調子いいみたいだけど、はじめの頃は全然ぱっとしなかったんだから。流行ったのって多分、私達がさくら代わりになってあげたからよ」

「こーら。そんなこと言ってはいけませんよ。聞けばビビアさんは賢人テファーナ様のお弟子さんだと言うじゃありませんか。元より素晴らしい才能をお持ちなのですよ。ビビアさん？　口の悪いお嬢様方でごめんなさいね？　本当はあなたのこと大好きで、とっても尊敬しているんですよ」

ルフィナさんは使用人といえど、双子達とかなり親しい間柄のようだ。二人は窘(たしな)められて口を尖らせているけれど、そういったちょっとした仕草にもルフィナさんに対する信頼が見て取れて微笑ましい。

そんなやり取りをしていると、今度はシエルちゃん達と同じ牛角(うしつの)の紳士が広間を横切る。イケメンなんだけど目の下の隈が玉に瑕(きず)な彼は、私達に気付いて足を止めた。

「おや、お友達かね？　シエル、シャンタ」

「パパ！」

「帰ってたの？」

嬉しそうに駆け寄るツインズ。『パパ』ということは、この人がシエルちゃん達のお父さんで、この館の主でもある男爵なんだろう。

ヘルマン・エドヴィーシュと名乗るこの紳士もこちらに対して友好的で、私はほっと胸を撫で下ろした。

いや、考えてみれば貴族のお嬢様に私みたいな平民仕立屋娘の友達って、普通煙たがられそうだな、と。でもこの屋敷の人達は、全然そんなこと気にしてないみたい。

ただエドヴィーシュ卿はとても忙しそうで、挨拶もそこそこに出かけてしまった。シエルちゃん達は寂しそうに拗ねている。

「驚いた？　うちってお金持ちでしょう」

「私達はこんなにお転婆なのにね」

二人の私室に通されお茶をいただいていると、彼女達はそんなことを口にした。

「エドヴィーシュ家は成金なのよ」

何てことないように放たれた言葉は、私の胸をどきりと高鳴らせる。

そんな心の内を見透かしたかのごとく、シエルちゃんはにやりと口角を上げた。ああもう、意地悪可愛いなあ！

「爵位を貰ったのは十二、三年くらい前だから、本当に最近ね。私達が物心付くか付かないかの頃」

「飛空船による輸送業を個人で始めたのが大成功したの。その後国主体で始まったダナマとの交易にお父様は多大な貢献をして、功績を認められて貴族の仲間入りってワケ」

「でも、本当に仲間に入れてもらったわけじゃないの」

そこでシエルちゃんの瞳に鋭さが増し、シャンタちゃんの瞳に影が差す。ああそうか、と私は胸中で独りごちた。

家柄や伝統を重視する古くからの貴族が、唐突にのし上がってきた成金貴族を忌み嫌うなんて、よくある話だ。

多分シエルちゃん達の立場は貴族からも平民からも距離を置かれる中途半端なものなんだろう。生まれてきたタイミングなんて特に、エドヴィーシュ家にとって不安定な過渡期だったようだし、家格の変化の影響を二人は諸に受けてしまったのかもしれない。

「貴族なんてくだらないわ。毎日毎日、やれ茶会だの、やれパーティーだの、やれ接待だの、馬鹿みたい。お陰で元々忙しかったパパは、年を経るごとにもっと忙しくなるばかり」

「口を開けば作法、マナー、家格、伝統、歴史、身分。あいつら、私達が文字を一つ間違えるだけでも大笑いだし、一つくしゃみするだけでも大顰蹙なのよ」

「だからママは心と体を壊したの。今は田舎で療養中」

「手紙は毎週寄越してくれるけど、もうずっと会えてないの。顔すら思い出せない。私達と同じ、灰色の優しい瞳を持つこと以外は……」

傍若無人に振る舞う一方、二人はもどかしい日々を忍んできたようだ。寧ろそういった物事への反発心が、服装や生活態度に表れているのかもしれない。

「ビビアが羨ましいわ」

おもむろに立ち上がったシエルちゃんは、窓の外を眺めながらぽつり、そう呟いた。

「たった独りで王都に出てきて、お店を立ち上げて、それを自力で発展させて。……ううん、とても大変だってことは分かってるの。けど、自由だわ」

え、やばい。ちょっと泣きそうかも。

何そのギャップ。何その切ない過去と現在。

運営、まさかこの設定のまま二人を飼い殺すなんてことしないよね⁉　ちゃんと救済イベント用意してくれてるよね⁉

そうでなかったら私、貴族街に火を放っちゃうよ⁉

そんな私の危うい考えは露知らず、振り返ったシエルちゃんは一転、不敵に笑んで舌を出す。

「なんてね。ま、その分、与えられた権力とお金は活用させてもらってるわけ」

「さあ、一息ついたところで、屋敷を案内してあげる」

と、そこからは自由行動ができるようになった。私が移動すると、二人も勝手に付いて来てくれる仕様だ。

先のデートでお世話になったスタジオ機能も使えるようになっている……！　なるほどね〜、今からしばらくはこの特殊な景観の中で好きにスクショを撮れる時間ってわけか。

さらに屋敷の各所で二人に話しかけると、色んな説明だったりエピソードだったりも語ってくれた。

しんみりした空気からいきなりこんなお楽しみモードに移行したので、ちょっと複雑な心持ちではある。けど、このまたとない機会を無駄にするわけにはいかない。

私は華やかなエドヴィーシュ邸を存分に見て回り、ツインズのスクショと動画を撮りまくった。えへへ～、前回実現しなかった、薔薇のアーチのもと佇むアンニュイシエルシャンタも撮れちゃった。

これは是非ゾエ君にお裾分けしたいところ。お詫びの意味も込めてね。

するると十分満喫した辺りで、シャンタちゃんが唐突に提案してきた。

「そうだわビビア。次は私達の通っている学院を案内してあげる」

「ああ、それはいいわね」とシエルちゃんも同意する。

「ビビアはテファーナ様に弟子入りしたわけだから、学校なんて行ったことないでしょう？　きっとあなたにとっては珍しいんじゃないかしら」

学院。確かに行ったことがない。興味もある。

……ただ、あそこって関係者以外立ち入り禁止だったはずでは？

「変装すればいいのよ。生徒に」

「私の制服を貸してあげる。ああでも、サイズが合わないわね」

「現地で調達すればいいわ」

なんか、雲行きが怪しくなってきた？　だ、大丈夫かな～～～～……。


******

【きまくらゆーとぴあ。トークルーム（公式）・総合】

[Peet]

>7／1のアップデート予定
>①レベルキャップを150まで開放します。
>②新システム【臨界解放(アンロック)】を実装します。
[吉野さん&別府]
スキル追加とかはないかんじ?
普通にステータスの成長が見込めるだけか
[否定しないなお]
アンロックって何じゃ
確かハイスキルが「臨界の極意」だったから、これに関係してそうだけど
[陽子@SK]
きまくら。恒例説明不足な不親切告知キタアアアアーーーー
[ピアノ渋滞]
告知してくれるだけ親切だと思ってしまう被訓練兵
[パンフェスタ]
運営「新しい玩具作っといたから遊べよ。玩具の場所?　自分で探しな(鼻ホジ)」
[おろろ曹長]
運営様はこのようにして我々に、謎を探る喜び、理解する喜びを与えてくださっているのです
ありがたやありがたや

[コハク]
　限度があるのよ限度が
[ロード]
　私が思うにきまくら。運営って金が絡むところにはやたら丁寧に解説入れてくる
　それ以外は極力スルー
[universe202]
　誰だよ良運営とか言ってた奴
[モシャ]
　とりあえず情報屋は頑張れ
　マジで応援してる
[にゅー]
　このゲームで情報屋が受け入れられてるのって、
　運営が勿体ぶってるんだか適当なんだかで情報公開したがらないからだよね
　きまくら。でなければあのクランのシステムは通用しない説ある
[ミラン]
　情報屋はもう素直にブティックに凸してくれ
　ミラクリ考察埒が明かん
[Peet]
　あーそれね、情報屋は動かないだろうし諦めたほうがいいよ

リンリンが仲裁入ったから表向きは関係良好だけど、あそこ結社の男衆三人、特にゾエとバチってる
ゆうへいはゾエの尻尾踏むような危険は冒さんよ
[ミルクキングダム]
チート疑惑の件、情報屋の攻略サイトが発端だっけか
明記されてはいないものの、あの記事はライターの悪意マシマシだったからなあ
[MSR@SK]
会社にせよクランにせよ、組織のトップは大変だわな

******

場所は変わって、現在私達はレスティンの中央市街にいる。すぐそばに王立学院の校門が見える位置だ。こんなこととして使用人のひととかに怒られないのかなあと思いきや、シエルちゃんは御者のお兄さんにしっかりお駄賃を握らせていた。『与えられた権力とお金は活用させてもらってる』……、あの台詞に嘘はなかったらしい。

で、現地調達するだとか何とか言ってたから、制服を扱っているお店にでも行くのかと思ってたら――。

「あ、ティルダだわ。うふ、こうもグッドタイミングで現れるだなんて、何ていい娘なんでしょう。ティルダ！　ちょっと！　こっち来なさいよ！」

――シエルちゃんは悪い笑みを浮かべて、同じ学院生と思しき制服姿の女の子に声をかけ

た。ティルダと呼ばれたその女の子は、何だか怯えたような顔をしながらもこちらへやって来る。

「こっち。ビビアの隣に立って」

「あ、いいわね。体型そっくり。サイズもぴったりに違いないわ」

「ひゃ、ひゃい？　あの、何でしょうか……」

まさか……？　と、私は背中に冷や汗を流す。

「じゃ、それ、脱いできて」

「へ？」

「あなたのその学生服一式が必要なの。だから今から寮戻って、私服に着替えて、それ持ってきて」

「あなた貧乏な奨学生だから、どうせ代えのドレスとか持ってないんでしょ？」

「え、えええ!?」

「後でちゃんと返すから大丈夫よ。早くして。ほら、ダッシュ！」

ツインズに強いられ急かされ、ティルダちゃんは顔を青くしながら慌てて校門の奥に駆けて行った。

そしてすぐ私服姿で舞い戻ってきて、いかにも渋々といった様子で学生服を献上する。

「ちゃんと返してくださいね！　お願いですよ！」と繰り返す彼女を置いて、次に案内されたのは学院に程近いアパルトマンである。

シャンタちゃんがそこの一室の扉を遠慮なく叩くと、何と出てきたのは、口のきけない少女ヴィティちゃんであった。

そこ、繋がりあったんだ！　という驚きに浸る余裕もなく、双子はずかずかと開かれた扉の奥へ侵入していく。

「はろーヴィティ。ちょっと部屋貸してね。着替えるだけですぐ行くから」

とても横暴な態度だが、でもティルダ嬢のときと違って、ヴィティちゃんのほうは特に嫌そうな顔はしなかった。慣れているのだろうか大人しく道を空けて、私と目が合ったときにはにこっと微笑む余裕さえある。

パーティを組んだのは結局あの一回きりだったけど、覚えててくれたのかな？

そうして私は女船長から、レスティーナ王立学院の学生に大変身したのだった。

経緯(いきさつ)はちょっとアレだったけど、ツインズとお揃いで女学生コスができるのはなかなか嬉しい。落ち着いた青色のドレスと赤いリボンタイの組み合わせが可愛いんだよね～。

で、これで準備が整い、校門から堂々と忍び込むのかと思いきや――――。

「ちょっとビビア。なに正面から行こうとしてるのよ」

「あなた学生証持ってないからダメよ。こっち」

――――シエルちゃんに手を引かれやって来たのは、ひと気のない敷地の裏手、小さな林であった。

その木立の奥に、不自然に凹み歪んだ、銅板の扉がある。学院と外界を隔てる鉄柵、その一部として取り付けられたものだ。

開けるのにちょっとコツがいるのよね。独りごちながら、シャンタちゃんが扉全体を持ち上げるようにがたがたと弄ると、やがてそれは軋みを上げながらゆっくりと開いた。

……えーっと。

私の心の中で、一つの疑念とも予感とも言える考えが頭をもたげる。

でもそれに私は蓋をして、なるべく目の前のイベントを楽しむことに思いを集中しようと努める。

なんだけど……。

「ファティ、いいところに来たわね。第二書庫の鍵、貰ってきて」

「あなた図書委員でしょ。あそこ静かで涼しくて、休憩するのにぴったりなのよ」

図書委員の少年を顎でパシらせ、且つ恐らく平時は立ち入り禁止と思われる場所を私的利用することに何の躊躇いもない、シエル&シャンタちゃん。

「あらアルベ。明後日の数学の課題、忘れるんじゃないわよ」

「提出はまず私達に、ね？」

課題は他人任せ、初心な青年にあざとく上目遣いで微笑むシエル&シャンタちゃん。

挙句の果てに、まさかのリルステン嬢が現れた際には、光の速さで踵を返す。

「シエル？ シャンタ？ 屋敷から通っている君達が、休校日にここで何をしている？ あ、待ちなさい。その者、学院の生徒ではないね？ 見覚えがある……確か竹君の友人だったか……。こら、だから待ちなさいって！ 君達、いい加減振る舞いを改めないと今に地に落ちるよ⁉ 私は君達のことを想って言っているんだ……！」

「ぜーんぜん、何のこと言ってるのか、わっかりませえーん」

「さすが学年一位の優等生様のお話は知性に溢れてて、私達のような愚民には理解が及びませんわあ～」

予感は、確信に変わった。

――――シエルとシャンタって……悪役令嬢枠なのおおお⁉

******

【きまくらゆーとぴあ。トークルーム（公式）・総合】

[MSR@SK]
　デイリーミッションやってリル愛でて後は放置だわ

[hyuy@フレ整理中]
　ログ眺めてて気になったんだが、大工のミラクリスキルが集荷でなく時限ってどういうこっちゃ？

[Itachi]
　家具とか建築物は装備できないから、ミラクリでスキルが付いたとしても「習得可能」にはならないらしい
　代わりに「時限」、つまり使用してから云十分該当スキル使用可能になるだとか
　俺も現物に出会ったことはないので詳しくは分からんが

[Wee]
　時限スキルの利点はスキル付与を所有者に限らないってところだね
　さらに建築とかだと付与できる人数も増えるから、一定時間パーティメンバー全員がそのスキルを使える、とかできる

[陰キャ中です]

うちのクランホーム、時限で馬の目付いてるよ！（ドヤァ
【バーボン】
いらねえ……
【ミラン】
3D酔い必至のクソスキルじゃねーか
【パンフェスタ】
有名どころで言うとシラハエのわたわたショップかね
一日先着4名で警戒が付くから、0時前には必ず人が並ぶ
【おろろ曹長】
え、無差別で付いちゃうの？
それって所有者側としては微妙やな
【水銀】
いや、建築の場合はいわゆる「スキルの間」をどこにするかを事前に選べるから、ショップエリアに設定しなければok
YTの場合は多分宣伝も兼ねて敢えてショップを設定してるんだろ
【msky】
大工物に時限スキルが付くってことは、もしかして特装じゃない他の生産物にもその手のミラクリスキルが付くのか？
織り師のも？

[深瀬沙耶]
付くよ
布とかの中継ぎ産業じゃなければ
[송사리]
(、;ω;`)
[トリケラ]
加工系職業ではないからしょうがないのかもしれないけど、園芸師もそういうのないよね
[にゅー]
園芸はあれ、この流れでカテゴライズするとしたら採集と同グループだから
[Itachi]
薬が大工と同じ時限、料理がMOBにスキル付与、だっけか
[マリン]
へー
こうやって情報が出てくるってことは、何だかんだでどの職業にもちゃんと国宝は存在するんだな
[レティマ]
いなくない？　いるの？
[KUDOU-S11]
>>マリン

いないよ
一時的な実験とか一時の気の迷いとかの結果、偶然スキル付きが確認できただけであって、
その後もそれを安定供給できるかどうかってのは全く別の話
［（ぼむ）］
大工のYTYT、仕立屋に春南とブティック、鍛冶師のビス子
俺が知ってる国宝はこんなもんかな
［パンフェスタ］
談話室民じゃないしほぼ同盟専属だから表には出てこないけど、一応料理人のてつぼうも
いる

ログイン66日目　シエビビシャンタ

【きまくらゆーとぴあ。トークルーム（公式）・商人について語る部屋】
［ジャガイモ］
やることないぴあ。
［鐘］
おまえらの意見に逆らって商人転職してみたけど、ガチで別ゲーで草

ジャンル分けするとしたら何なんだろなこれ
推理とか脱出とかに近いものを感じる
[バーボン]
アドベンチャーゲームって言うんやで
[arare]
エアプ「RPG」
エンジョイ勢「アドベンチャー」
もも太郎「シミュレーション」
[雨]
>>鐘
真面目にやるんであれば実況してほしい
そしてクソゲーであることを身をもって立証してほしい
[LOGI-ESCQ]
商人真面目にやってるけど楽しいよ
[うさぎん]
エンジョイ勢は黙ってろ
[あれっくす]
真面目にやってるって言うからにはレベルカンストさせてジョブスキルも全て取得した上
でもも金との競合に挑んでんだろうなあ（ブチ切れ）

【オリビア】
商人がクソゲー化してるのは運営とかシステムの問題ではなくもも太郎のせいだと思うの
【ウィンナー】
他の分野、例えばイベントランクとかデートランクなんかは全然覆しがあるから楽しめるけど、
ここだけ不動の一強なのがね
【灰音】
>>オリビア
いや、そのもも太郎の市場独占を許してる運営とシステムの問題だろ
【レナ】
この界隈だけ妙にリアリティあるの草
【アローズ】
きまくら。はプレーイングの自由度と多様性を重視した代わりに公平性を犠牲にしてるの典型例
【いりす】
娯楽産業としてどうなのそれ
【LOGI-ESCQ】
>>灰音
独占されてると感じたことはないけどなあ

【ふらわー】
そりゃおまえ、ももの目の端にも止まらんくらいの金しか動かしたことがないからだよ
【arare】
所詮素人は手の平の上で踊らされてることすら気付かんのですわ

******

【きまくらゆーとぴあ。トークルーム（公式）・仕立屋について語る部屋】

【DD】
始めたばっかの頃はせめて自職担当の服飾アイテムくらいは公式産コンプリート目指そうと頑張ってたけど、
こりゃ無理だわ
半年前からやってて星影シリーズどころか旅人シリーズすら全然出てこない
ミリマンのクエストこなすのもイベント産追うのもしんどくなってきた
【ハロー】
>>DD
もしもし？
半世紀前の人ですか？
【ピアノ渋滞】

ＡＩ運営が定番化してきた昨今、この手のゲームでコンプ目指すとかバカなの

[否定しないなお]
コレクション欲満たしたい完璧主義者さんはインディーズゲームのほうがオヌヌメ

[チャーリー]
自分β勢ですけど服飾もツールもキャラミッションもコンプしてるバカですオッスオッス
素材は無理ぃ

[universe202]
「ドロップ産制覇する」とかいうふざけた名前のプレイヤーがいてだな

[エメラルドFNS]
>>チャーリー
>>universe202
そこ論破するなよな……

[ポイフリュ]
公式産コンプよりもブティックさんとこのアイテムコンプしたいです、、

[しーまき]
ブティックさんの衣装さあ、なんか他とは一味違うとこあるよね……
ともすれば公式産とも違う

[くるな@復帰勢]
そりゃミラクリ量産、集荷安定供給の国宝様だもの

［しーまき］
　いやそういうことではなく、完全に見た目の話なんだけど
　例えば同じくらい手間がかかってそうな極楽産とも違うっていうか
［らいだー］
　分かる
　躍動感というか迫力というか空気感というか、なんか違う
　解像度？　とか画質？　の差に近い感覚
　同じシステム使ってるわけだからそんなはずないんだけど、アレ何なんだろうね
［ピアノ渋滞］
　そうか？
　私には全然分からん
［らいだー］
　まあほんとに微々たる違和感だから気のせいと言われればそうかもしれない
　普通に好きなデザインってことで色眼鏡かかってる可能性はある
［工凛］
　そんなことより今日Bショップの列が全然進まなくて辛いです
［ハロー］
　ゾ何とかさんまだ居座ってんのか……

＊＊＊＊＊＊

【ビビア】
ゾエ君ごめんなさいヨ（_ _）ヨ
どうやら私が、シャンタちゃんのデート奪っちゃったみたい
【ビビア】
デート確定イベントはシエルちゃんオンリーだったから油断してた><
お任せモード選んだらツインズとの纏めてデートだったの
どういう条件でこうなったのかは未だによく分かってないんだけど、
多分ゾエ君今回、シャンタちゃんとデートできてないよね……？
【ビビア】
ほんっとうにごめん！

トークログを眺めて、私は溜め息を漏らした。

これは昨日、デートイベントが全て終了した後に、私がゾエベル氏に送ったメッセージである。そして今日の午後ログインしてもう一度アプリを開いたわけだけど、返信は未だ来ていない。

あー……ゾエ君やっぱり、がっかりしちゃったかなあ。

彼の性格的に怒るということはなさそうだけれど、それなりに落ち込んではいそうだ。今までの返信速度を考えるとメッセージを見ていないだとか返すのを怠けているといったことは考えにくいし、

ログインはしているようだし……。

悪気はなかったとはいえ、彼の心情を察するに、私も気分が重くなっちゃうなあ。

まあ、現状返信が来ない以上、うだうだ悩んでても仕方がないか。何かお詫びをするにしてももう少し様子を見てからのほうがいいだろうし、今はそっとしておこう。

とりあえず今日は、いつも通り売り上げのほうの確認を――――と、ショップに続く扉を開いた瞬間。

「ちょっとビビアさん！　どういうことですかこれはあ!!」

カウンターを挟んで目の前に、瞳を鋭くギラつかせたゾエ氏が立っていた。

えええええ！　まさかの直接文句言いに来ちゃったかんじ!?　誰だよ性格的に彼は怒ることもないだろうとか何とか言ってた奴……！

っていうかもしかして今の今まで待ち伏せしてた!?　何という執念……！　他のお客さんも並んでるだろうし、とってもメイワク！

とまあ色々突っ込みどころはあるものの、今の私に彼を糾弾する資格はない。私はただただひたすらに誠意を込め、彼に向けて頭を下げた。

「う～～～、ごめんね。本当にごめん。ゾエ君がどれ程シャンタちゃんとのデートを待ち焦がれていたか、私は十分知っていたというのに、こんな事態になってしまって……。一体どうやってお詫びすればいいのか……」

「はあ？」

その瞬間、沸点まで達していたゾエ氏の煮えたぎる眼差しが、今度は摂氏マイナスまで冷え込んだ。

いつも眠たげに見えていた双眸が、怒るとこうも鋭く睨みを利かせるとは……。

どうお詫びすればいいのか、だって？　先の私の言葉を反芻するゾエ氏。

ひい。「死んで詫びるに決まってんだるぉぉぉ！」とか言われちゃうのかな……。

「デートのスクショと動画渡して詫びるに決まってんだるぉぉぉ！」

「ひいいごめんなさいごめんなさい！　今すぐ首括ってきます！」

「なあああああにトークで謝罪文だけ寄越して終わりにしようとしてんすかごるぁぁ！」

「……って、あれ？」

なんか今、コミュニケーションに行き違いがあったような？

とはいえ依然ゾエ君の剣幕に身動き一つ取れない私に、彼はマルチタブレットの画面を突き付けてきた。表示されているのは、先ほど私も見ていたトークの流れである。

『ほんっとうにごめん！』――その私からのメッセージの最後の一文をたしたしと指で弾き、

「おかしいでしょ！」と彼は叫んだ。

「百歩譲って、あなたがうっかりシャンタ様デートを掻っ攫っていったことはまあよしとします！　っていうのも実のところ今回、俺のほうにも詰めの甘さがありましたから。言ってもビビアさんだってシャンタちゃん相手にそんな大量の結晶を注ぎ込む真似はしないだろうし、そうなるとライバルはいないも同然。寧ろ戦争が白熱するのは来月、再来月からのデートです。その頃にはタネも明かされて、他の有象無象も本腰入れて札束準備してくる可能性がありますからね！　であれば今月のデートは必要最低限まで出費を抑え、来月以降の軍資金に回すのが得策――そう考えてしまったんですよ。俺がこんな中途半端に策を練ったりせず、今月も全力でシャンタ様に金(アイ)を捧げていれば、結果はまた変わっていたかもしれません……」

「は、はあ」

「だから今回の件は一部俺にも責任があります。それに、どこの馬の骨とも知れない有象無象に負けるよりかは、ビビアさんにシャンタ様を預かってもらうほうが百倍マシですからね。っていうかこれはこれで俺的には全然美味しいんで本来文句なんか付けようもないはずなんですよ。百歩どころか、二百歩譲ってもいいくらいです！」

「ほ、ほう」

彼の迫力に気圧されて話の大部分が頭に入ってこないのだけれど、とにかくシャンタちゃんデートを奪ってしまったことについてはそこまで怒っていないこと、それだけは何となく分かった。……え、じゃあ何に怒ってるの？

「それがシャンタ様デートをふんだくった相手に取る態度ですか！」

「やっぱ怒ってんじゃん！」

「俺は誠意を見せろっつってんですよおおおお！　あるでしょ俺に渡すべきブツが大量に！　どんだけ焦らすんすか!?　昨日あなたからメッセージが飛んできてからというもの、俺は全力で正座待機してたんすけど!?　シエシャンビビのきゃっきゃうふふな画像！　シエシャンビビのあんなムービーこんなムービー！　酷い！　酷いですよビビアさん！　まさかあなたがそんな極悪非道で冷酷無比な人だったなんて……！　それはそれで勿論俺はイケるクチですけど突然の属性転換は気持ちが追い付かないのでまずは情報を整理するためにやはりシエシャンビビのスクショと動画が必要なんですよおおおお……!!」

「……えっ、……あっ、そういうこと⁉」

おいおいとぼろ泣きモーションを見せつけてくるゾエ君を前に、私はようやっと状況を把握できてきた。や、でもその件に関しては私のほうにも言い分がありましてね。

「勿論私だってゾエ君に対して出し惜しみする気なんて全くないよ。けど明後日にはどうせダイジェストムービーが公開されるでしょ？　先にそっち見てからのほうがいいかなって思ったんだよ。ネタバレを避けたかったの」

そう言うと、彼はぴたりと泣き止んだ。一旦納得してくれたようだ。

「成る程、一理あります。確かにこれがビビアさん以外のプレイヤーのデートだったらば、俺はネタバレを嫌ったでしょうね。そもそも馬骨野郎とシエシャン様のスリーショットなんざ見たくもありません。だがしかあし！　俺は何を隠そうシエビビ党所属シャンタ派ゾエベル。つまり推しの一人にビビアさんも含まれてるわけです。推しからのデートネタバレなんて、好きな人から旅行の土産話を聞くようなもの……つまりご褒美！　よって何も問題ありません。ささ、ぷりーずぷりーず」

「あ、はい」

私はこれ以上の深入りを避け、大人しく所望の品々を渡すことにした。彼の思想は危険――そう判断した故である。

トーク画面に次々と並んでいく大量の画像、動画に一瞥をくれると、ゾエ氏は満足げにアプリを閉じた。すぐには見ないようだ。

「いやあ、さすがにあなたの目の前でお見苦しい姿を晒すわけにはいきません。ホームに帰って、独りでこっそり発狂します。これ、キモオタとしての嗜みなんで」

『見苦しい姿』というのには思った以上に幅があったらしい。今のゾエ氏、私史上的には割と最高ランクでみぐるしごにょごにょ……。

何はともあれ独りで見てくれるというんであれば、私としても少し心の荷が降りた気分だったり。じゃ、そういうわけで精々楽しんでくれたまへ。

と、極めて自然に会話を終了させようとした私だったのだが、どういうわけかゾエ氏はその場を立ち去ろうとしない。彼は私の目の奥を覗き込むように、やや首を傾けた。

「……デートイベで何かありました？　ビビアさん」

ぎくっ。

「な、何でそう思ったの？」

「デートが終わった後にしては覇気がありません。これが普段のあなただったらば、平静を装いつつも、抑えきれない興奮と悦楽、デートを獲得し得なかった愚民どもに対する優越感、憐憫、有り余る自負心が、瞳の輝き、声の張り、伸びた鼻の下にまざまざと表れていたハズ」

「待って私そんな顔してたの⁉　してないよね⁉　してないでしょ！」

「それがどういうことでしょう。今日のビビアさんは瞳の奥に不安の影が宿り、何か迷いというか、後ろめたさのようなものを感じる……。ともすればそれは俺に対する同情とも……、ビビアさん、何か俺に隠してますね⁉」

かなり正確に私の内心言い当てるのヤメテ。一個前の私に対する観察まで正になりかねないからヤメテ。

とはいえ一歩も退かない様子の彼を前にこれ以上抵抗する気にもなれず、私は降参の意を示して両手を挙げた。

「実は今回のデートイベ、ちょっと思うところがあってさ。内容自体は面白かったし、スクショも動画も可愛いのいっぱい撮れて満足なんだけど、なんかモヤモヤが残っちゃったんだ」

「つまりお任せモードのシナリオに問題が？」

「平たく言うとそういうこと。けどこれこそネタバレ全開な話だから、ゾエ君にはダイジェスト版視てもらってから感想聞ければいいかな、と」

「ふむう……」

彼は唸り、思考に入ったようだ。しかしやがて顔を上げ、決意を灯した眼差しで私を見据える。

「いえ、やはりこれがどこぞの馬骨野郎だったら以下同文。しかしビビアさんは推しの一人であるがゆえ、デートで生じた心残りをネタバレ解禁と共に耳にするというのはそれ即ち、好きな人から恋の悩みを打ち明けられるのと同義。葛藤はなくもないですが、ここで聞かずなど漢が廃るというもの。伺いましょう、あなたのお話」

「あ、はい」

私はこれ以上の深入りを避け、以下同文。そうして、デートで起こったことや私の気持ちをゾエ氏に語って聞かせることになったのだった。

シエシャンの貴族としての立場、それを彼女等がどう思っているのか、一方で彼女達が権威を振りかざして好き勝手していること、リルステンと対立する悪役令嬢のような立ち位置であることを——

——。

「ある意味色々納得がいく流れでもあったんだよ。今までのシエシャンの言動との矛盾もないし、あーそういうかんじのポジだったのね、って。これはこれでキャラ立ってるとも思う。でもなんか、このままシエルちゃんのファンでいていいのかなって、ちょっと不安になってるところ。だって私個人としては悪役を応援するシュミとか普通にないからさ」

「むう……成る程……」

「それにきまくら。のゲーム性って、結構ユーザーに容赦ないところもあったりするじゃん？」

「ええ、それはもう」

ゾエ君は力強く頷く。

「だからほんとにこのまま双子が闇堕ちヒロインを全うしていく流れも、十分想像できるんだよね。考えたくないけど、救いが差し伸べられることもなく破滅してっちゃうとか、あってもおかしくなさそうみたいな。それを思うと、ちょっと落ち込んじゃうんだ」

「応援してたアイドルにスキャンダルが報じられた、みたいなかんじなんですね」

「そうそれ」

ま、今のところ、だからどうこうって話でもないんだけどさ。私は視線を下げて手遊びに興じ、しばし沈黙が降りた。

ゾエ氏が口を開き、息を吸う気配がする。

「三つ、言えることがあります」

ふむ？　と私は顔を上げた。

「一つ。双子のスリリングな実態を知り、友達としてやや不安を抱くビビア、『シエルちゃん達のことは好きだけど、今の我が侭ぶりはよくないよ……。心配だし、このままでいいのかな……』――

――――俺的にはこれはこれで美味しくいただけるシチュなんで別にむもんだ、あっ、ちょっと顔を下げないで、こっから、二つ目以降が重要なんですから」

期待した私が馬鹿でした。

それで？　二つ目は？

胡乱（うろん）げな眼差しを向ける私に、ゾエ氏はわざとらしく咳払いしてみせる。

「二つ。メタいことを言って恐縮なんですけど、ストーリーの中で彼女等の不遇な立場がチラつかせられたわけでしょ？　さすがに何の意味もなくこの情報がシナリオに組み込まれるとは考えにくいです。多分伏線の可能性が高いっすよ。救いに繋がる伏線。カタルシスです」

「あー、まあ、それは私もちょっと思った。ただ、さっきも言ったようにきまくら。ってユーザーに容赦ないからさあ。例えばこの前のワールドイベントの全体結果とか、失敗してる前例あるんだしもっとハードル下げてもいいんでない？　って感じるんだけど、結局大成功には至らず終わったし……。革命イベントも、一方に利益があって一方に不利益がある、みたいなかんじらしいじゃん？　そーゆーの考えると、シエシャンバッドエンドなんかも普通に用意されてそうで、且つそこに至る地雷も簡単に踏んじゃいそうで、怖いんだよね……」

「ビビアさん。それですよ、それ」

無限マイナス思考に陥りかけている私の目の前で、彼はびしりと人差し指を突き立てた。

「仰る通りきまくら。というゲームはユーザーに容赦がない。しかしですね、それは裏を返せばユーザーの選択と行動を尊重した結果とも言えます。きまくら。はよくシナリオの多様性が評価されていますが、これはプレイヤーの意思決定に重きを置いた根幹的な理念に基づいているのです」

「ちょっと話が飛躍しましたが、つまり何が言いたいかというと、シエシャンの未来、最終的なポジションも、プレイヤー側の選択と行動にかかっている可能性が非常に高いということなんですよ」

「う、うむ……？」

…………ほう？　分かるような分からないようなかんじだったけれど、ちょっと今のは心に響いたぞ。

「じゃあ誰がシエシャンの未来を救える立場にいるのか。これが俺の言いたいことの三つ目。その位置に最も近いのは、ビビアさん、他ならぬあなたです」

僅かに揺れた鼓動を、次の彼の言葉が今度は大きく震わせる。

あっ、なんかいいこと言ってる。凄くいいこと言ってる気がするぞ！

「きまくら。がなぜプレイヤーに対して当たりが強いように感じられるかというと、簡単なことで、プレイヤーどもが糞野郎どもだからに他なりません。まあオンゲ住民なんてどこも大体そうですが、基本自分中心ですからね。ランキングなりデートイベなり、競争性を煽る仕組みなのでしょうがないっちゃしょうがないですが。俺も含め、奴等自分の優位性を確保するためならシナリオ上のハピエンなんてどうでもいいもんで、あの手のイベントなんざ成功しようがありません。それはシエシャンの件に関しても等しく言えることでしょう。最近は株が上がってきたとはいえ、ツインズはリルと対立してますから。今回のデートイベが公になれば、状況はもっと不利になるかもしれません」

「そ、そんな……。ダメじゃん」

「だからこそ、あなたが頑張らないで誰が頑張るんだって話なんですわ」

そのとき、私の霧が晴れた。

――――そっか。……確かにそうだ。

「このたびのデートで、双子のデンジャラスな一面が明らかになったのは事実のようです。けどビビアさん、あなたに対する態度はどうでしたか？　二人はあなたのこと、どう思っていますか？」

「シエルちゃんとシャンタちゃんは、私のこと友達だって……。貴族で、お嬢様なのに、私のこと尊敬してるって……」

「彼女等のそういった一面を最もよく理解しているのは、――――俺にとっては悔しいことでもありますが、現状、ビビアさん、あなた一人なんですよ。そのあなたが双子の味方をやめてしまったら、それこそあなたの恐れることが起きるのみですよ」

「……うん。うん！　そうだね。ほんとにそうだ」

ゾエ君、凄いなあ！　多分年下なのに、めっちゃ励まし上手！

なんか俄然元気がでてきたよ。

「ありがとうゾエ君。私、頑張るよ！　諦めないで、シエルちゃん達を応援し続けるよ！」

拳を握り締め決意を表明する私を、彼は微笑ましげに眺めている。

「昨日はシエルちゃん達を闇堕ちさせやがった貴族どもに一矢報いようと貴族街に火を放つことも考えてたけど……」

「ほう」

「いや、勿論冗談だけどね？　でも、そんなんじゃなく、もっと真っ当な仕方で二人を幸せにする方法が絶対あるはずだよね！　きまくら。ってきっと、そういうゲームだよね！」

「ええ、ええ。ビビアさんは安心して己の信ずる道を進んでください。俺はそれを脇からそっとサポートしますんで」

もう、ゾエ君、『そっと』じゃなくて、がっつり協力してよね。まあでもシャンタちゃんラブなゾエ氏のことだから、彼もまた彼のやり方で手を尽くすに違いない。

そう考えると、何だか自信が湧いてくるから不思議だ。

シエルちゃん最推しの私と、シャンタちゃん最推しのゾエ氏。二人が力を合わせたら、もしかして無敵かも。なんてね。


それから彼は彼の活動に戻り、私は私の活動に戻っていった。

新しい衣装を製作している最中、ぴーんぽーんぱーんぽーん、と全体アナウンスが入る。

『革命イベント【アダメラ伯爵家の大火】が実行されました。これより、新フィールド【隠された遺跡】の開放、アントワーナのコミュニケートミッションの開放、他、関係する社会情勢に変動が生じます。詳しくは公式動画サイト〝きまくらひすとりあ。〟を参照してください』

それを聞いているとゾエ君の台詞が思い出され、自然私の口元は綻んだ。


――――プレイヤーの選択で、未来は変わる……。

うん。きまくら。って絶対、そういうゲーム。

******

【きまくらゆーとぴあ。トークルーム（非公式）・ダムの配信をリアタイで視る部屋・コメ凸するほどでもないチラ裏用】

[バレッタ]

ウルフ飼ってると持ってきてくれるの知らんのか

[ハカセ]

骨馬繁殖させようぜ

[3745]

だから牧場整備まで手を回したらキリがなくなるとあれほど……

[hyuy@フレ整理中]

フルムーンラビットマヂカワイイ……

[Itachi]

結局貴族街行くんかい

[ヨシヲwww]

優柔不断gdgd配信w

[ソース]

リル様警報発令！　リル様警報発令！

[竹中]

ｏｋ

配信閉じる

［いりす］
　リル関連は裏でやれよな
　同接減るって分かってんだから
［名無しさん］
　あ、ゾエじゃん
［ドロップ産制覇する］
　しれっとゾエｗｗｗｗ
［コハク］
　ゾエさん何やってんの～
［アリス］
　えｗｗｗｗｗ
［ハカセ］
　ｗｗｗｗｗ
［マ　ユ］
　ヤバ
［3745］
　イカれゾエワロスｗ
［もも太郎］
　え？　火い点けようとしてる？

マジで何やってんの
[ポワレ]
見事なまでの火炎瓶の無駄遣い
セーフティゾーンで何やってんだか
[くるな@復帰勢]
これ絶対近付いたらあかんやつやろ
[いりす]
怖いもの知らずのダム
[Itachi]
wwwwww
[弐]
ゾ「ええ、ええ……。ビビアさんは安心して己の信ずる道を進んでください……。裏の始末はこの俺が……」
ダ「wwwwww」
俺「??????」
[否定しないなお]
ブツブツ言っててキモい
[深瀬沙耶]
呼吸荒くてキモい

[コハク]
　ダムさんのこと全く視野に入ってなくてわろた
[ソース]
　ゾ「ここの運営のことだからどっかにシステムの綻びなりバグなりあるだろ」
　説得力あるんでやめてもらっていいすか
[レナ]
　理解した
　あの屋敷アントワーナの家だわ
　シエシャンいびり筆頭の
[名無しさん]
　ああ、あの陰湿伯爵令嬢
[まことちゃん]
　ダム氏何かを察してそっと離れる
[((ぼむ))]
　こいつ最初から最後まで笑って誤魔化してるだけだったな
[明太マヨネーズ]
　え待って後ろ後ろ後ろおおおおーーーーー!!
[くるな@復帰勢]
　火！　火い点いてる！

笑って去ろうとすな後ろ見ろ！
［ハカセ］
うええええええ!?
［狂々］
すんげー勢いで燃え広がったな……
［マ　ユ］
ゾエ消えてる
個別モードに入った可能性微レ存？
［水銀］
なんかのイベント踏んだか
［レティマ］
同接数膨れ上がってて笑う
［バレッタ］
屋敷は燃え続けてんのに周囲のＮＰＣの動きがほとんど通常通りなのシュール過ぎ
［msky］
これ、どうなるんだ……？
［否定しないなお］
あ、革命

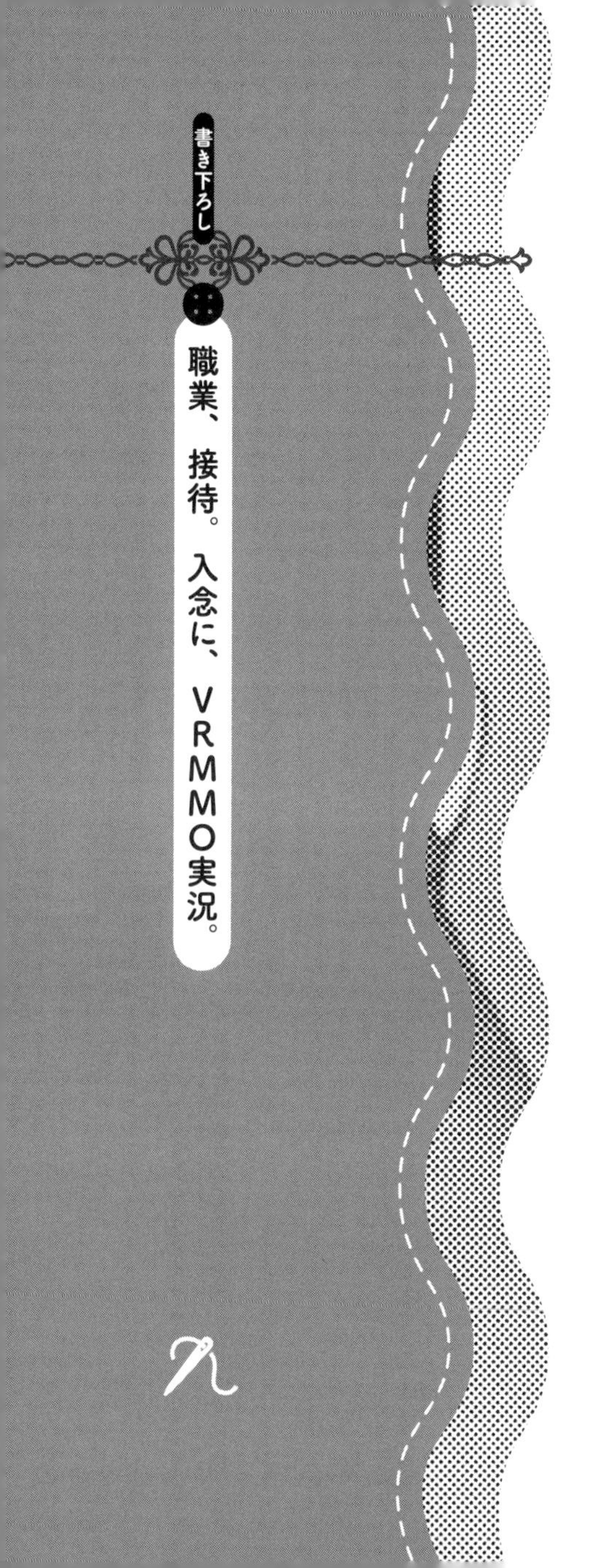

書き下ろし

職業、接待。入念に、VRMMO実況。

ビビアさんは俺の恩人である。

最推しシエルシャンタのコミュニケートミッションに一年取り組んでも打開策が見つからず、葛藤と煩悶に打ちのめされそうな日々を送っていた俺のもとに舞い降りし光の使者――それが彼女であった。

彼女がシエル様とデートイベントに興じておられる姿を目撃したときには、嫉妬と羨望、白嘲、そして〝シエル&ビビア〟推しという新境地への目覚めにより酷い醜態を晒してしまった。

にも拘わらずビビアさんは俺を快く許し、あまつさえシエルシャンタの攻略法を懇切丁寧に教えてくださるという慈悲慈悲の慈悲っぷり。

あの日から俺は、自分の胸に誓いを立てた。

シエル様の幸せは、彼女に委ねよう。

俺は二人を陰からそっと見守り、応援しよう。シャンタ様と共に。

俺はここに、〝シエビビ党〟の設立を宣言する……！　そしていずれはこの俺のシエビビサポーターとしての働きを認めていただき、俺とシャンタ様のめでたきデートイベントの折には、ビビアさん直々に衣装を仕立ててもらうのだ……！

――がしかし、そうして決意を新たにしてひと月も経たぬというときに、彼女の横顔に陰りが生じているではないか。

「ミナシゴさんから真実を聞かされたときには、ショック受けたなー。一瞬引退も頭を過ぎったよ」

いんたい！！！

その四文字は、俺を絶望の谷へ突き落とさんとする強烈な一撃であった。

そんな……まだ新境地を切り拓いたばかりだというのに……。俺はまだ、シエビビ沼に片足しか突っ込んでいない……。

これから深く深くどこまでも沈んでいこうという楽しい時分にそれはない、それはないよビビアさん……！

ああ、俺の中のシエル様が泣いてらっしゃる。

『ビビア……ビビア、どこお……？　私を置いてどこに行っちゃったのお……？　私、私やっとこの阿呆と畜生に塗れた世界で、あなたに出会えたというのに……。あなたがいなきゃ私、何もできないよ……！』

何てことだ。

あのいつも小悪魔的笑みを湛えておられる灰色の瞳が、涙に濡れるなどと、そんなことがあってよいものか？　いいやよくない。

俺とシャンタ様の専用デート服が世に生み出されぬままビビアさんが消えていくとか、それもよくない。

ここは何としてでも、彼女をきまくら。に引き留めねばならない！

決意するや否や、俺の思考は猛スピードで回転しだした。

どうすればいい？　どうすればビビアさんは引退しなくて済む？

『引退』なんて選択肢が金輪際頭を過ぎることすら有り得ないくらいに、彼女とシエル様のきゃっきゃうふふライフを確たるものにするには、どうすればいいんだ？

彼女は言った。

「自分はきまくら。のことを完全にゆるい生産コミュゲーだと思っていた」と。そのイメージと現実の剥離に衝撃を受け、「付いて行けなさそうだと感じた」、と。

であれば、作り直せば良い。

きまくら。というゲームを――――というのはさすがに無理だとしても、彼女を取り巻く環境と、彼女の目にした〝現実〟を、今一度作り直すのだ。彼女のイメージ通りのもの、少なくとも、許容できる範囲内のものに……！

新たな使命を燃やす俺は、その日ビビアさんと別れた直後から行動を開始した。

まずは彼女に直接危害を及ぼした不届き者への制裁から。

そして数多のきまくら。ユーザーに向けて、公共広場（トークルーム）から警告を発信する。

《警告》
プレイヤーネーム：ビビア
ユーザーコード：XXXXXXXXX
（画像）
このプレイヤーに何らかの危害を加える者、今後極刑に処す
※何を危害と捉えるかは当人及びゾエベルが判断す

そうしたら次は明日からの準備だ。

ビビアさんと遊ぶ約束をした時間は勿論のこと、それ以降も数日、或いは数週間、害虫駆除の仕事は必須となるだろう。彼女に仇なすことはイコールきまくら。での破滅を意味するのだと、畜生どもの体に徹底的に叩き込まねばならない。

今の内にクドウさんに連絡して、爆薬系アイテムを大量に注文しておこう。それから彼女に気付かれぬよう任務を遂行するため【ステルスドリンク】のほうも――――。

[ヨシヲwww]
　おいゾエ、今どこにいる？
[ヨシヲwww]
　ゾエー！
　ササがインしてきたから道草食ってないでさっさとこっち来い！
[ヨシヲwww]
　え？　何なの？　何で返事しないの？　ストライキなの？　舐めてるの？
[ヨシヲwww]
　ぶっとばす

――――ああ、ヨシヲのトーク通知がうざい。こいつのことはしばらくミュートにしておこう。

俺は今それどころではないのだ。崇高にして重大なる未来への鍵が、俺の手に握られているのだ
……！

と、このようにして、ビビアさんの快適なきまくら。ライフを維持するためのスノードーム作りに、
俺は奔走するのであった。

もっともだからと言って、俺はビビアさんの身の回りを欺瞞で固め、彼女の健全な社会的成長を阻害したいわけではない。

ここで残酷な真実をそのまま突き付けるというのは、今の彼女にとってややショックが強過ぎる。

そう判断したため、一時的にそっと目隠ししているだけなのである。

ゆえに俺はビビアさんと約束をした当日、彼女が今後も畜生どもが跋扈する世の中で逞しく生きてゆけるよう、処世術を伝授することもやぶさかでなかった。

「いいですかビビアさん、キーワードは〝くたばれ〟です」

「『くたばれ』！　……昨日言ってたアレだね？　きまくら。スラングで、実は前向きな言葉なんだっけ？」

「そうです。これはいわば万能な挨拶、〝ヤッホー〟みたいなもので、遊びの誘い文句だったり、相手に敵意がないことを伝えるものだったり、ノリで何となく言うものだったり、兎に角おはようからお休みまで使い方は多岐に渡る言葉なのです。ですからどこかでこの言葉を耳にしたとき、今にも喧嘩が勃発するのではないかとひやひやする必要は全くありません」

「そっかあ。じゃあ昨日のあの時も、竹さんと陰キャさんは『ヤッホー』って言い合ってたんだね。そう考えると微笑ましいね」

「そうでしょうそうでしょう。どうです？　ビビアさんもこれを機にきまくら。言葉を使いこなせるよう練習してみては？」

「え、ええ？　練習したところで、使う相手もそんないないんだけど……」

「いえいえ、覚えておくに越したことはないでしょう。どうするんです？　この先誰かから『くたばれ！』って言われたとして、挨拶を返せないようじゃあ、幼稚な人間だと思われてしまいますよ。きまくら。独特の文化すべてを叩き込めとは言いませんが、郷に入っては郷に従え。外国に旅行に行くときだって挨拶くらいは覚えるものでしょう」

「それはまあ、確かに……」

「それではご一緒に。くたばれ！」

「く、くたばれ！　くたばれ！　くたばれ！」

うむ。これでいい。

この一匙の矛盾は彼女の脳内にじんわりと染み込み根を張り、いずれはきまくら。界で通用している数多の〝何かオカしい常識〟を鷹揚に受け容れられる海のように広き心の礎となるだろう。ついでに出会い厨などの撃退にも役立つことであろう。

あくまで彼女が、きまくら。向きのいいいいいい人間ならば、の話ではあるが。

こうした俺の健気な努力のかいあって、無事ビビアさんのイメージ通りのきまくら。、そしてビビアさんとシエル様のきゃっきゃうふふなビューティフォーライフは守られたのであった。

それは彼女が俺に向けるこの曇りなき笑顔からも明白である。

ビビアさんの接待を終え二日後、今日も今日とて害虫駆除に勤しんだ俺がレスティンの拠点（ホーム）へ帰って来たときのことだった。丁度家の前で、同じく出先から帰ってきたらしき彼女と鉢合わせたのだ。

「ゾエく～ん！」

にこにこと手を振るビビアさんの面差しに、数日前の陰りは最早ない。俺は自身の働きが実を結んでいることを知り、感無量の思いであった。

俺は嬉しくなって、彼女に対して笑顔で手を振り返した。

そしてビビアさんの次の発言は、俺の確信をさらに強める。

「くたばれ！」

……………うむ。これでいい。

明るく放たれた言葉は、俺の語った〝きまくら。の常識〟をビビアさんが信じていることの紛れもない証拠。

そしてまた一人、きまくら。向きの人間――――即ち共にこの世界に生きるに相応しき（あたまおかしい）仲間を見いだせたことを示すものでもあった。

だからこれでいい。これでいいんだ。

しかし喜びと達成感を噛み締めるその一方で、なぜか俺の体は膝から崩れ落ちたのだった。

あとがき

――いい加減、マイナンバーカード作るか。


ある日わだは一念発起し、重い腰を上げた。

わだは出不精にして臆病者、そして大いなるモノグサであるからにして、この決定を下すのには断腸の思いを要した。

そんなわだであるが、やると決めたからには調査は惜しまない。なぜならできるだけ楽な方法で、他人の手を介さない仕方で手続きを済ませたいと思うがゆえである。

わだはエクセレントでワンダフォーな情報網を駆使し、任務遂行のための準備に勤しんだ。

「マイナンバーカード　申請」、検索ぽちー。

すると何と、近くの証明写真機で簡単に申請ができると言う。わだは食糧の買い込みがてら、いそいそと現場へ向かった。

その日は肌寒く、わだはカジュアルなパーカーを着ていた。写真を撮るのに少しでも見栄えを良くしようと、わだはまず上着を脱いだ。それからマスクを外した。肩掛けバッグを外し、脇に置いた。

かくして、写真撮影とカード申請は無事に終わった。

写真機の案内画面は、しばらく待つようわだに訴えかけていた。何やら確認書類を発行している模様。それでわだは大人しく従順に、写真機の椅子に座って待っていた。

カシャン、と、外で音がした。嫌な予感がした。

案内画面は取引の終了を告げている。わだは慌てて外へ出ることにする。しかし何も考えず椅子でのんびりしていたわだに、それは許されなかった。

まず上着をきなければならなかった。マスクもしなければならなかった。鞄を肩に掛けねばならなかった。

もたもた、もたもたもたもた。

そうして地獄のような数十秒を経て外に出れば、案の定、くたびれたわだの顔写真付き確認証が、丸見えの状態で発行されていた。

一体どれだけの通行人が、見たくもないわだの顔面を一瞥して去っていったのか――――。

わだの絶望は筆舌に尽くしがたいものであった。


皆様も久方ぶりに証明写真機をお使いになる際には、十分お気をつけください。

いつもスムーズ且つスマートに対応してくださる編集担当氏、可愛いイラストで文章に華を添えてくださる日下様、この本を作る過程で関わってくださったすべての方々、この本を手に取ってくださったすべての方々に、心よりお礼申し上げます。

わだくちろ

THE BANISHED FORMER HERO

今世こそのんびりしたい
元英雄の、望まぬ
ヒロイック・サーガ
最新第7巻

[NOVELS]

原作小説
第7巻

2024年
春
発売予定!

[イラスト]ちょこ庵 ※6巻書影

[TO JUNIOR-BUNKO]

[絵]柚希きひろ

TOジュニア文庫
第2巻

2024年
3/1
発売!

[COMICS]

[漫画]鳥間ル ※8巻書影

コミックス
第9巻

2024年
春
発売予定!

シリーズ累計80万部突破!!(紙+電子)

LIVES AS HE PLEASES

TOブックス
コミカライズ
連載最新話が
読める!
月額400円(税込)で
全作品が読み放題!

職業、仕立屋。淡々と、VRMMO実況。2

2024年3月1日　第1刷発行

著　者　わだくちろ

発行者　本田武市

発行所　TOブックス
〒150-0002
東京都渋谷区渋谷三丁目1番1号　PMO渋谷Ⅱ　11階
TEL 0120-933-772（営業フリーダイヤル）
FAX 050-3156-0508

印刷・製本　中央精版印刷株式会社

ISBN978-4-86794-098-3